职业塑身计划

U0143876

PowerPoint
专家案例与技巧

金典

张二峰　王乐善　彭宗勤　编著

飞思教育产品研发中心　监制

电子工业出版社

Publishing House of Electronics Industry

北京·BEIJING

内容简介

PowerPoint 2007 是微软公司出品的演示文档制作软件，它几乎应用于所有的行业。本书以各种处理技巧并配合各类职业中的典型案例为线索，循序渐进地讲解 PowerPoint 2007 在应用过程中的各种方法和技巧，内容涉及广泛，能让读者做到活学活用。

本书分为 7 章，包括基础操作篇、图形对象与多媒体应用篇、表格与图表应用篇、版式设计与修饰篇、动画设置与播放篇、打印输出与安全篇、综合案例演练。教学过程中精选各类案例，以"必备技巧+职业案例演练"的设计思路，把各种处理技巧与实际案例紧密地结合一起，并配以"提示"、"技巧"、"注意"等栏目，让读者快速掌握各种技巧，通过各类案例的剖析和实战，可大幅度地提高读者的综合应用能力。

本书所附的教学光盘设计独具匠心，是专业的多媒体教学软件，长达数小时的全真操作演示、全程标准语音讲解、全程交互、全程边学边练，通过学习便能掌握各种演示文稿案例的制作方法和应用技巧。光盘中还赠送 100 套典型演示文稿案例的模板，应有尽有，读者可以根据需要直接套用格式，从而快速制作出所需要的演示文稿。

本书是用 PowerPoint 制作各种演示文稿的办公必备工具书，是职业经理人处理各类演示文稿的好帮手，适于想提高 PowerPoint 应用水平的用户，可用于读者自学，也可作为相关培训学校的教材。

图书在版编目（CIP）数据

PowerPoint 专家案例与技巧金典/张二峰，王乐善，彭宗勤编著.—北京：电子工业出版社，2009.1
（职业塑身计划）
ISBN 978-7-121-07418-9

I.P… Ⅱ.①张…②王…③彭… Ⅲ.图形软件，PowerPoint 2007 Ⅳ.TP391.41

中国版本图书馆 CIP 数据核字（2008）第 146208 号

责任编辑：王树伟　田 蕾
印　　刷：北京机工印刷厂
装　　订：三河市鹏成印业有限公司
出版发行：电子工业出版社
　　　　　北京市海淀区万寿路 173 信箱　邮编 100036
开　　本：787×980　1/16　印张：23.25　字数：520.8 千字
印　　次：2009 年 1 月第 1 次印刷
印　　数：5 000 册　定　价：45.00 元（含光盘 1 张）

凡所购买电子工业出版社图书有缺损问题，请向购买书店调换。若书店售缺，请与本社发行部联系，联系及邮购电话：（010）88254888。
质量投诉请发邮件至 zlts@phei.com.cn，盗版侵权举报请发邮件至 dbqq@phei.com.cn。
服务热线：（010）88258888。

PowerPoint 2007 是微软公司出品的演示文档制作软件，它几乎应用于所有的行业。本书是一本讲解演示文稿制作和处理过程中的应用技巧与综合案例演练的图书，通过学习，读者能提高在办公中应用各类演示文稿的设计和制作水平。

本书的内容

本书贯彻"技巧与实战"的编写理念，以大量实用技巧并配合各类应用案例为线索，循序渐进地讲解 PowerPoint 2007 在实际案例应用过程中的各种方法和技巧。

全书共分为 7 章：

第 1 章为基础操作篇，介绍 PowerPoint 2007 中最基本操作的各种技巧，最后通过制作"创造力讨论文稿"案例来对这些基本操作进行实战演练。

第 2 章为图形对象与多媒体应用篇，首先运用引用实际案例的手法详细讲解插入图片、编辑图片和为其添加效果、绘制各式图形、插入 Flash 动画、插入声音和视频等操作技巧，然后通过制作一个景区介绍的演示文档进行实战演练。

第 3 章为表格与图表应用篇，介绍用图表表达数据信息、制作组织结构等各种技巧，最后通过制作"行业分析报告"进行实战演练。

第 4 章为版式设计与修饰篇，介绍页面版式和设计的各种技巧，最后通过制作"计划与执行演示文稿"进行实战应用。应用好的版式效果，可以使表现内容更显层次、数据显示更加清晰、画面更加吸引浏览者的眼球。在实际工作中，演示文稿配上好的版式设计效果，往往能大幅度地增加成功的砝码。

第 5 章为动画设置与播放篇，介绍在动画设计制作和放映方面的操作技巧和方法，然后通过制作"产品介绍演示"案例，将各知识点融入到实例当中。

第 6 章为打印输出与安全篇，介绍关于输出和安全设置的操作技巧。掌握好输出的技巧，可以减少不必要的纸张浪费，提高传播文稿信息的效率；掌握好安全设置，有助于保护我们自己的工作文档，不给任何有不良目的的用户提供盗取的机会。最后通过一个打印和保护演示文稿的综合案例，对实际工作中打印演示文稿和保护文稿进行实战演练。

第 7 章为综合案例演练篇，介绍公司评析报告和市场推广策略演示文稿的设计与制作。制作报告类演示文稿的重点是如何设计和组织各元素、利用母版设计出统一风格的背景效果、根据内容的风格编排每页内容、图表的综合应用等；制作市场推广策略，除了应用到制作报告类演示文档的知识外，应用到的主要知识还有：设置各种进出动画效果、制作同步动画、设置图表动画、调整动画的顺序等，制作起来并不困难，关键在于制作之前要先构想好各元素如何进出动画。

多媒体配套教学光盘

本书所附的教学光盘设计独具匠心，是专业的多媒体教学软件，长达数小时的全真操作演示、全程标准语音讲解、全程交互、全程边学边练，通过学习读者便能掌握各种演示文稿案例的制作方法和应用技巧。光盘中不但提供教学过程中的各种素材和案例文件，还赠送100套典型演示文稿案例的模板，应有尽有，读者可以根据需要直接套用格式，从而快速制作出所需要的演示文稿。

你适合看本书吗

如果您想掌握使用 PowerPoint 制作各类演示文稿案例过程中的各种处理技巧；如果您想快速解决在应用 PowerPoint 过程中的各种疑难问题；如果您对 PowerPoint 有了一定的认识，想进一步学习它在制作各类演示文稿案例中的应用，那么本书将成为您的良师益友。

本书的编写人员都有着多年的教学和实践经验，在编写过程中力求将这些经验和实践体会融入其中。本书主编为张二峰，负责教材提纲设计、稿件主审，并编写第 7 章；副主编为彭宗勤，负责稿件初审、视频教程开发等；本书的编委有田岗、王乐善和刘敬敏，田岗负责编写第 5 章、第 6 章，王乐善负责编写第 1 章、第 2 章，刘敬敏负责编写第 3 章、第 4 章。在编写过程中，我们力求精益求精，但难免存在一些错误和不足之处，敬请广大读者批评指正。

编　著　者

 联系方式

咨询电话：（010）88254160　88254161‑67

电子邮件：support@fecit.com.cn

服务网址：http://www.fecit.com.cn　　http://www.fecit.net

通用网址：计算机图书、飞思、飞思教育、飞思科技、FECIT

第 1 章　基础操作篇 1

1.1　必备技巧 2

本节中将介绍文档的各种操作技巧，解答 PowerPoint 2007 基本操作过程中的一些疑难问题，通过实际案例熟悉 PowerPoint 2007 中的各种基本功能，掌握提高操作效率的方法。

1.1.1　快速创建空演示文稿 [2]	1.1.2　添加新幻灯片 [2]	
1.1.3　删除幻灯片 [3]	1.1.4　清除文件列表 [3]	
1.1.5　突破 20 次的撤销极限 [4]	1.1.6　在多个演示文稿间快速切换 [5]	
1.1.7　在"快速访问工具栏"中　　添加按钮 [6]	1.1.8　设置幻灯片中文字大小 [7]	
1.1.9　快速统计字数和段落 [9]	1.1.10　更改默认视图 [10]	
1.1.11　将字体嵌入到演示文稿中 [11]	1.1.12　轻松隐藏部分幻灯片 [12]	
1.1.13　将 Word 文本导入生成　　幻灯片 [13]	1.1.14　快速关闭和打开幻灯片　　导航区域 [15]	
1.1.15　在演示文稿内复制幻灯片 [15]	1.1.16　复制幻灯片时保留源格式 [16]	
1.1.17　为演示文稿瘦身 [17]	1.1.18　快速生成内容简介幻灯片 [18]	
1.1.19　快速调用其他 PPT [19]	1.1.20　隐藏工具面板 [21]	
1.1.21　设置幻灯片显示比例 [21]	1.1.22　正确选择工作视图 [22]	
1.1.23　设置上标和下标文字 [27]	1.1.24　调整字间距 [28]	
1.1.25　设置文字方向 [28]	1.1.26　自由设置字符颜色 [29]	
1.1.27　在演示文稿中使用符号 [30]	1.1.28　在幻灯片中添加文本框 [30]	
1.1.29　设置段落缩进 [32]	1.1.30　设置段落对齐 [34]	
1.1.31　设置段落行距与间距 [34]	1.1.32　快速替换所有字体 [35]	
1.1.33　更改大小写 [35]	1.1.34　使用快速样式修饰文本框 [36]	
1.1.35　使用快速样式修饰文本 [36]	1.1.36　禁用文字自动换行 [37]	
1.1.37　让文本框大小自动适应文字 [37]	1.1.38　让文字分栏显示 [39]	
1.1.39　自动查找错误单词 [40]	1.1.40　将演示文稿转换为繁体显示 [40]	
1.1.41　导出简繁转换词典 [41]	1.1.42　使用即时翻译功能 [43]	
1.1.43　快速恢复占位符的默认格式 [43]	1.1.44　让日期自动更新 [44]	
1.1.45　在幻灯片中添加批注 [44]	1.1.46　快速删除文档中的批注 [45]	
1.1.47　获取更多模板 [46]	1.1.48　为文本添加项目符号 [47]	
1.1.49　指定其他符号作为项目符号 [48]	1.1.50　使用图片作为项目符号 [48]	
1.1.51　快速调整项目符号与　　文本的间距 [49]	1.1.52　保存演示文稿 [50]	

1.1.53 将演示文稿保存为模板文件 [51]　1.1.54 使用自定义模板文件创建

演示文稿　[53]

1.1.55 设置自动保存　[54]

1.2 实战演练——制作创造力讨论文稿 43

本节中将综合运用相关知识点，以工作中常见的会议讲稿为例，讲解使用模板设计与制作演示文稿的方法。

1.2.1 设计展示文稿的内容　[56]　1.2.2 使用 Office Online 模板　[57]

1.2.3 输入和编辑文稿　[58]　1.2.4 调整主题　[59]

1.2.5 添加与删除幻灯片　[61]　1.2.6 保存演示文稿　[63]

1.3 本章小结 64

第 2 章 图形对象与多媒体应用篇 65

2.1 必备技巧 66

本节中主要学习在演示文稿中使用各种图形元素的方法与技巧，掌握将内容更加生动地展示给观众的方法。

2.1.1 插入图片对象　[66]　2.1.2 隐藏重叠的图片　[67]

2.1.3 把图片裁剪成任意的形状　[69]　2.1.4 使用更多的剪贴画资源　[72]

2.1.5 将剪贴画下载到本地使用　[74]　2.1.6 压缩图片减小文件大小　[76]

2.1.7 让演示文稿中的图片

自动更新　[77]　2.1.8 任意设置剪贴画的颜色　[77]

2.1.9 裁切图片的多余部分　[78]　2.1.10 精确设置图片的裁切尺寸　[80]

2.1.11 为图像添加边框　[80]　2.1.12 羽化图像边缘　[81]

2.1.13 设置图片重新着色　[82]　2.1.14 自由绘制图形　[82]

2.1.15 快速应用图形样式　[83]　2.1.16 自由美化图形对象　[84]

2.1.17 更改图形形状　[86]　2.1.18 用键盘精确定位对象　[87]

2.1.19 使用图示表述信息　[87]　2.1.20 快速使用已有的对象格式　[91]

2.1.21 将文本快速转换为

SmartArt 图形　[91]　2.1.22 精确调整图形大小　[92]

2.1.23 让对象排列整齐　[93]　2.1.24 旋转图形对象　[94]

2.1.25 组合多个图形　[96]　2.1.26 精确移动图形对象　[97]

2.1.27 设置网格单位大小　[97]　2.1.28 编辑图形组合中的

单个图形　[98]

2.1.29 调整图形的叠放层次　[98]　2.1.30 在幻灯片中添加公式　[99]

2.1.31 插入演示文稿对象　[100]　2.1.32 在幻灯片中使用视频对象 [103]

2.1.33　设置影片全屏和　　　　　　2.1.34　添加自动播放的

　　　　　循环播放　　　　　[105]　　　　　　　背景音乐　　　　　[105]

2.1.35　插入 CD 乐曲　　　　[106]　　2.1.36　添加配音旁白　　　　[107]

2.1.37　删除配音旁白　　　　[108]　　2.1.38　插入 Flash 动画　　　[109]

2.1.39　以独立窗口播放视频文件　[112]　　2.1.40　在幻灯片中使用 RM 视频　[113]

2.1.41　将对象保存为独立文件　[114]　　2.1.42　快速分离演示文稿

　　　　　　　　　　　　　　　　　　　　　中的图形　　　　　[115]

2.1.43　设置文字与文本框　　　　　　2.1.44　去除图片的背底色　　[116]

　　　　　边框的间距　　　　[116]

2.1.45　精确控件图片的缩放比例　[118]

2.2　实战演练——制作景区介绍演示文稿 119

本节通过一个景区展示演示文稿的制作过程，进一步巩固必备技巧的学习，体验如何用图形与演示文稿结合来满足工作中的具体应用。

2.2.1　准备工作　　　　　　[120]　　2.2.2　制作标题幻灯片　　　[121]

2.2.3　制作景点概述幻灯片　[126]　　2.2.4　制作主要景点目录　　[129]

2.2.5　制作景点介绍幻灯片　[133]　　2.2.6　制作行程安排页面　　[135]

2.3　本章小结 142

第 3 章　图表应用篇 143

3.1　必备技巧 144

在演示文稿中使用表格和图表来展示数据信息是较好的选择，本节主要讲解表格与图表在演示文稿中的各种应用技巧。

3.1.1　在幻灯片中使用表格对象　[144]　　3.1.2　移动表格在幻灯片

　　　　　　　　　　　　　　　　　　　　　中的位置　　　　　[145]

3.1.3　快速选定表格元素　　[146]　　3.1.4　用键盘快速选定表格元素　[146]

3.1.5　精确调整表格大小　　[147]　　3.1.6　精确调整单元格大小　[147]

3.1.7　快速改变表格样式　　[148]　　3.1.8　快速删除表格格式　　[149]

3.1.9　合并与拆分单元格　　[150]　　3.1.10　灵活绘制复杂表格　　[152]

3.1.11　对齐表格中的数据　　[154]　　3.1.12　让单元格中文字纵向排列　[154]

3.1.13　让文字撑满单元格　　[155]　　3.1.14　设置文字和边框的间距　[156]

3.1.15　快速在表格中添加行或列　[157]　　3.1.16　快速在表格末端插入行　[158]

3.1.17　一次添加多行或多列　[159]　　3.1.18　快速删除行或列　　　[159]

3.1.19　绘制表格斜线　　　　[160]　　3.1.20　去除表格边框线和底纹　[162]

3.1.21　擦除表格部分框线　　[162]　　3.1.22　缩放表格大小　　　　[163]

3.1.23	用【Backspace】键删除所选单元格 [164]	3.1.24	将表格转换为图片 [164]
3.1.25	为单元格填充渐变颜色 [165]	3.1.26	快速为表格添加背景色 [166]
3.1.27	在 PowerPoint 中实现表格计算 [167]	3.1.28	在幻灯片中插入现有的 Excel 文件 [169]
3.1.29	在幻灯片中链接 Excel 表格文件 [171]	3.1.30	设置表格的叠放层次 [171]
3.1.31	在幻灯片中绘制图表 [172]	3.1.32	插入 Excel 中的图表 [175]
3.1.33	解决插入的 Excel 图表显示问题 [177]		

3.2 实战演练——制作行业分析报告 178

本节通过制作一个行业调查演示文稿，进一步掌握清晰明确地表达各种调整和分析数据的方法，提高表格和图表的应用能力。

3.2.1	制作标题幻灯片 [179]	3.2.2	插入表格 [180]
3.2.3	插入 Excel 表格 [183]	3.2.4	调用 Excel 中的图表和表格 [185]
3.2.5	插入图表 [187]		

3.3 本章小结 189

第 4 章 版式与设计篇 191

4.1 必备技巧 193

本节介绍版式设计的各种技巧，包括演示文稿的大小和方向设置、演示文稿的背景设置、母板和页脚的应用等，掌握了这些技巧后，创建出一些复杂版式的演示文稿不再是什么难事！

4.1.1	设置幻灯片大小和方向 [193]	4.1.2	将设置幻灯片背景 [193]
4.1.3	隐藏背景图形 [195]	4.1.4	快速删除幻灯片背景 [196]
4.1.5	将指定的图片设置为幻灯片背景 [197]	4.1.6	设置背景的应用范围 [198]
4.1.7	使用内置主题模板 [199]	4.1.8	更改部分幻灯片主题模板 [200]
4.1.9	更改默认主题 [201]	4.1.10	将现有的文件作为主题模板 [201]
4.1.11	自定义主题模板 [202]	4.1.12	删除主题模板 [203]
4.1.13	改变主题模板颜色 [204]	4.1.14	自定义主题颜色方案 [204]

4.1.15	设置幻灯片主题颜色的应用范围	[205]	4.1.16	快速统一字体格式	[206]
4.1.17	创建自定义的主题字体	[207]	4.1.18	编辑与删除主题字体	[208]
4.1.19	用图形实现幻灯片局部填充	[209]	4.1.20	为何指定的主题字体无效	[209]
4.1.21	在演示文稿中使用多个母版	[210]	4.1.22	更改母版主题	[211]
4.1.23	删除母版	[211]	4.1.24	使用预定义版式	[212]
4.1.25	自定义母版版式	[213]	4.1.26	删除母版版式	[215]
4.1.27	快速为幻灯片添加页脚	[216]	4.1.28	让标题幻灯片中不显示页脚	[217]
4.1.29	为幻灯片编号	[217]	4.1.30	更改页脚文字格式	[218]
4.1.31	在演示文稿使用横纵混排的页面	[218]			

4.2　实战演练——制作计划与执行演示文稿 220

本节通过制作一个执行计划演示文稿，进一步学习制作一个能够吸引观众的演示文稿的方法，掌握在幻灯片页面中合理安排内容，应用版式和色彩的方法，使演示文稿的主题更加突出。

4.2.1	选择主题背景和版式结构	[221]	4.2.2	制作标题幻灯片	[224]
4.2.3	设置幻灯片格式	[226]	4.2.4	设置图形表述页面版式	[230]

4.3　本章小结 235

第 5 章　动画设置与播放篇 237

5.1　必备技巧 238

本节主要讲解演示文稿动画设置与播放的技巧，帮助大家制作出动感十足的幻灯片效果。

5.1.1	快速应用幻灯片切换动画	[238]	5.1.2	快速应用动画方案	[239]
5.1.3	为对象添加自定义的动画效果	[240]	5.1.4	让动画同步播放	[243]
5.1.5	实现动的循环播放	[245]	5.1.6	使用动画路径制作动画	[246]
5.1.7	设置文字与旁白同步	[249]	5.1.8	利用触发器实现动画重复执行	[250]
5.1.9	添加交互动作按钮	[251]	5.1.10	利用超级链接实现目录式跳转	[253]

5.1.11 让鼠标单击不能切换 幻灯片 [254]   5.1.12 让鼠标右键单击失效 [255]

5.1.13 在放映幻灯片时发送 电子邮件 [255]   5.1.14 去除超级链接的下画线 [256]

5.1.15 播放时显示标题栏和 菜单栏 [256]   5.1.16 幻灯片放映时不让 鼠标出现 [257]

5.1.17 用画笔来做标记 [257]   5.1.18 播放时自动变黑屏 [259]

5.1.19 打开演示文稿则自动 开始放映 [259]   5.1.20 没有安装 PowerPoint 如何 播放动画 [260]

5.1.21 从指定的幻定片开始放映 [260]   5.1.22 按播放环境定义放映内容 [261]

5.1.23 播放隐藏的幻灯片 [262]   5.1.24 编辑放映两不误 [262]

5.1.25 放映时隐藏声音图标 [263]   5.1.26 打包较大的声音文件 [263]

5.1.27 重复播放声音 [264]   5.1.28 设置声音播放的范围 [265]

5.1.29 设置播放音量 [265]   5.1.30 快速定位幻灯片 [266]

5.1.31 使用排练计时 [266]

5.2 实战演练——产品介绍演示 267

本 节将结合动画设置的各种功能，综合设计并制作幻灯片中的动画效果，增强演示影响力，提升演讲效应。

5.2.1 设置幻灯片切换动画 [268]   5.2.2 设置同步动画效果 [268]

5.2.3 用路径实现弹跳效果 [270]

5.3 本章小结 273

第 6 章 输出与安全篇 275

6.1 必备技巧 276

本 节主要讲解将文稿打印输出的的各种操作技巧，包括将演示文档发布成 CD、输出为网页格式等知识，剖析和解决各种疑难问题。

6.1.1 快速将演示文稿中的幻灯片 保存为图片 [276]   6.1.2 在一个页面中打印 多张幻灯片 [278]

6.1.3 在 Word 中创建讲义 [281]   6.1.4 让 Word 讲义中的幻灯片 保持链接 [282]

6.1.5 设置讲义的更新方式 [283]   6.1.6 打印指定的幻灯片 [285]

6.1.7 打印选定的幻灯片 [285]   6.1.8 打印幻灯片备注 [286]

6.1.9 打印幻灯片大纲 [286]   6.1.10 打印到文件 [287]

6.1.11 将当前演示文稿 打包为 CD [288]   6.1.12 将多个演示文稿 打包为 CD [290]

6.1.13	禁止打包的 CD 自动播放	[291]	6.1.14	加密打包的 CD 文档	[292]
6.1.15	没有刻录机也可打包 演示文稿	[293]	6.1.16	将演示文稿发布为网页	[294]
6.1.17	自动恢复文档	[296]	6.1.18	为演示文稿添加密码	[298]
6.1.19	删除密码	[299]	6.1.20	快速设置文档为 只读状态	[300]
6.1.21	启用或禁用消息栏提醒	[301]	6.1.22	保存时删除个人信息	[302]
6.1.23	启用或禁用宏	[303]	6.1.24	兼容性检查	[304]

6.2　实战演练——打印和保护新产品推广计划 305

本节通过新产品推广计划演示文稿的输出和安全设置，巩固必备技巧的应用，提高传播文稿信息的效率。

6.2.1	为文档添加数字签名	[305]	6.2.2	打印幻灯片讲义装订成册	[307]

6.3　本章小结 310

第 7 章　综合案例演练 **311**

我们通过公司评析报告和市场推广策略两个演示文稿的设计制作，综合应用前面介绍的各种技巧，体验演示文稿从设计、编排、制作等主要环节的操作方法，具有较强的实战性。

7.1　公司评析报告 312

7.1.1	案例分析	[312]	7.1.2	制作步骤	[313]

7.2　市场推广策略 343

7.2.1	案例分析	[343]	7.2.2	制作步骤	[344]

7.3　本章小结 358

第1章 基础操作篇

　　PowerPoint 2007 是一款功能非常强大的演示文稿制作软件，是日常工作和生活中最通用、最易掌握的多媒体集成软件之一。利用它可以绘制流程图、制作产品宣传广告、制作各类报告等，如图 1-1 所示是用其制作出来的演示文稿效果。

　　在制作演示文稿时，必须要掌握一些基本的操作方法和技巧，本章来介绍一些幻灯片制作的基本技巧和解决各种疑难问题的方法。

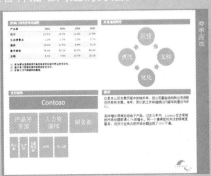

图 1-1　演示文稿效果

1.1 必备技巧

首先来介绍制作演示文稿的基本操作的各种技巧，以熟悉 PowerPoint 2007 中的各种基本功能，并提高操作的效率。

1.1.1 快速创建空演示文稿

启动 PowerPoint 2007 后，可以再建立新的演示文稿。

（1）单击"Office 按钮"，在菜单中选择【新建】命令，如图 1-2 所示。

（2）在"新建演示文稿"对话框中，选择"空白演示文稿"项，如图 1-3 所示，单击【创建】按钮，从而新建空白演示文稿。

图 1-2 选择【新建】命令

图 1-3 选择"空白演示文稿"项

提示： 按下【Ctrl+N】快捷键，也可以新建空白演示文稿。

创建的空演示文稿中不包含任何格式和内容，用户需要全新制作和设计演示文稿。

1.1.2 添加新幻灯片

在演示文稿编辑过程中，可以根据需要随时增加新的幻灯片，并选择新幻灯片的版式。

方法一：使用"新建幻灯片"按钮。

（1）光标定位在需要增加幻灯片的位置。

（2）单击"开始"选项卡中的"新建幻灯片"按钮，在列表中选择需要使用的版式结构，如图 1-4 所示。

方法二：在"幻灯片窗格"中选中某张幻灯片，按回车键后，可以增加一张新的幻灯片。

方法三：在"幻灯片窗格"中选中某张幻灯片，单击鼠标右键，在菜单中选择【新建幻灯片】命令，如图 1-5 所示，可在所选幻灯片的下方添加一张新幻灯片。

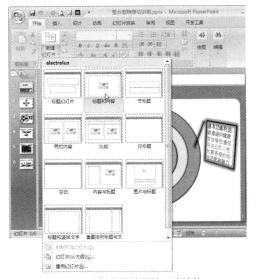

图 1-4　选择需要使用的版式结构

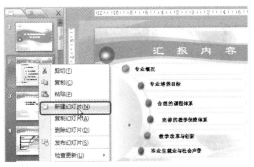

图 1-5　选择【新建幻灯片】命令

1.1.3 删除幻灯片

如果需要删除演示文稿中的幻灯片，则可以按照下面的方法操作：

方法一：选中需要删除的幻灯片，单击"删除幻灯片"按钮。

方法二：选中需要删除的幻灯片，单击鼠标右键，在弹出的菜单中选择【删除幻灯片】命令。

1.1.4 清除文件列表

在默认情况下，单击"Office 按钮"后，可以在列表中看到最近曾打开并编辑过的文档名称，如图 1-6 所示。

通过设置可以决定在列表中显示的数量，甚至取消显示文件列表，操作方法如下。

（1）如图 1-6 所示，单击【PowerPoint 选项】按钮。

（2）弹出"PowerPoint 选项"对话框，在左侧单击"高级"项，在右侧的"显示此数目的'最近使用的文档'"框中，输入指定的数字，如图 1-7 所示，输入"0"，表示不显示文件列表。

图 1-6　最近曾打开并编辑过的文档名称

图 1-7　指定文件列表的显示数量

（3）单击【确定】按钮，完成操作。

1.1.5　突破 20 次的撤销极限

在 PowerPoint 2007 中，单击"快速访问"工具栏中的"撤销"按钮，如图 1-8 所示，可以撤销不想要的操作。

图 1-8　单击"撤销"按钮

提示： 按【Ctrl+Z】组合键可以快速取消前一次的操作。

连续多次按下该组合键可以依次取消多次操作。

这个功能为文稿编辑带来了很大方便，默认可以执行的撤销次数为 20，通过设置可以更改这个数值。

（1）单击"Office 按钮"，在列表中单击【PowerPoint 选项】按钮，如图 1-9 所示。

（2）弹出"PowerPoint 选项"对话框，在左侧列表中选择"高级"项，在右侧的"最多可取消操作数"文本框中设置需要的次数，如图 1-10 所示。

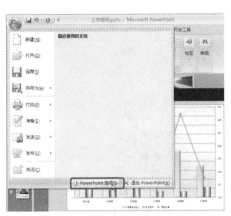

图 1-9　单击【PowerPoint 选项】按钮

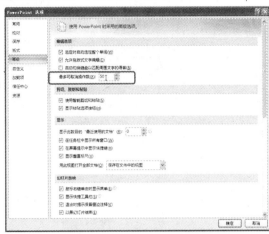

图 1-10　设置最多可取消操作数

（3）单击【确定】按钮，完成设置。

　PowerPoint 2007 中最多允许设置的撤销操作次数为 150 次。

1.1.6 在多个演示文稿间快速切换

当 PowerPoint 中打开了多个幻灯片文档时，可通过以下方法来快速在文档间切换。

单击"视图"选项卡，在"窗口"选项组中单击"切换窗口"按钮，在列表中选择要切换到的文档名称，如图 1-11 所示。

图 1-11　选择要显示的演示文稿

如图 1-11 所示，文档名称前显示对勾的表示是当前正在编辑的文档。

1.1.7 在"快速访问工具栏"中添加按钮

在默认情况下，"快速访问工具栏"中只包含"保存"、"撤销"和"恢复"3个按钮，可以根据操作的需要，将其他按钮放置到"快速访问工具栏"中。

（1）单击窗口左上角"快速访问工具栏"右侧的按钮，在列表中选择需要显示的命令，如图 1-12 所示。

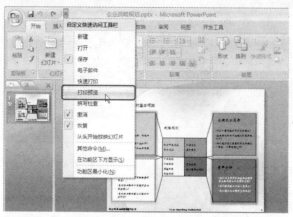

图 1-12　选择需要添加的命令

（2）在图 1-12 中可以看出，列表中只有常用的一些命令，如需要添加其他命令，则需要选择【其他命令】项。

（3）弹出"PowerPoint 选项"对话框，单击"从下列位置选择命令"框右侧的按钮，选择"不在功能区中的命令"项，在列表框中选择要添加的命令，如图 1-13 所示。

图 1-13　选择需要添加的命令

（4）如图 1-14 所示，单击【添加】按钮，将所选命令添加到右侧的列表中。

图 1-14　将所选命令添加到右侧的列表中

提示：　　如果要从"快速访问工具栏"中删除某个按钮，则可以在右侧的列表中选择需要删除的按钮，单击【删除】按钮即可。

（5）单击【确定】按钮，完成设置，如图 1-15 所示，可看到在"快速访问工具栏"中显示了所添加的命令按钮。

图 1-15　添加至"快速访问工具栏"的命令按钮

1.1.8 设置幻灯片中文字大小

将幻灯片中的文字设置到合适的大小才能取消良好的显示效果，通过调整字号可以改变文字的显示大小。

（1）用鼠标左键单击文本框，拖动鼠标选中需要调整大小的文字，如图 1-16 所示。

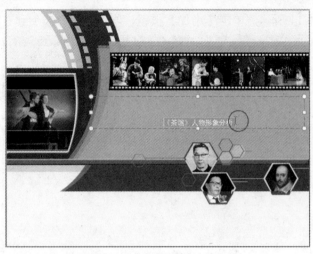

图 1-16　选中需要调整大小的文字

（2）在"开始"选项卡中，单击"字号"框右侧的按钮，在列表中选择需要使用的字号。在 PowerPoint 2007 中，提供了即时预览的功能，选择相应的字号后，可以在页面中预览到效果，如图 1-17 所示。

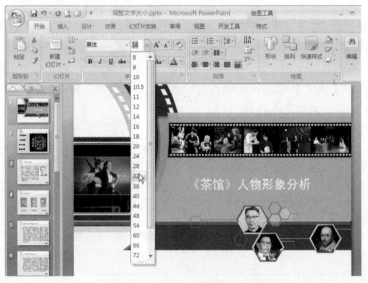

图 1-17　选择字号并预览效果

提示：

　　在 PowerPoint 中，字号都是用数字来表示的，数值越小，字符的尺寸越小，数值越大，字符的尺寸越大。数值的单位是"磅"，2.83 磅等于 1 毫米，所以 28 号字大概就是 1 厘米高的字。如果想自己定义字的大小，就单击字号列表框中间，然后输入需要的字号，然后按【Enter】键即可。通过自己定义文字的大小，可以输入任意大小的字。

技巧：　在选中文字后按【Ctrl+]】可以放大文字，按【Ctrl+[】可以缩小文字。每按一次组合键将放大或缩小 2 个磅值的大小。

1.1.9 快速统计字数和段落

如果需要快速统计出演示文稿中的幻灯片数、字数及相应的段落数等信息，可以按照下面的方法操作。

（1）单击"Office 按钮"，在列表中选择【准备】命令，继续选择【属性】命令，如图 1-18 所示。

图 1-18　选择【属性】命令

（2）在"文档信息面板"中，选择"文档属性"下的"高级属性"命令，如图 1-19 所示。

图 1-19　选择"高级属性"命令

> **提示：** 单击"文档信息面板"窗格右上角的"关闭文档信息面板"按钮，可以将窗格关闭。

（3）弹出"属性"对话框，在"统计"选项卡中显示幻灯片数量、字数、段落数等信息，如图 1-20 所示，在"内容"选项卡中显示当前文档中使用的字体及各幻灯片的标题，如图 1-21 所示。

图 1-20　"统计"选项卡

图 1-21　"内容"选项卡

（4）单击【确定】按钮，完成信息统计。

1.1.10 更改默认视图

PowerPoint 2007 提供了多种工作视图，默认情况下以上次编辑时使用的视图作为打开文件时使用的视图，可以根据需要设置每次打开文件时所使用的视图。

（1）单击"Office 按钮"，单击【PowerPoint 选项】按钮。

（2）弹出"PowerPoint 选项"对话框，在左侧选择"高级"项，打开"用此视图打开全部文档"下拉列表，在列表中选择需要作为默认视图的类型，如图 1-22 所示。

（3）单击【确定】按钮，完成设置。

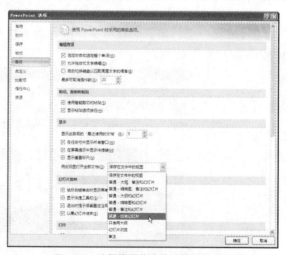

图 1-22　选择需要作为默认视图的类型

这样，每次打开演示文稿时，都会进入只包含有幻灯片的普通视图。

1.1.11 将字体嵌入到演示文稿中

在设计幻灯片时，为了取得良好的演示效果，经常会使用一些特殊的字体，但是，如果在放映现场的计算机中没有安装这些特殊的字体，这些字体将会变为普通字体，有时还会因此而导致格式混乱，影响演讲的效果。将字体嵌入到演示文稿中就可以解决这个问题。

（1）单击"Office 按钮"，在列表中选择【另存为】命令，继续选择【PowerPoint 演示文稿】命令，如图 1-23 所示。

图 1-23　选择【PowerPoint 演示文稿】命令

（2）弹出"另存为"对话框，单击【工具】按钮，选择【保存选项】命令，如图 1-24 所示。

图 1-24　选择【保存选项】命令

（3）弹出"PowerPoint 选项"对话框，选中"将字体嵌入文件"复选框，如图1-25 所示。

图 1-25　选中"将字体嵌入文件"复选框

（4）单击【确定】按钮，保存该文件即可。

1.1.12 轻松隐藏部分幻灯片

对于制作好的 PowerPoint 幻灯片，如果你希望其中的部分幻灯片在放映时不显示出来，可以将它隐藏。具体操作方法如下。

（1）在普通视图中的"幻灯片窗格"中，按【Ctrl】键，分别选中多张需要隐藏的幻灯片。

（2）单击鼠标右键，在菜单中选择【隐藏幻灯片】命令，被隐藏的幻灯片编号处显示▨形标记，如图 1-26 所示。

图 1-26　隐藏后的幻灯片

提示：　如果想取消隐藏，只要选中相应的幻灯片，再进行一次上面的操作即可。

1.1.13 将 Word 文本导入生成幻灯片

有时候，我们需要制作一个演示文稿，发现其中的内容已经被制作成了 Word 文档，能否将这些文本快速地导入到 PowerPoint 中，生成演示文稿呢？回答是肯定的，当然可以。

首先，需要在 Word 中将文本进行处理。

（1）打开素材文件"市场营销战略分析.doc"，单击"视图"选项卡中的"大纲视图"。

（2）光标定位在需要设置大纲级别的段落中，单击"大纲"框右侧的按钮，选择大纲级别，如图 1-27 所示。

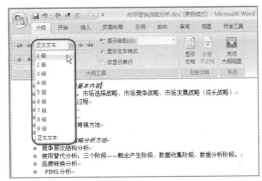

图 1-27　选择大纲级别

提示： 大纲级别为 1 级，生成幻灯片后该段落文档将作为幻灯片标题，其他大纲级别则作为幻灯片内容显示，大纲级别决定其段落级别。

（3）按照同样方法，分别将其他文档也设置相应的大纲级别，如图 1-28 所示。将文档进行保存并关闭。

提示： 修改这样的大纲文本时，需要删除一些信息，尽量将文本修改得简洁明了，但会破坏原有的文档结构，制作之前需要将文档进行备份。

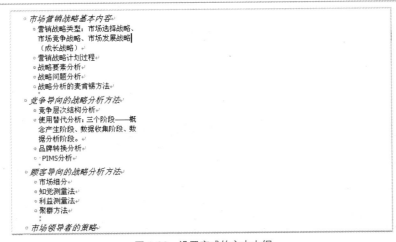

图 1-28　设置完成的文本大纲

然后，将这个大纲文档直接导入到 PowerPoint 中就可以了。

（4）在 PowerPoint 的"开始"选项卡中，单击"新建幻灯片"按钮，在列表中选择【幻灯片（从大纲）】命令，如图 1-29 所示。

图 1-29　选择【幻灯片（从大纲）】命令

（5）弹出"插入大纲"对话框，选择想要转换为幻灯片的 Word 大纲文件，如图 1-30 所示。

图 1-30　选择想要转换为幻灯片的 Word 大纲文件

（6）单击【插入】按钮，就可以将文本大纲转换为幻灯片了，效果如图 1-31 所示。

此时，可以对幻灯片进行相应的修饰，如添加图形、使用设计模板等操作，就可以较快地完成演示文稿的创建工作了。

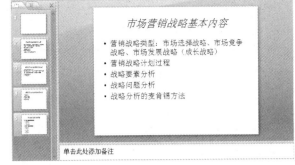

图 1-31　导入大纲生成的幻灯片

1.1.14 快速关闭和打开幻灯片导航区域

拖动窗格右侧的分隔线，可以快速地隐藏和打开该区域，向左侧拖动窗格右侧的分隔条可以将其隐藏，如图 1-32 所示。

想要快速开关幻灯片导航区域，可以将鼠标移动到窗口的左侧，指针变为夹子状时，按住鼠标向右拖动，可以重新显示该区域。

图 1-32　拖动分隔线，隐藏幻灯片窗格

1.1:15 在演示文稿内复制幻灯片

在演示文稿中有多种方法对幻灯片进行复制。

方法一：在幻灯片窗格中，选中需要复制的幻灯片，单击鼠标右键，选择【复制幻灯片】命令，如图 1-33 所示，可以快速在当前幻灯片的下方得到复制后的幻灯片。

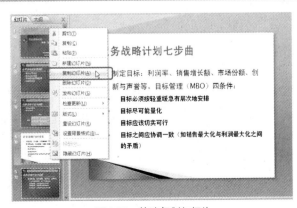

图 1-33　快速复制幻灯片

提示: 直接按下【Ctrl+Shift+D】组合键，也可以快速复制幻灯片。

方法二：在幻灯片窗格中，选中需要复制的幻灯片，按【Ctrl＋C】组合键，再将光标定位在所需要的位置处，按【Ctrl+V】粘贴幻灯片，就可以将幻灯片复制到指定的位置处了。

提示: 复制幻灯片时，也可以选择多张幻灯片，按住【Shift】键后，可以按顺序选取多张幻灯片；按住【Ctrl】键后，可以选择多张不连续的幻灯片。

1.1.16 复制幻灯片时保留源格式

当对幻灯片进行复制时，可以将粘贴进来的幻灯片用插入之前的幻灯片格式进行更新，也可以使幻灯片保留原来的格式设置。

（1）在幻灯片窗格中，选中一张幻灯片，单击鼠标右键，选择【复制幻灯片】命令，如图 1-34 所示。

（2）用鼠标左键在第 2 张和第 3 张幻灯片之间单击，将插入点的位置确定，如图 1-35 所示。

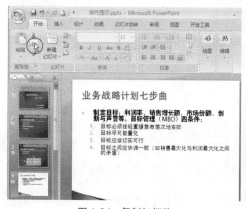

图 1-34 复制幻灯片

图 1-35 确定插入点位置

（3）复制后的幻灯片应用了前一张幻灯片的格式，如图 1-36 所示。

（4）单击"粘贴选项"按钮，选择【保留源格式】项，如图 1-37 所示，可以保留幻灯片的原始格式。

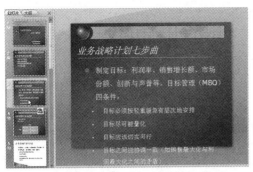

图 1-36　格式更新后的幻灯片效果

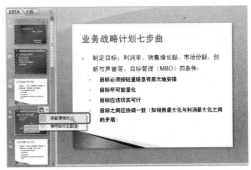

图 1-37　设置粘贴幻灯片，保留源格式

1.1.17　为演示文稿瘦身

如果在一个演示文稿中使用了多张图片，你会发现文件变得很大，影响文件大小的原因主要是图片的格式和图片的缩放大小。

通常在演示文稿中使用的图片格式有两种：一种是 BMP 格式的图片，还有一种是 JPG 格式的图片。

一个 BMP 图片的体积大于 JPG 图片的体积。但如果文件中有多张图片时，图片的缩放大小将会对最终的文档体积产生重大影响。如果 BMP 图片在演示文稿中缩小显示比例，以缩小为原图的 25％计算，一张 4M 大小的 BMP 图像最终只有 200k 左右了。

若单个 JPG 图片文件为 120K，直接在文件中插入，如果 PowerPoint 演示文稿中有大量图片时，将会使文件的体积增大。

因此，建议在演示文稿中使用大小适中的 BMP 图像，不仅可以增强图片的显示效果，而且可以有效缩小 PPT 文件的体积。

如果演示文稿中使用了大量的图片，最好在保存文件时将图片进行压缩，具体操作步骤如下。

（1）单击"Office 按钮"，在菜单中选择【另存为】命令，继续选择【其他格式】命令。

（2）弹出"另存为"对话框中，选择保存的位置和类型，输入指定的文件名称，单击【工具】按钮，在列表中选择【压缩图片】命令，如图 1-38 所示。

图 1-38　选择【压缩图片】命令

（3）弹出"压缩图片"对话框，单击【选项】按钮，如图1-39所示，在"压缩设置"对话框中进一步设置选项，如图1-40所示。

图 1-39　单击【选项】按钮

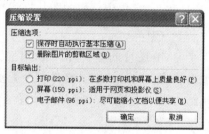

图 1-40　设置选项

（4）单击【确定】按钮，返回"压缩图片"对话框。

（5）单击【确定】按钮，返回"另存为"对话框。

（6）单击【保存】按钮，完成文件的另存为。

经过此番操作后，文件的体积会明显减小。

1.1.18　快速生成内容简介幻灯片

在用 PowerPoint 2003 制作演示文稿时，一般会将第二张幻灯片作为目录幻灯片，其内容为后面的幻灯片的标题。

在 PowerPoint 2007 中不再提供制作摘要幻灯片的功能。如果需要制作目录页，则需要依次复制幻灯片中的标题文本，然后将其粘贴到新幻灯片上，其顺序应为幻灯片在演示文稿中的显示顺序。

1.1.19 快速调用其他 PPT

在进行演示文档的制作时，需要用到以前制作的文档中的幻灯片或要调用其他可以利用的幻灯片，如果能够快速复制到当前的幻灯片中，将会给工作带来极大的便利。

（1）将光标定位在需要放置新幻灯片的位置。

（2）在"开始"选项卡中，单击"新建幻灯片"按钮，在列表中选择【重用幻灯片】命令。

（3）在打开的"重用幻灯片"任务窗格中，单击"打开 PowerPoint 文件"链接项，如图 1-41 所示。

图 1-41　单击"打开 PowerPoint 文件"链接项

> 提示：也可以单击【浏览】按钮，然后在列表中选择【浏览文件】命令。

（5）弹出"浏览"对话框，选择需要插入的演示文稿，如图 1-42 所示。

图 1-42　选择需要插入的演示文稿

（6）单击【打开】按钮，返回"重用幻灯片"任务窗格，看到所选演示文稿中的幻灯片都显示在了任务窗格中，如图 1-43 所示。

图 1-43　显示在了任务窗格中的幻灯片

（7）用鼠标左键指向某张幻灯片后，可以放大显示其缩略图，如图 1-44 所示。

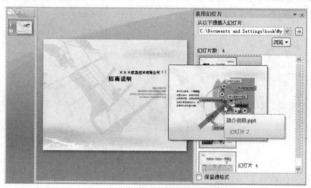

图 1-44　放大显示缩略图效果

（8）直接单击鼠标左键可以将幻灯片插入到当前演示文稿中，效果如图 1-45 所示。

图 1-45　插入幻灯片

提示： 如果希望被插入的幻灯片保留原始格式，可以在插入之前选择"保留源格式"复选框。

1.1.20 隐藏工具面板

工具面板在窗口中占了较大的显示比例，将其进行隐藏可以扩大工作窗口在屏幕中的可视区域。

（1）在工具面板中单击鼠标右键，在菜单中选择【功能区最小化】命令，如图1-46 所示。

图 1-46 选择【功能区最小化】命令

（2）如图 1-47 所示，隐藏后的工具面板中只会显示各选项卡的名称。若需执行某个操作，可以单击相应的选项卡名称。

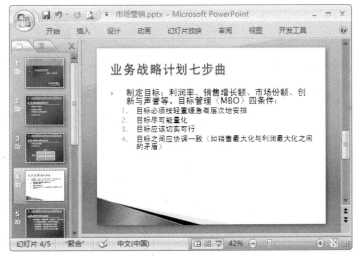

图 1-47 隐藏后的工具面板

提示： 再次执行【功能区最小化】命令可以将工具面板恢复正常显示状态。

1.1.21 设置幻灯片显示比例

通过调整不同的显示比例可以让幻灯片以最佳状态显示，便于进行查看和编辑。

方法一：拖动显示比例滑块。在 PowerPoint 窗口右下角为显示比例调节区，通过拖动滑块，可以使幻灯片以不同的比例显示，如图 1-48 所示。单击右下角的"适应窗口"按钮，可以将显示比例自动调整到适应当前窗口的显示状态。

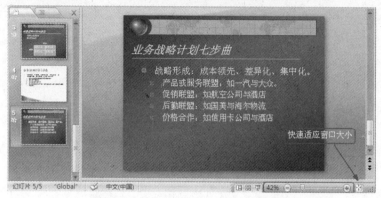

图 1-48　单击右下角的"适应窗口"按钮

方法二：精确调整显示比例。

（1）单击"视图"选项卡，在"显示比例"选项组中单击"显示比例"按钮，如图 1-49 所示。

图 1-49　单击"显示比例"按钮

图 1-50　输入具体的显示比例

（2）弹出"显示比例"对话框，在"百分比"中可以输入具体的显示比例，如图 1-50 所示，单击【确定】按钮即可。

1.1.22　正确选择工作视图

PowerPoint 2007 提供了多种工作视图，包括普通视图、幻灯片浏览、备注页视图和幻灯片放映、母版等视图方式，用户可通过以下两种途径切换视图模式。

单击"视图"选项卡，在"演示文稿视图"区域中可以选择要切换的视图，如图 1-51 所示。

图 1-51　演示文稿视图切换按钮

提示： 在窗口状态栏中提供了普通视图、幻灯片浏览和幻灯片放映 3 个按钮回器早，单击后可以切换到相应的视图中。

除幻灯片放映视图外，在其他的视图中都可以对演示文稿进行特定加工修改，现在，我们来简单了解几种工作视图的特点，以便于在进行不同的操作时选择合适的视图。

1. 普通视图

普通视图是最常用的工作视图，默认情况下包含 3 个区域：幻灯片窗格、幻灯片显示区和备注区域，如图 1-52 所示。其中，幻灯片窗格便于定位幻灯片，若想键入文本，则可以将左侧的幻灯片窗格切换为大纲显示状态；如果需要向幻灯片中添加图形、声音，以及设置动画效果时都需要在幻灯片显示区中工作；在备注区中则可以编辑一些需要特别说明、备忘类的信息。

拖动区域分隔边框可以调整各区域的显示大小，如图 1-53 所示，左侧显示了大纲，底部的备注窗格显示比例增加，而幻灯片显示区域的比例减少，此种显示方式适用于进行内容的编辑，忽略幻灯片的外观显示效果。

图 1-52　普通视图

图 1-53　调整各区域的显示比例

2. 大纲视图

在默认情况下，在 PowerPoint 2007 中没有显示"大纲视图"按钮。如果需要经常切换至大纲视图，可以将命令添加到"快速访问工具栏"中。

（1）单击"Office 按钮"，在列表中选择【PowerPoint 选项】按钮。

（2）弹出"PowerPoint 选项"对话框，单击"从下列位置选择命令"框右侧的按钮，选择"不在功能区的命令"项，在列表框中选择要添加的命令，如图 1-54 所示。

图 1-54　选择需要添加的命令

（3）单击【添加】按钮，将所选命令添加到右侧的列表中，如图 1-55 所示。

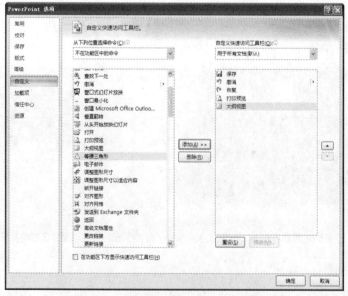

图 1-55　将所选命令添加到右侧的列表中

（4）单击【确定】按钮，完成设置，如图 1-56 所示，看到在"快速访问工具栏"中显示了所添加的命令。

图 1-56　添加至"快速访问工具栏"的"大纲视图"命令按钮

（5）单击"大纲视图"按钮，可以将视图切换至大纲视图，如图 1-57 所示，大纲视图主要显示演示文稿的文本部分，适用于编写文本内容。

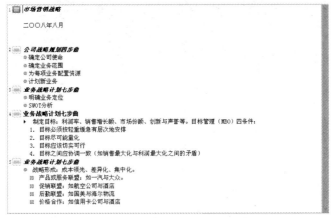

图 1-57　大纲视图

3. 幻灯片视图

幻灯片视图也是常用的视图，利用幻灯片视图可以清晰地显示演示文稿的演示效果。

（1）首先需要将"幻灯片视图"按钮添加到"快速访问工具栏"中，如图 1-58 所示。

图 1-58　将"幻灯片视图"按钮添加到"快速访问工具栏"

（2）单击"幻灯片视图"按钮，可以将视图切换到幻灯片视图中，在此视图中可以从细节方面设置和修饰演示文稿中的单个幻灯片，如图 1-59 所示。

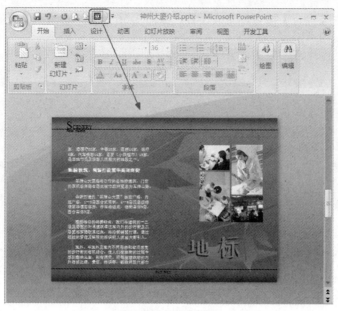

图 1-59　幻灯片视图

在幻灯片视图中，从窗口的最左侧无法拖动出幻灯片窗格。

4. 幻灯片浏览视图

在幻灯片浏览视图中，可以同时以缩略图的方式查看多张幻灯片，如图 1-60 所示，便于对幻灯片的背景、配色方案等设计效果进行整体协调，适于调整幻灯片的前后位置。

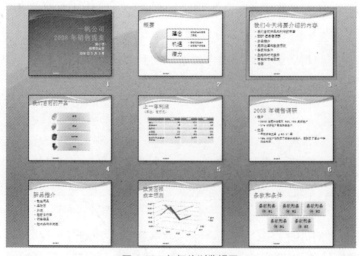

图 1-60　幻灯片浏览视图

5. 幻灯片放映视图

该视图用于查看幻灯片动画效果，以便可以及时调整动画效果。

提示： 按【F5】键可以快速进入幻灯片放映视图。

6. 母版视图

它用于快速统计演示文稿的风格，在母版中对幻灯片中进行操作，包括设置背景、使用主题方案、添加元素等都会显示在所有使用该母版的幻灯片中。通常可以在母版视图中对幻灯片添加公司的 LOGO。

1.1.23 设置上标和下标文字

有时，在幻灯片中，我们需要设置上标和下标的文字，如 M^2、^0C，可以按照下面的方法操作。

（1）拖动鼠标选中需设置为上标的文字。

（2）在"开始"选项卡中，单击"字体"选项组右下角的按钮，如图 1-61 所示。

图 1-61 单击"字体"选项组右下角的按钮

（3）弹出"字体"对话框，如图 1-62 所示，选择"上标"复选框，在"偏移量"文本框中可以调整具体的数量。

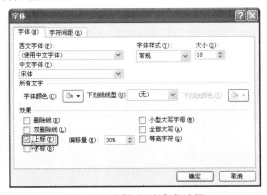

图 1-62 选择"上标"复选框

（4）单击【确定】按钮。

1.1.24 调整字间距

通过调整字符间距可以使拥挤的文字看起来更清晰，方法如下。

（1）选中需要调整字符间距的文字。

（2）打开"字体"对话框，在"字符间距"选项卡中，单击"间距"右侧的按钮，选择"加宽"项，在"度量值"框中可以设置字符间距的大小，如图 1-63 所示。

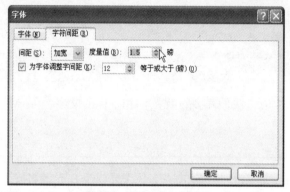

图 1-63　设置字符加宽间距

（3）单击【确定】按钮，完成设置。

提示： 度量值设置越大，表示字符之间的距离越宽。若间距为"紧缩"时，度量值越大，表示字符之间越紧密。

注意： 当字符间紧缩的值过大时，会出现字符叠放的现象。

1.1.25 设置文字方向

在幻灯片中，所有文字都是放置于文本框中的。默认为横排文本框，即文字横向排列在文本框，根据显示的需要可以设置其显示方向。

（1）将光标定位在需要更改文字方向的文本框。

（2）单击"开始"选项卡中的"文字方向"按钮，如图 1-64 所示，在列表中可以选择文字的排放方向。

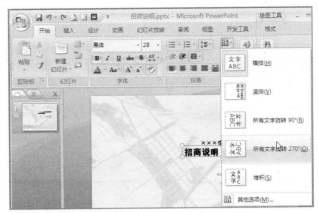

图 1-64　选择文字的排放方向

> **提示：** 如果只需要更改段落中的每行文本设置不同的方向，建议将每行文本单独放置于一个文本框。

1.1.26　自由设置字符颜色

在默认情况下，单击"开始"选项卡中的"字体颜色"按钮，在列表中看到的颜色是由使用的主题颜色决定的。可以为字符设置这些颜色以外的其他颜色。

（1）选中需要设置颜色的文字。

（2）单击"开始"选项卡中的"字体颜色"按钮，在如图 1-65 所示的列表中单击【其他颜色】命令。

（3）弹出"颜色"对话框，在"自定义"选项卡中，可以选择一种颜色标准，如图 1-66 所示。

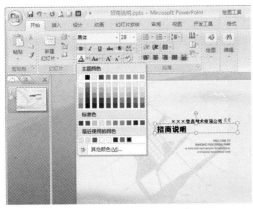

图 1-65　单击【其他颜色】命令

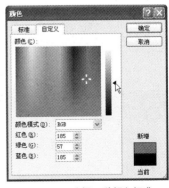

图 1-66　选择一种颜色标准

（4）单击【确定】按钮，就可将所选颜色应用于指定的文字。

1.1.27 在演示文稿中使用符号

在编辑幻灯片时，如果需要使用到某种符号，如人民币符号、版权符号等，可以通过下面的方法将符号添加到幻灯片中。

（1）在文本框中，将光标定位在需要插入符号的位置。

（2）单击"插入"选项卡中的"符号"按钮，如图 1-67 所示。

图 1-67 单击"符号"按钮

提示：
必须将光标定位在文本框之中，若选中了文本框或其他对象时，则"符号"按钮将处于灰色不可用状态。

（3）弹出"符号"对话框，在"字体"列表中选择相应的字体，所选字体将决定符号的显示格式，如图 1-68 所示，在符号列表中选择需要使用的符号。

（4）单击【插入】按钮，可以将所选符号添加到光标所在的位置处。

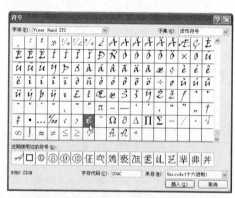

图 1-68 在"字体"列表中选择相应的字体

1.1.28 在幻灯片中添加文本框

除了在幻灯片版式提供的占位符中输入文本，还可以通过插入文本框来在任意位置输入和编辑文本。

（1）单击"插入"选项卡中的"文本框"按钮，在列表中选择【横排文本框】

命令，如图 1-69 所示，表示文字在文本框中横向放置。

图 1-69 选择【横排文本框】命令

（2）鼠标变为十字光标形状，按住鼠标左键在页面的适当位置拖动绘制出一个文本框，如图 1-70 所示。

图 1-70 绘制文本框

（3）在文本框中输入文本内容，设置其字体黑体，大小为 32，颜色为白色，如图 1-71 所示。

图 1-71 在文本框中输入文本

提示：

如果需要让文本框不限定宽度，则可以在选择了"横排文本框"或"垂直文本框"后，直接在幻灯片中单击插入文本框，这样，所输入的文字将在一行或一列内无限排列下去，直到按下回车键才可以另起一行。

1.1.29 设置段落缩进

在幻灯片中，段落有时也需要让段首进行相应的缩进。

（1）光标定位在需要设置的段落中。

（2）单击"视图"选项卡，选中"标尺"复选框，如图1-72所示，将标尺显示出来。

图 1-72 选中"标尺"复选框

（3）如图1-73所示，在标尺中拖动上方的缩进滑块，调整缩进，当虚线显示到合适位置时松开鼠标，完成调整。

图 1-73 拖动上方的缩进滑块

通过标尺调整缩进时，不容易控制缩进量。使用对话框则可以很精确地调整缩进量。

（1）拖动鼠标选中需要设置缩进的段落。

（2）在"开始"选项卡中，单击"段落"选项组右下角的按钮，如图 1-74 所示。

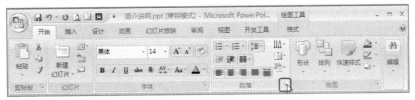

图 1-74 单击"段落"选项组右下角的按钮

（3）弹出"段落"对话框，单击"特殊格式"框右侧的按钮，在列表中选择"首行缩进"项，如图 1-75 所示。

（4）在"度量值"框中可以设置具体的缩进量，如图 1-76 所示。

图 1-75 选择"首行缩进"项

图 1-76 调整缩进量

提示： 在"度量值"框中可以输入 1～142.24 之间的数值。度量单位为厘米。

（5）单击【确定】按钮，可以完成调整，如图 1-77 所示。

图 1-77 段落首行缩进后的效果

1.1.30 设置段落对齐

通过设置段落的对齐方式，可以改变文本在文本框中的显示方式。

单击"开始"选项卡，在"段落"选项组中，单击相应的按钮设置段落的对齐方式，如图 1-78 所示。

图 1-78　段落对齐按钮

提示：　按下【Ctrl+L】组合键可以左对齐段落；按下【Ctrl+E】组合键可以居中对齐段落；按下【Ctrl+R】组合键右对齐段落。

1.1.31 设置段落行距与间距

通过设置行间距可以调整文本之间的距离，使得幻灯片中的文本编排不至于过于拥挤。

（1）选中需要调整行间距的段落文本，单击"开始"选项卡中的"行距"按钮，如图 1-79 所示，在列表中选择需要设置的行距值。

（2）如图 1-80 所示，行距被调整后，内容更加清晰了。

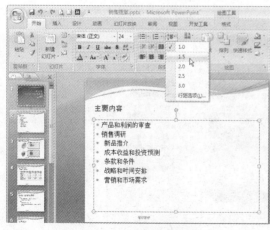

图 1-79　选择行距值

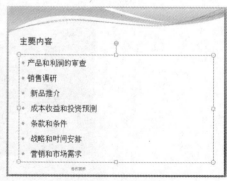

图 1-80　调整行距后的效果

1.1.32 快速替换所有字体

使用替换字体功能可以快速将演示文稿中的某种字体替换为另一种字体。

（1）单击"开始"选项卡中的"替换"按钮，在列表中选择【替换字体】命令，如图 1-81 所示。

图 1-81　选择【替换字体】命令

（2）弹出"替换字体"对话框，在"替换"框中指定需要进行替换的字体，在"替换为"框中设置需要替换为的字体，如图 1-82 所示。

（3）单击【替换】按钮，可将演示文稿中的"Calibri"字体替换为"Algerian"。

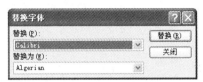

图 1-82　指定替换字体

1.1.33 更改大小写

使用"更改大小写"功能可以快速设置幻灯片中的英文内容的大小写。

（1）选中需要更改大小写的文本。

（2）在"开始"选项卡中，单击"更改大小写"按钮，如图 1-83 所示，在列表中可以选择需要设置的大小写方式。

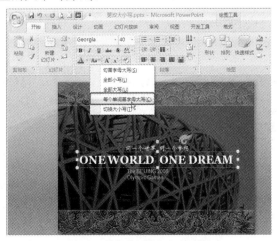

图 1-83　单击"更改大小写"按钮

1.1.34 使用快速样式修饰文本框

在 PowerPoint 2007 中，提供了快速样式功能，利用这些样式可以快速完成文本框的格式设置。

（1）选择要设置的文本框。

（2）单击"开始"选项卡，在"绘图"选项组中单击"快速样式"按钮，在列表中可以选择一种样式应用，如图 1-84 所示。

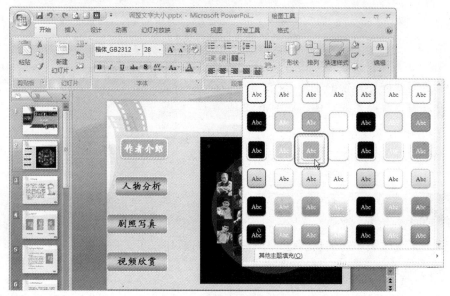

图 1-84　选择快速样式

提示：　在列表中显示的样式颜色由当前演示文稿中使用的主题颜色决定。

1.1.35 使用快速样式修饰文本

除了可以对文本框使用快速样式外，还可以对文本框中的文字使用快速样式，以取得更好的显示效果。

（1）选中文本框。

（2）在"绘图工具"中的"格式"标签中，单击"快速样式"按钮，在列表中选择一种样式应用，如图 1-85 所示。

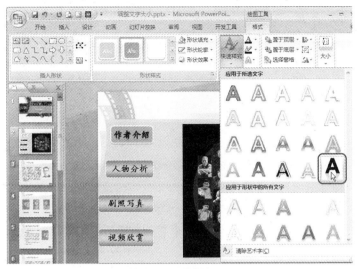

图 1-85　选择文字的快速样式

1.1.36　禁用文字自动换行

　　在默认情况下，当输入的文字超过了文本框的大小时，文字会自动换行。通过设置可以将这个功能关闭。

　　（1）选择要设置的文本框，单击鼠标右键并选择【设置形状格式】命令。

　　（2）弹出"设置形状格式"对话框，在左侧列表中选择"文本框"项，取消"形状中的文字自动换行"复选框，如图 1-86 所示。

　　（3）单击【关闭】按钮。

图 1-86　取消"形状中的文字自动换行"复选框

1.1.37　让文本框大小自动适应文字

　　在编辑文本框时，有时会遇到如图 1-87 所示的情况，即文本框未能按照文字的大小自动调节，此时，可以通过设置让文本框自动适应文字。

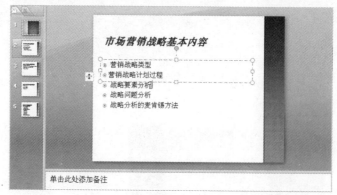

图 1-87　文本框没有自动适应文字

（1）选择要设置的文本框，单击鼠标右键选择【设置形状格式】命令，如图 1-88 所示。

图 1-88　选择【设置形状格式】命令

（2）弹出"设置形状格式"对话框后，选中"文本框"项，选择"根据文字调整形状大小"选项，如图 1-89 所示，单击【关闭】按钮。

图 1-89　选择"根据文字调整形状大小"选项

如果选择"溢出时缩排文字"项，则会将文字自动缩小，以适应当前文本框的大小。

如果内容较多，在文本框中无法显示完全时，会在其左下角显示一个"自动调整选项"按钮，单击该按钮也可以进行相应的设置，如可以将内容拆分到两个张幻灯片中显示。

（3）单击"自动调整选项"按钮，如图 1-90 所示，在列表中选择【将文本拆分到两个幻灯片】命令。

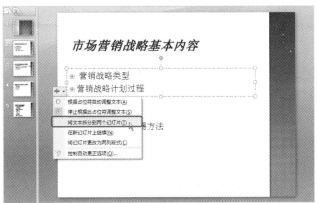

图 1-90　选择【将文本拆分到两个幻灯片】命令

1.1.38　让文字分栏显示

通常，文本框中的内容是以一栏显示的，如果需要可以将其分成两栏、三栏或更多栏。

（1）拖动鼠标选择要设置的文本。

（2）在"开始"选项卡中单击"分栏"按钮，在列表中可以选择要划分的栏数，如图 1-91 所示，选择【更多栏】命令。

（3）弹出"分栏"对话框，可以在"数字"文本框中输入要划分的栏数，如图 1-92 所示。

图 1-91　选择【更多栏】命令

图 1-92　设置栏数和栏间距

提示： 在 PowerPoint 中，最多可以设置的栏数为 16 栏，最大的栏间距 40.64 厘米。

1.1.39 自动查找错误单词

当幻灯片中存在许多英文单词时，难免出现一些错误，若要对单词进行逐个检查，也是一件非常麻烦的事情，不仅工作极大，也容易遗漏掉一些内容。使用"拼写检查"功能可以帮助你快速找到错误的单词，并进行修改。

（1）单击"审阅"选项卡，在"校对"选项组中单击"拼写检查"按钮，如图 1-93 所示。

图 1-93　单击"拼写检查"按钮

（2）当检查到有拼写错误的单词时，会弹出"拼写检查"对话框，如图 1-94 所示，在"不在词典中"文本框中显示了有错误的单词，在"更改为"框中显示建议更正的单词，也可以在"建议"列表框中选择要更正的单词。

图 1-94　更正拼写错误的单词

（3）单击【更改】按钮，即可以将错误单词修改。

提示： 如果在"建议"列表中列出的内容都不符合修改的需要，可以在"更改为"文本框中手动输入正确的单词。

1.1.40 将演示文稿转换为繁体显示

如果你正准备去往香港地区进行相关的市场扩展工作，那么，利用中文简繁转换的功能可以快速地将演示文稿中的简体中文转化成繁体格式，以适应阅读的需要。

（1）选择需要转换为繁体格式的中文。

（2）单击"审阅"选项卡，在"中文简繁转换"选项组中，可以单击"简转繁"按钮，系统将自动将所选内容转换为繁体显示，如图 1-95 所示。

图 1-95　单击"简转繁"按钮

提示：　　在进行简繁转换时，如果希望在转换为繁体时，将一些专有名词一起转换，则需要单击"简繁转换"按钮，弹出"中文简繁转换"对话框中，选择"转换常用词汇"项，如图 1-96 所示，单击【确定】按钮即可。

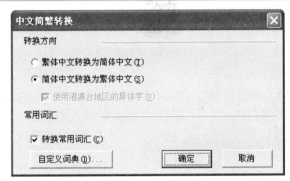

图 1-96　选择"转换常用词汇"项

1.1.41　导出简繁转换词典

在进行简繁转换时，有时需要将某些词语转换为指定的名词，根据需要用户可以定义这些名词。

（1）单击"简繁转换"按钮，弹出"中文简繁转换"对话框，单击"自定义词典"按钮。

（2）弹出"简体繁体自定义词典"对话框，在"添加或修改"文本框中输入要转换的简体词语，在"转换为"文本框中输入对应的繁体词语，如图 1-97 所示，单击【添加】按钮。

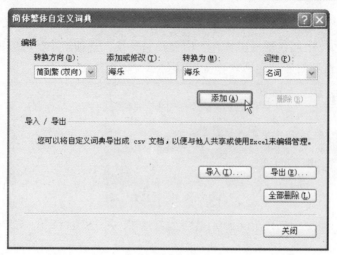

图 1-97　添加词典

（3）如果希望与他人共享这个词典，可以单击【导出】按钮，弹出"另存为"对话框，选择保存位置，输入文件名称，如图 1-98 所示，导出的词典扩展名为"csv"。

图 1-98　导出词典

（4）单击【保存】按钮。

若想使用这个词典，可以在如图 1-97 所示的对话框中，单击【导入】按钮，选择相应的词典文件即可。

技巧　如果需要将演示文稿中的内容全部转换为繁体，则可以先选中一张幻灯片，按【Ctrl+A】组合键将所有幻灯片全部选中，再进行转换即可。

1.1.42 使用即时翻译功能

使用 PowerPoint 提供的翻译功能可以快速对中英文进行翻译。

（1）单击"审阅"选项卡，在"校对"选项组中单击"翻译"按钮。

（2）弹出"信息检索"任务窗格，在"搜索"文本框中输入需要进行翻译的中文或英文，按回车键，然后在窗格下方即会显示出英文单词，如图 1-99 所示。

（3）单击"翻译为"框右侧的按钮，在列表中要选择需要翻译的语种，如"朝鲜语"，如图 1-100 所示，翻译的结果如图 1-101 所示。

图 1-99 翻译为英文　　　　图 1-100 选择翻译的语种　　　　图 1-101 翻译的结果

1.1.43 快速恢复占位符的默认格式

如果对占位符的修改不满意，则可以单击"开始"选项卡，在"幻灯片"选项组中单击"重设"按钮，如图 1-102 所示，将占位符的大小、位置和格式恢复为默认状态。

图 1-102 单击"重设"按钮

1.1.44 让日期自动更新

在演示文稿中，可以使用自动更新的日期，减少每次修改日期的麻烦。

（1）光标定位在需要放置日期的文本框中。

（2）单击"插入"选项卡，在"文本"选项组中，单击"日期和时间"按钮，如图 1-103 所示。

图 1-103　单击"日期和时间"按钮

（3）弹出"日期和日期"对话框，选择一种日期格式，如图 1-104 所示，选中"自动更新"复选框，表示插入的日期与时间随系统时间的变化而变化。

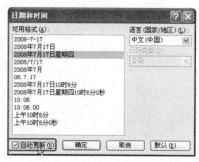

图 1-104　选中"自动更新"复选框

提示：
当日期和时间发生改变时，只有重新放映幻灯片才能反映出这种更新。

1.1.45 在幻灯片中添加批注

通过在幻灯片中添加批注，可以标识需要修改和注意的事项，如图 1-105 所示，添加的批注被放映出来。

（1）选择要添加批注的对象。

（2）单击"审阅"选项卡，在"批注"选项组中，单击"新建批注"按钮，如图 1-106 所示。

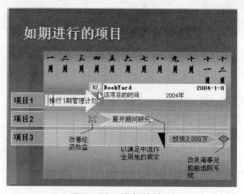

图 1-105　添加的批注

图 1-106　单击"新建批注"按钮

（3）显示批注框，可直接输入修改意见或备忘信息，如图 1-107 所示。在批注框以外的位置单击，可以结束批注的输入。

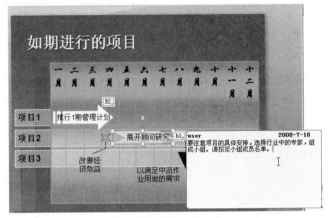

图 1-107　输入批注文本

如果需要重新编辑批注文档，可以选中批注，单击"编辑批注"按钮，可重新打开批注框，添加和修改批注文本。

1.1.46　快速删除文档中的批注

有时，制作的演示文稿中被多个人添加了批注，在对批注中的意见进行相应的修改后，需要将其删除。采用下面的方法可以快速删除文档中的批注。

1. 删除当前批注

在批注标记处，单击鼠标右键，选择【删除批注】命令，可将选中的批注删除。

2. 删除当前幻灯片中的所有批注

选中批注所在的幻灯片，单击"审阅"选项卡，在"批注"选项组中，单击"删除"按钮，在列表中选择【删除当前幻灯片中的所有标记】命令，如图 1-108 所示。

图 1-108　选择【删除当前幻灯片中的所有标记】命令

3. 删除当前演示文稿中的所有批注

选中任意幻灯片，单击"审阅"选项卡，在"批注"选项组中，单击【删除】按钮，在列表中选择【删除此演示文稿中的所有标记】命令即可。

1.1.47 获取更多模板

在微软官方网站中为用户提供了大量的模板应用，只要计算机连接上 Internet，就可轻松获取这些模板文件。具体的操作方法如下。

（1）单击"Office 按钮"按钮，选择【新建】命令。

（2）弹出"新建演示文稿"对话框，在左侧"Microsoft Office Online"列表中，选择需要的模板类型，如"图表"，然后继续选择需要使用的模板，如"金字塔图"，如图 1-109 所示。

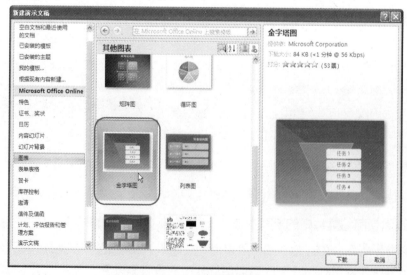

图 1-109　选择需要使用的模板

（3）单击【下载】按钮，弹出"Microsoft Office 正版增值"对话框，如图 1-110

所示，单击【继续】按钮。

图 1-110　单击【继续】按钮

（4）弹出下载进度框，完成下载后自动关闭。

注意： 在下载模板之前，微软官方网站会先检查用户所用 PowerPoint 程序是否为正版，只有通过验证后才允许下载所选择的模板。

1.1.48 为文本添加项目符号

项目符号是一种无序列表，为文本条目添加项目符号可以使其显示更加清晰，具体操作方法如下。

（1）选中需要添加项目符号的文本。

（2）在"开始"选项卡中，单击"项目符号"按钮，在列表中单击一种项目符号，如图 1-111 所示，可将文字添加上指定的项目符号。

（3）在如图 1-111 所示的列表中，选择【项目符号和编号】命令，弹出"项目符号和编号"对话框，可以设置项目符号的大小和颜色，如图 1-112 所示。

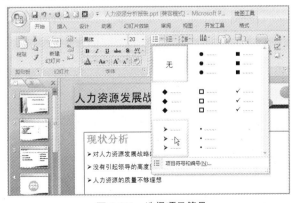

图 1-111　选择项目符号

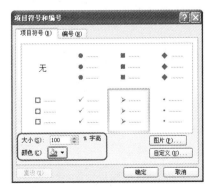

图 1-112　更改项目符号颜色

（4）完后，单击【确定】按钮即可。

1.1.49 指定其他符号作为项目符号

除使用预定义的项目符号外，还可以使用其他符号来作为项目符号使用，具体操作如下。

（1）在"开始"选项卡中，单击"项目符号"按钮，在列表中选择【项目符号和编号】命令。

（2）弹出"项目符号和编号"对话框，单击【自定义】按钮。

（3）弹出"符号"对话框，选择需要作为项目符号应用的符号，如图 1-113 所示。

（4）单击【确定】按钮，返回"项目符号和编号"对话框，看到所选的符号已被作为项目符号，如图 1-114 所示。

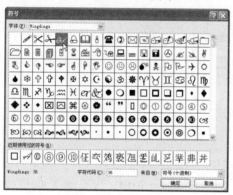 

图 1-113　选择其他符号　　　　图 1-114　所选的符号已被作为项目符号

（5）单击【确定】按钮后，指定的项目符号被应用于所选文本中。

1.1.50 使用图片作为项目符号

将图片作为项目符号使用将会使幻灯片的效果更加炫丽，具体操作方法如下。

（1）选中需要设置项目符号的文本。

（2）在"开始"选项卡中，单击"项目符号"按钮，在列表中选择【项目符号和编号】命令。

（3）弹出"项目符号和编号"对话框，单击【图片】按钮。

（4）弹出"图片项目符号"对话框，可在列表中选择一些预定义的图片作为项目符号使用，如果需要选择自定义的图片文件，则可以单击【导入】按钮，如图 1-115 所示。

（5）弹出"将剪辑添加到管理器"对话框，选择需要使用的图片文件，如图 1-116 所示。

图 1-115　单击【导入】按钮

图 1-116　选择需要使用的图片文件

（6）单击【添加】按钮，返回"图片项目符号"对话框，看到所选图片已经作为项目符号了，如图 1-117 所示。

（7）单击【确定】按钮，将图片项目符号应用于所选文本。

图 1-117　自定义的图片项目符号

1.1.51　快速调整项目符号与文本的间距

将项目符号与文字之间的距离进行设置，方法如下。

（1）选中需要调整的文本内容。

（2）在"视图"选项卡中，选中"标尺"复选框，如图 1-118 所示。

图 1-118　选中"标尺"复选框

（3）鼠标指向标尺中的缩进按钮，如图 1-119 所示，按住鼠标左键拖动，可以快速调整文本与项目符号之间的距离。

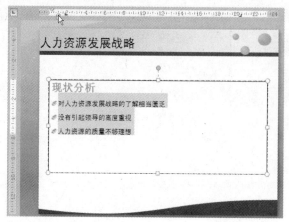

图 1-119　调整文本与项目符号之间的距离

1.1.52 保存演示文稿

演示文稿编辑完成后，需要将其保存。在 PowerPoint 2007 中默认会将演示文稿保存为扩展名为 "pptx" 的文件。

（1）单击 "Office 按钮"，在列表中选择【另存为】命令，如图 1-120 所示，可选择需要保存的文档类型。

图 1-120　选择【另存为】命令

（2）弹出"另存为"对话框，如图 1-121 所示，指定文件的保存位置，在"文件名"框中输入文件名称。

图 1-121　保存新文档

（3）单击【保存】按钮，即可将演示文稿保存在指定的位置了。

技巧: 当演示文稿被保存后，编辑过程中可以随时按【Ctrl+S】组合键保存修改。

1.1.53 将演示文稿保存为模板文件

通过将当前的演示文稿保存为模板文件，可以在需要的时候调用，大大提高工作效率，操作方法如下。

1. 将演示文稿保存为内容模板

这里所说的内容模板，是指将当前演示文稿的各幻灯片内容及其相关的格式设置信息一起保存到模板文件中，调用内容模板后，稍加修改即可成为一个新的演示文稿。例如，工作总结等类的幻灯片就可以保存为内容模板。

（1）单击"Office 按钮"，在菜单中选择【另存为】命令，在子菜单中选择【其他格式】命令。

（2）在"另存为"对话框中，单击"保存类型"框右侧的按钮，在列表中选择"PowerPoint 模板（*.potx）"类型，如图 1-122 所示。

图 1-122　选择模板类型

提示：　如果希望保存的模板文件可以被 2007 以前的版本所使用，需要将其保存为"PowerPoint 97-2003 模板（*.pot）"类型。

（3）输入一个模板文件名称，用于识别该模板文件，在"保存位置"列表中可以选择具体的存放位置，如图 1-123 所示。

图 1-123　确定保存位置和输入文件名称

（4）单击【保存】按钮，完成模板的保存。

2. 将演示文稿保存为设计模板

如果只需要保留演示文稿中的设计信息，如背景等，而不需要具体的内容信息，那么将演示文稿中的所有幻灯片全部删除后再将其保存为模板文件。

1.1.54 使用自定义模板文件创建演示文稿

使用自定义模板文件可以按照下面的方法调用。

（1）单击"Office 按钮"，在菜单中选择【新建】命令。

（2）弹出"新建演示文稿"对话框，单击【我的模板】按钮，如图 1-124 所示。

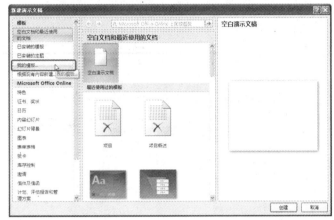

图 1-124　单击【我的模板】按钮

（3）弹出"新建演示文稿"对话框，在列表中可以看到保存后的自定义模板文件，如图 1-125 所示，选择该模板文件后，单击【确定】按钮就可以创建一个新演示文稿了。

图 1-125　选择自定义模板文件

如果创建完成的模板文件在"我的模板"对话框中并未显示，这主要是因为没有将模板文件保存在默认的路径位置，此时可以按照下面的方法调用。

（1）在"新建演示文稿"对话框中，单击【根据现有内容新建】项，如图 1-126 所示。

图 1-126　单击【根据现有内容新建】项

（2）弹出"根据现有演示文稿新建"对话框，在指定的位置找到模板文件，如图 1-127 所示，单击【新建】按钮即可。

提示： 使用这种方法，不仅可以选择 POT 模板文件，也可以基于一个演示文稿来新建内容，十分方便。

图 1-127　在指定的位置找到模板文件

1.1.55　设置自动保存

设置自动保存可以使 PowerPoint 在每隔一段时间就为用户自动保存一次演示文

稿,这样在出现意外断电或死机时,减少数据的丢失。设置自动保存功能的方法如下。

(1)单击"Office 按钮",在菜单中单击【PowerPoint 选项】按钮。

(2)弹出"PowerPoint 选项"对话框,在左侧单击【保存】项,在右侧选中"保存自动恢复信息时间间隔"复选框,并在后面的文本框中输入需要的间隔时间,如图1-128 所示。

图 1-128 选中"保存自动恢复信息时间间隔"复选框

(3)单击【确定】按钮,完成设置。

注意: 设置的间距时间越短,自动保存文件的频率就越高,一般以 10~15 分钟为最佳。

1.2 实战演练——制作创造力讨论文稿

企业活动中,讨论类型的会议是很多的,如产品功能改良的讨论会议等。演讲人使用演示文稿协助演讲,将演讲主题条列出来以便与会者更加详尽地了解会议内容。本节将制作一个创造力开发的讨论文稿,效果如图 1-129 所示,演示文稿采用灰色背景色,文字的颜色为反差较强的白色,放映时可以突显内容,同时,也增加了讨论会的严肃性,右下角处分别使用一些创意图形,又体现出了一种轻松感。

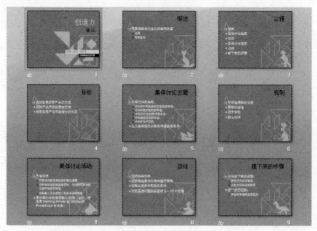

图 1-129 开发创造力演示文稿

要制作这样的演示文稿，需要用到以下知识点：

- 模板的应用
- 修改和编辑内容
- 移动幻灯片
- 幻灯片添加和删除
- 保存演示文稿

1.2.1 设计展示文稿的内容

在制作演示文稿之前，首先是整理自己所要表达的思想，并且使其具有一定的条理性，便于表述，一般情况下，可以将思路在 Word 中制作大纲，如图 1-130 所示，是制作完成的一个大纲文档。

图 1-130 制作好的演示文稿内容大纲

　　大纲应该以多级标题的形式建立，这样做的好处就是方便将这些确定好的大纲导入到 PowerPoint 中快速制作成幻灯片。当然，采用导入的方法制作的幻灯片，还需要对其进行格式设置等许多工作，本节将利用模板来快速制作这样的演示文稿，以节省对演示文稿进行修饰的工作步骤。

1.2.2　使用 Office Online 模板

　　安装 PowerPoint 2007 时，就会在本地预装一些模板文件，但这些模板文件是比较有限的，为了满足用户的需求，微软在网站中提供了大量的模板供用户下载使用，现在就使用其中的一个模板来创建演示文稿。

　　（1）单击"Office 按钮"，在菜单中选择【新建】命令，如图 1-131 所示。

　　（2）弹出"新建"对话框，在左侧列表中单击【计划、评估项目和管理方案】项，如图 1-132 所示，继续选择"集思广益"模板。

图 1-131　选择【新建】命令

图 1-132　选择"集思广益"模板

（3）单击【下载】按钮，显示"Microsoft Office 正版增值"提示框，如图 1-133 所示，单击【继续】按钮。

（4）显示下载提示框，如图 1-134 所示，如果希望终止这次操作，可以单击【停止】按钮。

图 1-133　单击【继续】按钮

图 1-134　开始下载

（5）看到模板被下载到计算机中，生成了具有预定义格式和内容的演示文稿，如图 1-135 所示。

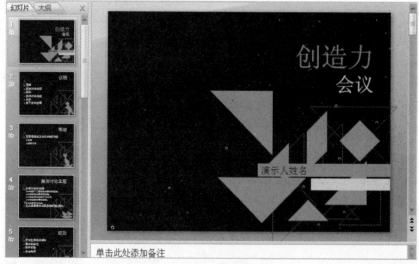

图 1-135　生成的演示文稿

1.2.3 输入和编辑文稿

使用模板创建完的演示文稿，部分内容仍然需要进行修改，现在就按照事先安排好的内容对演示文稿进行修改和编辑。

（1）选中第 1 张幻灯片，选中"演示人姓名"文本框，单击鼠标右键，选择【编辑文本】命令后，在"演示人姓名"后面输入姓名。

（2）单击"插入"选项卡，单击"文本框"按钮，在列表中选择【横排文本框】命令，如图 1-136 所示。

图 1-136 选择【横排文本框】命令

（3）拖动鼠标绘制一个文本框，如图 1-137 所示。在文本框中输入会议的日期，适当调整文本的位置。

按照同样的方法，将其他幻灯片中的内容也进行适当的修改。

通过观察发现，黑色具有较强的压抑感，演示文稿中的背景颜色太过于暗淡了，这里通过更改主题颜色调整显示效果。

图 1-137 绘制文本框

1.2.4 调整主题

对同一模板使用不同的主题颜色可以得到多种不同的显示效果。

（1）单击"设计"标签，单击"颜色"按钮，在列表中选择一种主题色彩，同时在编辑窗口中可以预览到更改后的效果，如图 1-138 所示。

图 1-138 选择主题颜色

（2）单击"背景样式"按钮，在列表中选择【设置背景格式】命令，如图1-139所示。

图 1-139 选择【设置背景格式】命令

（3）弹出"设置背景格式"对话框，单击"颜色"按钮，在列表中选择一种颜色，如图1-140所示，适当调整颜色的透明度，如图1-141所示，单击【全部应用】按钮。

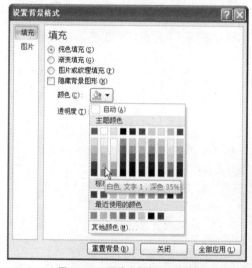

图 1-140 更改主题颜色后的效果

图 1-141 设置透明度

（4）单击【关闭】按钮，关闭"设置背景格式"对话框，看到幻灯片被应用了指定的背景色，效果如图1-142所示。

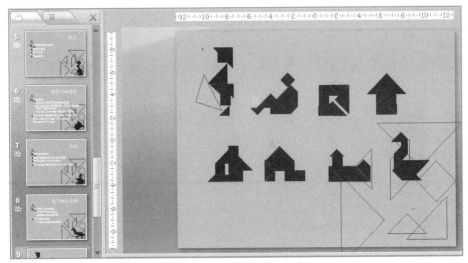

图 1-142　设置了背景色的效果

可以尝试使用多种主题颜色效果来改变最终的显示效果，从中选择最佳方案。

1.2.5 添加与删除幻灯片

现在根据预定义的内容在演示文稿中添加幻灯片，并将不需要的幻灯片删除。

（1）在"幻灯片窗格"中选中最后一张幻灯片，单击鼠标右键，选择【删除幻灯片】命令，如图 1-143 所示。

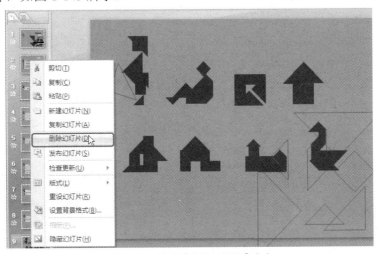

图 1-143　选择【删除幻灯片】命令

（2）选中第 3 张幻灯片，按住鼠标左键向下拖动，将其调整为第 2 张，如图 1-144 所示。

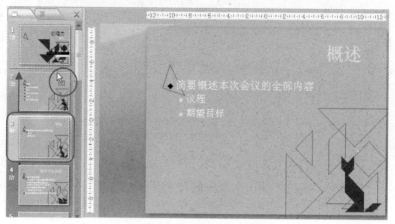

图 1-144　移动幻灯片

（3）选中第 3 张幻灯片，单击"新建幻灯片"按钮，选择"标题和内容"版式，如图 1-145 所示。

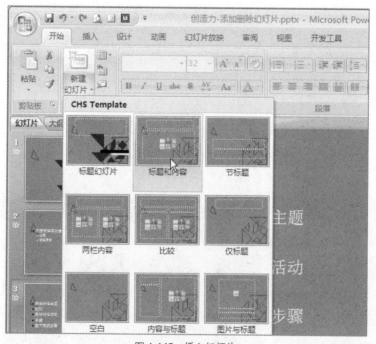

图 1-145　插入幻灯片

（4）在新添加的幻灯片中，输入标题文本为"目标"，如图 1-146 所示。用同样方法，将其他文本内容输入到幻灯片标题下方的占位符中。

图 1-146　输入标题文本

最后，可以根据需要进一步完善修改，直到满意为止。

提示： 为了使展示的效果更加生动活泼，使演讲更有成效，可以在幻灯片加入文字的旁注，以及图形、图像、图表等其他形象化的内容，本节将忽略这些内容的添加。

1.2.6　保存演示文稿

编好的演示文稿，应该以设计好的文件名存盘，PowerPoint 2007 的文件的扩展名为 pptx，也可以将其保存为 PowerPoint 03 兼容格式，此时文件的扩展名则为 ppt。

（1）单击"快速访问工具栏"中的【保存】按钮，如图 1-147 所示。

图 1-147　单击【保存】按钮

（2）弹出"另存为"对话框，选择保存位置，输入文件名称，如"创造力会议讲稿"，选择"文件类型"为"PowerPoint 97-2003 演示文稿"，如图 1-148 所示。

（3）单击【保存】按钮，完成演示文稿的保存。

到这里，我们就完成了一个创造力会议的演示文稿。

图 1-148　设置保存选项

1.3 本章小结

在本章中，我们详细介绍了 PowerPoint 2007 中最基本操作的各种技巧，通过学习本章内容可以掌握 PowerPoint 2007 中各外观元素的操作、视图的选择、文字的设置、段落的设置、模板的应用、幻灯片的基本操作等技巧，最后通过一个案例来对这些基本操作进行实战演练，巩固这些基本操作技巧的应用。本章的知识，是后面章节学习的基础。

利用模板创建文件和设置文字的技巧，可以制作出如图 1-149 所示的测试节目演示文稿，把演示文稿中的文字替换为自己所在行业的内容，即可快速创建出想要的测验文档来。

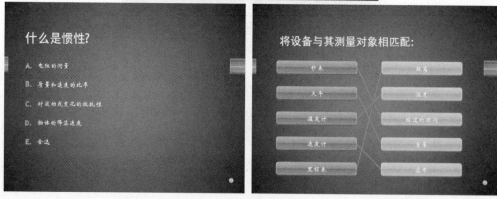

图 1-149　拓展案例效果

第2章 图形对象与多媒体

应用篇

在演示文稿中添加丰富的图片、图形、声音和视频对象，可以将需要表达的内容更加生动地展示给观众，使观众可以更直观、更清晰地观看内容。

PowerPoint 中的图形功能非常强大，用它可以创建出丰富的界面、精致的按钮、漂亮的流程图来，如图 2-1 所示是应用图形的演示文稿效果。

在本章中，我们来介绍关于图形、图片及多媒体对象在演示文稿中的应用技巧，并通过具体职业中的案例来进行实战演习，巩固所学知识。

图 2-1　图形的应用

2.1 必备技巧

在 PowerPoint 中合适地添加图片、图形和多媒体对象，不但可以美化演示文档的效果，而且还可增强文档的可读性和吸引力，可是如果把握不好，效果会适得其反。在本节中，我们来介绍在演示文档中添加这些元素的各种技巧，帮助大家快速地制作出既能准确表达内容，又具有美感的演示文档。

2.1.1 插入图片对象

在 PowerPoint 2007 中可以直接将图片插入到幻灯片中，可使用的图片格式有 BMP、JPG、PNG、GIF 等。

（1）选中需要放置图片的幻灯片。

（2）单击"插入"选项卡，在"插图"选项组中单击"图片"按钮，如图 2-2 所示。

图 2-2　单击"图片"按钮

（3）弹出"插入图片"对话框，选择要插入的图片，如图 2-3 所示。

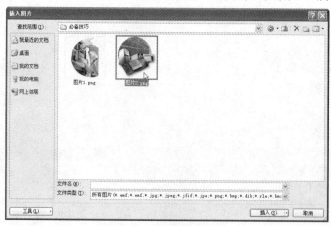

图 2-3　选择要插入的图片

（4）单击【插入】按钮，如图 2-4 所示，图片被放置到了幻灯片中。

图 2-4　插入的图片

提示： 有时为了保证演示文稿的展示效果，需要事先在图像编辑软件中对图片进行处理，本例中使用的图像就是事先处理好的合成图片。

2.1.2　隐藏重叠的图片

如果在幻灯片中添加了许多精美的图片，这些图片将不可避免地叠放在一起，给编辑带来麻烦，影响工作。

在这里，可以将那些暂时不编辑的图像隐藏起来。

（1）单击"开始"选项卡，在"编辑"选项组中，单击"选择"按钮，在列表中选择【选择窗格】命令，如图 2-5 所示。

图 2-5　选择【选择窗格】命令

（2）弹出"选择和可见性"任务窗格，如图 2-6 所示，在"该幻灯片上的形状"
列表中显示了当前幻灯片上的形状，在最右侧有一个"眼睛"的图标，默认是睁开的
眼睛图标表示这些形状都是可见的。

图 2-6　打开的"选择和可见性"任务窗格

（3）单击想隐藏的"形状"右侧的"眼睛"图标，就可以把挡住视线的"形状"
隐藏起来，如图 2-7 所示。

图 2-7　隐藏图片

提示： 编辑完毕后，不要忘记取消隐藏，否则在放映时，被隐藏的对象不会显示。单击窗格底部的【全部显示】按钮，可快速将所有对象显示出来。

2.1.3 把图片裁剪成任意的形状

使用 PowerPoint 中的裁剪功能可以将图片剪成任意形状，这极大地方便了对图片的编辑和使用。

（1）在幻灯片中选中图片。

（2）在"图片工具"中，单击"格式"选项卡，在"图片样式"选项组中单击"图片形状"按钮，在列表中选择形状，如圆角矩形，如图 2-8 所示。

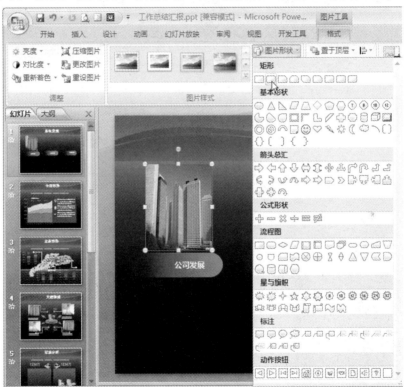

图 2-8　选择需要使用的形状

（3）图片被裁剪为指定的效果。鼠标拖动黄色的菱形标记可以调整圆角的大小，如图 2-9 所示。

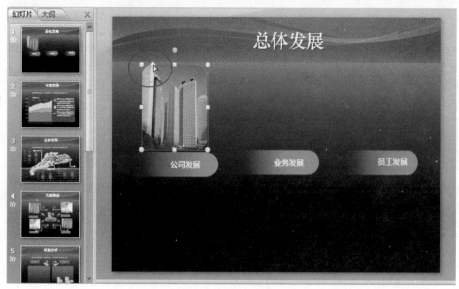

图 2-9　调整圆角的大小

其实，在 PowerPoint 2007 中，要完成这样的操作效果，还可以利用图形填充的方式。

（1）单击"插入"选项卡中的"形状"按钮，在列表中选择需要的形状，如图 2-10 所示。

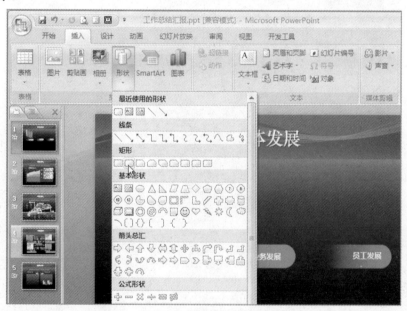

图 2-10　选择需要的形状

（2）在幻灯片页面的合适位置，拖动鼠标绘制出一个形状来，如图 2-11 所示。

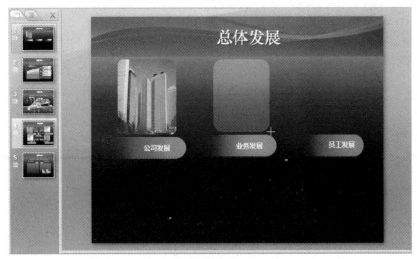

图 2-11　绘制形状

（3）选中绘制好的形状，在"绘图工具"中单击"格式"选项卡，单击"形状填充"按钮，在列表中选择【图片】命令，如图 2-12 所示。

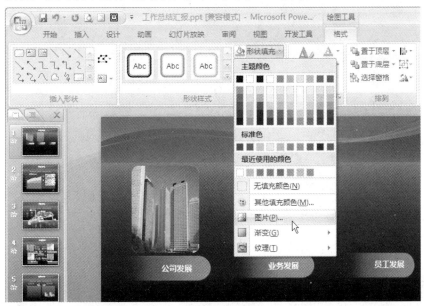

图 2-12　选择【图片】命令

（4）弹出"插入图片"对话框，选择需要使用的图片，如图 2-13 所示。

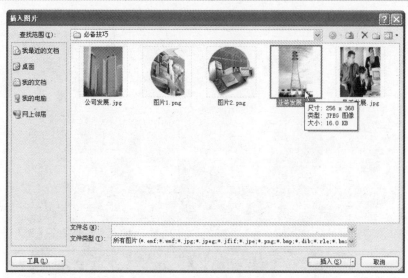

图 2-13　选择需要使用的图片

（5）单击【插入】按钮，可将图片填充到指定的形状中，如图 2-14 所示。

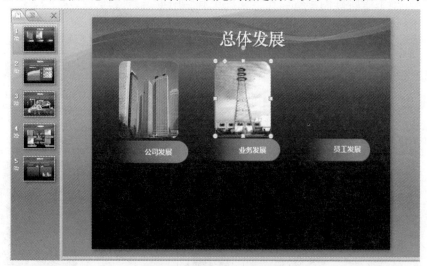

图 2-14　将图片填充到指定的形状

2.1.4　使用更多的剪贴画资源

在安装 Office 2007 时，会同时安装一些剪贴画资源，利用"剪贴画"功能可以快速搜索到需要的图片资源，操作十分简便。

（1）单击"插入"选项卡，在选项组中单击"剪贴画"按钮，如图 2-15 所示。

图 2-15 单击"剪贴画"按钮

（2）弹出"剪贴画"任务窗格，在"搜索文字"栏中输入要寻找图片的关键词，如"体育"，然后在"搜索范围"下拉列表中选择"Web 收藏集"，如图 2-16 所示，单击【搜索】按钮即可找到所有相关图片，如图 2-17 所示。

图 2-16 设置搜索范围

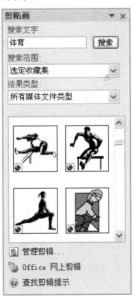

图 2-17 查找到的结果

（3）拖动滚动条，单击需要使用的图像，将其放置到幻灯片中，如图 2-18 所示。拖动鼠标将剪贴画调整到合适的位置。

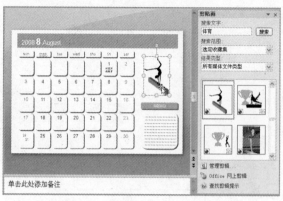

图 2-18　添加到幻灯片中的剪贴画

　搜索到的图片均为微软公司提供，不涉及任何版权事宜，可以放心使用。

2.1.5　将剪贴画下载到本地使用

要使用 Office Oline 中提供的剪贴画资源，必须要在搜索时保证计算机是连接到 Internet 上的。对于那些不方便上网的用户，则可以将需要使用的资源下载到本地，这样在未连接网络的情况下，也能使用这些资源了。

（1）单击"插入"选项卡中的"剪贴画"按钮。

（2）在打开的"剪贴画"任务窗格中，单击"Office 网上剪辑"链接项，如图 2-19 所示。

（3）此时会自动连接到 Office Online 的主页，如图 2-20 所示，单击选择需要下载的剪贴画类型，如"运动"。

图 2-19　单击"Office 网上剪辑"

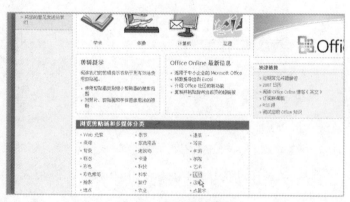

图 2-20　单击剪贴画类型

（4）在打开的页面中，选中需要下载的剪贴画，如图 2-21 所示，在左侧的"选择篮"中显示了具体的信息。

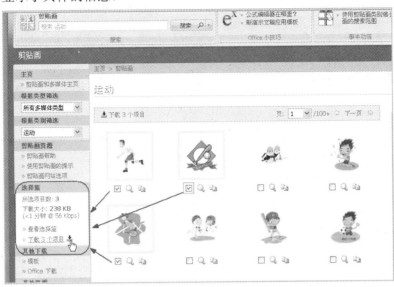

图 2-21　在左侧的"选择篮"中显示了具体的信息

（5）切换页面，单击【立即下载】按钮，如图 2-22 所示。

图 2-22　单击【立即下载】按钮

（6）弹出"文件下载"对话框，如图 2-23 所示，单击【打开】按钮，开始下载。

注意：此时单击【取消】按钮，将取消本次下载操作。

（7）显示下载进度提示框，下载完成后，自动打开"剪辑管理器"，如图 2-24 所示，在左侧的"收藏集列表"框中显示了"下载的剪贴画"类，其中列出了所选的剪贴画，表示这些图片已经被下载到了本地，在不连接网络的情况下也可以使用。

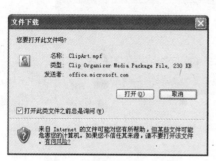

图 2-23　单击【打开】按钮

图 2-24　下载的剪贴画

2.1.6　压缩图片减小文件大小

使用"图片压缩"功能，可以减小幻灯片中的一幅或者多幅图片的体积，在不影响图片质量的前提下减小演示文稿的体积。

（1）选中图片，在"图片工具"中单击"压缩图片"按钮，如图 2-25 所示。

图 2-25　单击"压缩图片"按钮

（2）弹出"压缩图片"对话框，单击【选项】按钮，如图 2-26 所示。

（3）弹出"压缩设置"对话框，在"目标输出"区域中，选择"屏幕（150ppi）：适用于网页和投影仪"项，如图 2-27 所示，单击【确定】按钮。

图 2-26　单击【选项】按钮

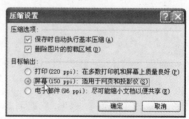

图 2-27　设置压缩选项

提示：如果图像被裁剪过，选择"删除图片的剪载区域"后，那些被裁剪的区域将被永久删除，使用"重设图片"按钮将无法还原图像。

（4）返回"压缩图片"对话框，单击【确定】按钮完成操作。

提示：如果希望将压缩操作作用于演示文稿中的所有图片，则不需要选中"仅应用于所选图片"项。

2.1.7 让演示文稿中的图片自动更新

在默认情况下，被置入到幻灯片中的图像为静态图像，此后，对图像源文件进行的修改不会影响到演示文稿中的图像，如果希望幻灯片中的图像随时反映这种修改，可以按照下面的方法操作。

（1）选中需要插入的图像。

（2）单击"插入"选项卡中的"图片"按钮，打开"插入图片"对话框，选中需要插入的图片后，单击【插入】按钮右侧的箭头，在列表中选择【链接到文件】命令项，如图 2-28 所示。

图 2-28 选择【链接到文件】命令

这样，当磁盘中的图片重新进行修改后，演示文稿中的图片也会自动更新。

2.1.8 任意设置剪贴画的颜色

虽然可以在幻灯片中插入漂亮的剪贴画，但并不是所有剪贴画的颜色都符合使用的需要。利用图片重新着色的功能，可以对剪贴画的颜色进行重新搭配。

（1）选中插入的剪贴画，单击鼠标右键，选择【编辑图片】命令，如图 2-29 所示。

（2）弹出提示框，单击【是】按钮，如图 2-30 所示。

图 2-29　选择【编辑图片】命令

图 2-30　提示框

（3）此时，剪贴画被分解为图形元素了。如图 2-31 所示，选中需要重新设置颜色的部分，在"绘图工具"中单击"形状填充"按钮，重新选择一种颜色即可。

图 2-31　更改绿色箭头的颜色

2.1.9　裁切图片的多余部分

有时，在插入的图片中，只需要显示其中的部分内容，利用裁剪功能可以很方便地达到这个目的。

（1）将图片插入到幻灯片中，如图 2-32 所示，图片较大，可以直接将图片缩小，但这样会使图中心变得较小，不突出了。此时，将图片中的多余部分裁切掉，保留主要的内容部分。

图 2-32　将图片插入到幻灯片中

（2）在"图片工具"中单击"格式"选项卡，单击"裁剪"按钮，如图 2-33 所示。

图 2-33　单击"裁剪"按钮

（3）在图片的四周显示裁切标记，鼠标指针移动到最左侧的载切标记处，如图 2-34 所示，按住鼠标左键拖动进行裁剪，如图 2-35 所示，当黑色竖线到达指定位置处时，松开鼠标完成裁切。

图 2-34　鼠标指针形状　　　　　　　　　图 2-35　进行裁剪时的光标形状

（4）按照同样的方法，可以裁切不同的顶点，以获得理想的显示效果，如图 2-36 所示。

（5）再次单击"裁剪"按钮，可以取消裁切状态。适当调整图片的大小和位置，效果如图 2-37 所示。

图 2-36　裁切后的图片　　　　　　　　　图 2-37　调整后的图像

提示： 在"图片工具"的"格式"标签中，单击"重设图片"按钮，可以将图片恢复为默认的状态，重新裁切。

2.1.10 精确设置图片的裁切尺寸

使用鼠标拖动的方法进行图片的剪裁，将不容易控制裁切的区域大小，使用下面方法则可以更精确地设置具体的裁切尺寸。

（1）选中需要裁切的图片。

（2）在"图片工具"的"格式"选项卡中，单击"大小"选项组右下角的按钮。

（3）弹出"大小和位置"对话框，在"裁剪"区域，可以分别设置左、右、上、下需要裁切的尺寸，如图 2-38 所示。

（4）在幻灯片中可以看到预览的效果，达到要求时，单击【关闭】按钮，即可完成裁切操作。

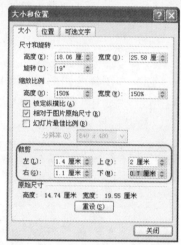

图 2-38　设置裁切的尺寸

2.1.11 为图像添加边框

为了让插入的图片更加突出，可以为其添加边框。

（1）选中需要设置的图片。

（2）在"图片工具"选项卡中，单击"图片边框"按钮，在列表中可以选择一种边框颜色，如图 2-39 所示。

图 2-39　设置图片边框颜色

在列表中，还可以进一步设置边框的线条类型、粗度等格式。

提示： 如果选择【无轮廓】命令，则可以清除图像的边框。

2.1.12 羽化图像边缘

将图片的边缘进行羽化设置，可以使图片更加柔和，与场景的过渡更加自然。

（1）选中需要设置图片。

（2）在"图片工具"选项卡中，单击"图片效果"按钮右侧箭头，在列表中选择"柔化边缘"，再进一步选择需要设置的柔化磅值，如图2-40所示。

图 2-40　选择需要设置的柔化磅值

（3）如图 2-41 所示，是图片边缘柔化前后的效果对比。

图 2-41　柔化图片边缘前后的效果对比

2.1.13 设置图片重新着色

如果需要更改图的显示效果，可以通过调整其颜色模式来达到目的。

（1）选中需要重新设置颜色的图片。

（2）在"图片工具"中单击"重新着色"按钮，如图 2-42 所示，在列表中可以选择不同的颜色模式。

图 2-42　单击"重新着色"按钮

2.1.14 自由绘制图形

除了使用图像对幻灯片进行修饰以外，还可以使用图形来绘制任意的形状。

（1）单击"插入"选项卡中的"形状"按钮，在列表中可以选择需要使用的形状，如图 2-43 所示。

（2）鼠标指针变为十字光标时，按住鼠标左键拖动，可以在幻灯片页面中绘制出一个指定的图形来，如图 2-44 所示。

图 2-43　选择需要的形状

图 2-44　绘制指定形状

提示： 在 PowerPoint 的形状中，除曲线、任意多边形和自由曲线工具外，其他所有图形的绘制方法均与此操作相似。

2.1.15 快速应用图形样式

利用形状样式可以快速将形状进行设置。

（1）选中需要设置的图形，单击"绘图工具"选项卡，在"形状样式"列表框中选择一种合适的样式，如图 2-45 所示。

（2）如果有多个图形需要设置同一种图形样式，可以按住鼠标左键拖动出一个虚线框，被框住的图形都可以被选中，如图 2-46 所示。

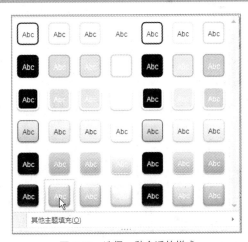

图 2-45　选择一种合适的样式

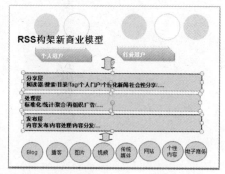

图 2-46　选中多个需要设置相同格式的图形

（3）然后可以为所选中的图形选择一种样式应用。

2.1.16　自由美化图形对象

除了使用预定义的形状样式外，还可以对图形自由设置格式，包括填充渐变、边框等。

（1）选中需要设置的图形。

（2）单击"绘图工具"选项卡中的"形状填充"按钮，在列表中可以选择需要填充的颜色，也可以选择填充渐变、图片及图案，如图 2-47 所示。

（3）这里选择【渐变】项，继续选择【其他渐变】命令。

（4）弹出"设置形状格式"对话框，在"渐变光圈"框中选择光圈 1，单击"颜色"按钮，选择一种颜色，如图 2-48 所示。

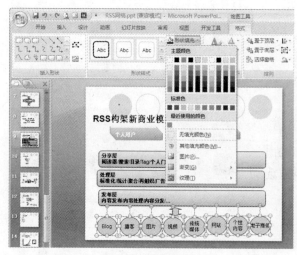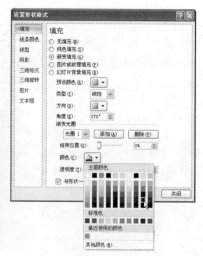

图 2-47　填充形状　　　　　　　　　　图 2-48　选择颜色

（5）按照同样的方法设置其他光圈的颜色。

单击【添加】按钮，可以增加渐变的光圈；单击【删除】按钮可以删除一个渐变光圈。拖动"结束位置"的滑块可以设置当前光圈颜色的位置。

（6）单击"类型"框，可以选择渐变的类型，如图 2-49 所示，单击"方向"框，可以选择渐变的变化方向，如图 2-50 所示。

图 2-49　选择渐变的类型

图 2-50　选择渐变的变化方向

（7）在左侧列表中单击"线条颜色"，在右侧选择"无线条"，如图 2-51 所示。

在"绘图工具"选项卡中单击"形状轮廓"按钮，选择【无轮廓】项也可以取消形状的轮廓线。

（8）设置完后，单击【关闭】按钮，可以在幻灯片页面中看到设置后的效果，如图 2-52 所示。

图 2-51　设置无线条

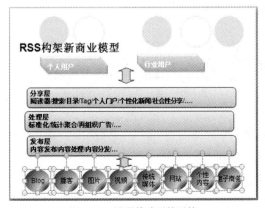

图 2-52　设置格式后的形状

（9）单击"绘图工具"选项卡中的"形状效果"按钮，在列表中选择"棱台"，继续选择一种"硬边缘"棱台样式。按同样方法可以将其他图形也分别添加不同的形状效果，如图 2-53 所示。

在 PowerPoint 2007 中为图形提供了多种效果，如阴影、发光等。这些效果可以应用于图片，也可以应用于图形。

图 2-53　添加形状效果后的图形

2.1.17　更改图形形状

如果在编辑时发现某些图形不是很美观，想将其更换为其他形状，但此时已经对图形进行了相应的格式设置，如果删除再重新进行绘制，无疑造成大量工作的浪费，此时可以将形状进行更改，在改变外观的情况下保留格式设置。

（1）选中需要更改形状的图形。

（2）在"绘图工具"中单击"编辑形状"按钮，在列表中选择【更改形状】命令，在弹出的形状列表中可继续选择需要更改为的形状，如图 2-54 所示。

（3）如图 2-55 所示，所选图形的形状已被更改，但格式仍然保留了下来。

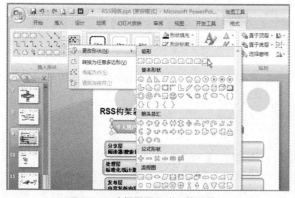

图 2-54　选择需要更改为的形状

图 2-55　更改形状后的图形

技巧： 在绘制好的图形中，有些图形会显示黄色的菱形标记，拖动该标记可以调整形状的显示效果，如圆角的大小等。

2.1.18 用键盘精确定位对象

使用鼠标拖动的方法对图形对象定位时不是很精确。此时，可以选择用键盘方向键来辅助完成操作。

选中图形对象，按住【Shift】键后，按方向键可以在水平或竖直方向移动对象，按住【Ctrl】键后，再用方向键来移动对象，则以像素点为单位移动图形。

2.1.19 使用图示表述信息

在 PowerPoint 2007 中提供了丰富的图示形状，极大地方便了对于抽象信息的表述。

（1）选中需要添加图标的幻灯片。

（2）单击"插入"选项卡，在"插图"选项组中单击"SmartArt"按钮，如图 2-56 所示。

图 2-56 单击"SmartArt"按钮

（3）弹出"选择 SmartArt 图形"对话框，如图 2-57 所示，在左侧可以选择图示的类别，选择"全部"项后，可以通过拖动滚动条来查看相应的图示预览效果，选择"矩阵"类型，然后在其中选择"网格矩阵"图示。

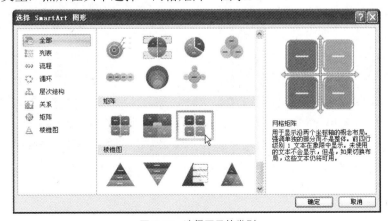

图 2-57 选择图示的类别

（4）单击【确定】按钮，可在幻灯片页面中添加指定的图示形状，如图 2-58 所示，拖动其边框可以移动位置。

（5）鼠标移动到边框的顶角处，当其变为十字光标时，按住鼠标左键拖动可以调整大小，如图 2-59 所示。

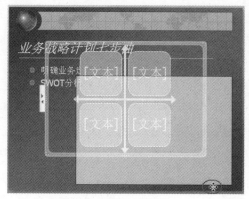

图 2-58　移动图示位置　　　　　　　　图 2-59　调整大小

（6）鼠标移动到边框左侧的按钮处，变为手形，如图 2-60 所示，单击鼠标左键。

（7）弹出"文本窗格"，如图 2-61 所示，可以在窗格中输入相应的文字，这些文字会显示在图示中，输入完毕后，可以单击右上角的关闭按钮，关闭文本窗格。

提示：　也可以直接在图示框中输入，效果是一样的。

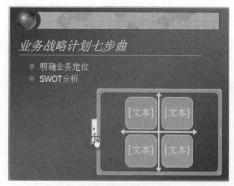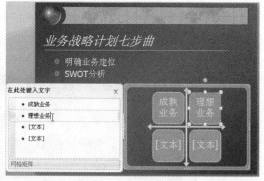

图 2-60　鼠标指针的形状　　　　　　　图 2-61　输入相应的文字

（8）选中图示后，会显示"SmartArt 工具"选项卡，在"设计"标签中单击"更改颜色"按钮，在列表中可以选择一种颜色方案，如图 2-62 所示。

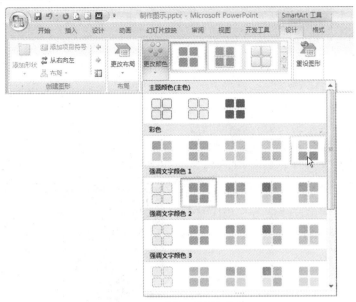

图 2-62　选择一种颜色方案

（9）单击样框右下角的按钮，可以在列表中选择一种样式应用，如图 2-63 所示，选择一种三维样式。

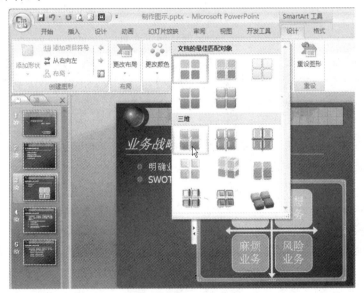

图 2-63　选择一种样式应用

提示：　如果对图示所做的格式修改不满意，可以单击"重设图形"按钮，删除对图示进行的所有格式修改。

（10）单击"格式"标签，在"艺术字样式"框中可以选择一种文本样式，快速设置图示中的文本格式，如图 2-64 所示。

图 2-64　选择一种文本样式

如果要更改图示中文本的大小，可单击"开始"选项卡，在"字号"框中选择一种合适的字号应用。如图 2-65 所示是制作完成的图示效果。

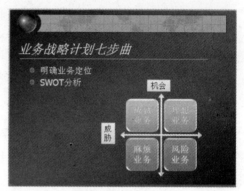

图 2-65　图示效果

提示：

在"SmartArt 工具"的"设计"标签中，单击"更改布局"按钮，可以在保留格式的前题下更改图示的类型。但要注意选择正确的图示类型使用。在 PowerPoint 2007 中所提供的数据库关系图共有六大类型，其代表的意义与运用的时机说明如下。

- 组织结构：主要用来显示层次关系，诸如公司的组织架构或团队成员，也可以当做扩散型或架构的图解说明。
- 循环图：主要用来显示连续循环的过程，也可以用在将中心包围，而提示几个要点的图解。
- 射线图：用来显示核心组件的关系，或由中心向外展开的图解说明。
- 棱锥图：用来显示以基础为准的关系，通常越上层，层次越高，下层则用来支撑上层。
- 维恩图：用来显示组件间重叠的区域，通常用于概念的表达，而交叉部分则是共同的意见。
- 目标图：用来显示达成目标的步骤，越往中心点，表示层次越高。

2.1.20 快速使用已有的对象格式

如果想要设置的格式在幻灯片中已经保存了，如已经对某个图形设置相应的渐变、形状效果、阴影等格式，并想快速地将这些格式应用于其他对象，可以使用格式刷。

（1）将选中已经设置好格式的形状，单击"开始"选项卡中的"格式刷"按钮，如图 2-66 所示，复制格式。

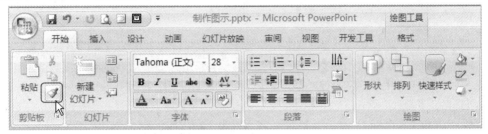

图 2-66 单击"格式刷"按钮

（2）将鼠标移动到需要使用格式处，指针变为刷子形状时单击鼠标左键，可以格式快速应用于被单击的对象。

技巧：如果有多个对象需要使用这种格式，可以双击"格式刷"按钮复制格式，这样就可以连续多次地将格式应用于对象中了，再次单击"格式刷"按钮即可结束操作。

本操作适用于文本框、自选图形、图片、艺术字或剪贴画等对象的格式复制。

2.1.21 将文本快速转换为 SmartArt 图形

如果在幻灯片中已经存在一些文本，可以将这些文本快速转换为 SmartArt 图形。

（1）选中需要转换为 SmartArt 图形的文本。

注意：此处是选中文本内容而不是选中文本框。

（2）单击鼠标右键，选择【转换为 SmartArt】命令，如图 2-67 所示，在子菜单中选择需要使用的图示类型。

（3）所选文本被转换为了指定类型的图示，适当对其进行修饰，效果如图 2-68 所示。

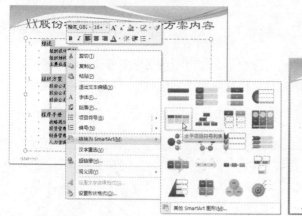

图 2-67 选择【转换为 SmartArt】命令　　　　图 2-68 转换后的图示效果

提示：　单击【其他 SmartArt 图形】命令，可以打开"选择 SmartArt 图形"对话框，进一步选择图示类型。

2.1.22 精确调整图形大小

通过鼠标拖动的方法只能大概地绘制和调整图形的大小，按照下面的方法可以精确调整图形大小。

（1）选中需要调整大小的一个或多个图形。

（2）单击"绘图工具"中"格式"选项卡中，在"大小"区域中即可输入该图片的高度和宽度值，如图 2-69 所示。

图 2-69 设置图片的高度和宽度

如图 2-70 所示的形状，通过设置后，高度和宽度都进行了统一。依次执行【左对齐】命令将形状居左对齐，再执行【纵向分布】命令，将形状之间的距离进行均匀分布，完成的效果如图 2-71 所示。

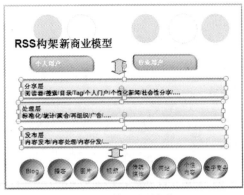

图 2-70　统一图形大小

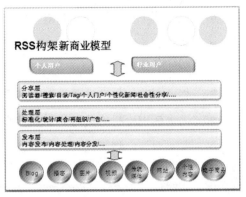

图 2-71　对齐和分布图形

2.1.23　让对象排列整齐

当幻灯片中使用了多个对象时，可以用对齐功能快速排列对象。

（1）选中一个需要对齐的对象，按住【Ctrl】键，再依次单击其他图形对象，将其全部选中。

（2）在"图片工具"的"格式"标签中，单击"对齐"按钮，如图 2-72 所示，在列表中选择一种对齐类型，如【顶端对齐】命令。

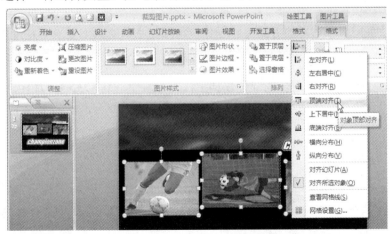

图 2-72　选择【顶端对齐】命令

在 PowerPoint 2007 中，可以对文本框、自选图形、图片、艺术字等对象执行对齐操作。共有 6 种对齐方式：

- 左对齐：将所有选定的对象的左边缘与最左端的对象的左边缘对齐，即最左端的对象保持固定。

- 左右居中：将所选对象沿其中心水平对齐。

- 右对齐：将所有选定的对象的右边缘与最右端的对象的右边缘对齐，即最右端的对象保持固定。

- 顶端对齐：将所选对象的按上边缘对齐。

- 上下居中：将所选对象沿其中心垂直对齐。

- 底端对齐：将所选对象按下边缘对齐。

提示： 如果将一个对象与 SmartArt 图形对齐，那么，对象将与 SmartArt 图形的最左端边缘对齐，而不是与 SmartArt 图形中最左端的形状对齐。

提示： 如果要对齐的对象为文本框或自选图形，则"对齐"按钮位于"绘图工具"的"格式"标签中。

2.1.24 旋转图形对象

如果需要对幻灯片中的对象进行角度设置，可以有两种操作方法。

1. 利用句柄

此方法采用鼠标拖动的方式进行操作，可满足那些对角度要求不精确的操作。

（1）选中图形对象。

（2）将光标移动到对象的绿色句柄上，当光标呈旋转形态时，如图 2-73 所示，拖动鼠标将对象旋转到适当的角度，然后释放鼠标左键即可，如图 2-74 所示。

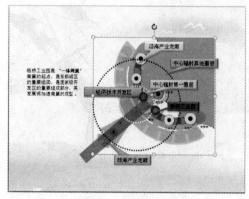

图 2-73　光标呈旋转形态

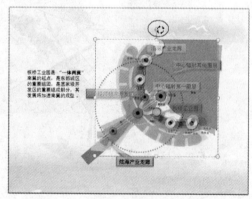

图 2-74　旋转对象

2. 利用对话框精确调整角度

利用"大小和位置"对话框，可以精确调整文本框、图片等对象的放置角度。

（1）选择要设置的对象。

（2）单击"开始"选项卡，在"绘图"区域中单击"排列"按钮，在列表中选择【旋转】中的【其他旋转选项】命令，如图 2-75 所示。

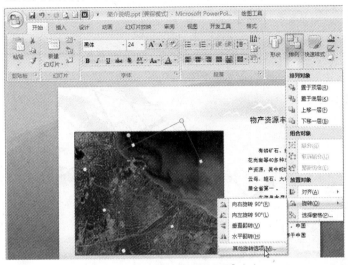

图 2-75　选择【其他旋转选项】命令

（3）弹出"大小和位置"对话框，在"旋转"框可输入要旋转的角度，在幻灯片页面中可以即时预览旋转的角度效果，如图 2-76 所示。

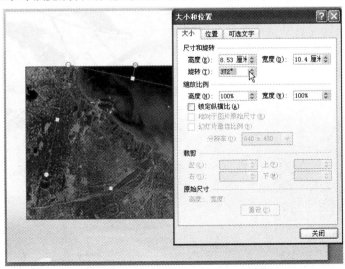

图 2-76　调整角度预览效果

（4）单击【关闭】按钮，完成旋转操作。

使用此方法可以一次对多个对象进行角度调整，可保证每个对象元素的旋转角度是相同的。

2.1.25 组合多个图形

将多个图形设置为一个图形组合，可以很方便地对其进行移动等多种操作。

（1）选择要组合的多个图形对象。

（2）在其中任意一个图形对象上单击鼠标右键，选择【组合】命令，在子菜单中继续选择【组合】命令，如图 2-77 所示。

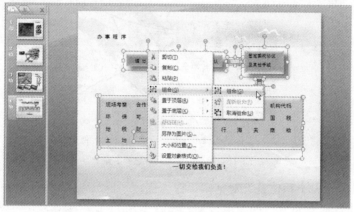

图 2-77　选择【组合】命令

（3）被组合的对象显示为一个整体，如图 2-78 所示，只显示了 8 个图形控制点和一个旋转柄。

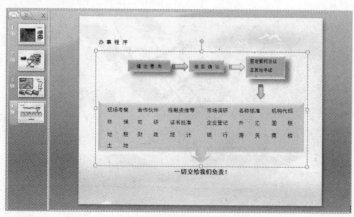

图 2-78　组合后的图形

在被组合的图形处单击鼠标右键，选择【组合】命令，再继续选择【取消组合】命令，可以将其解除组合。

在解除组合后，又需要再次重新组合，只需要选中其中一个图形，单击鼠标右键，选择【组合】中的【重新组合】命令，就可以自动将图形重新组合在一起了。

2.1.26 精确移动图形对象

通常情况下，都是通过鼠标拖动的方式来调整图形对象在幻灯片中的位置，但移动的位置不是很精确。采用下面的方法可以更加精确地确定图形对象的位置。

（1）单击"视图"选项卡，在"显示/隐藏"选项组中，选中"网格线"复选框，如图 2-79 所示。

图 2-79 选中"网格线"复选框

在放映时，显示在幻灯片中的网格线不会被放映。

（2）直接用键盘上的方向键移动选中的对象。每按一次方向键，对象会移动一个网格单位。

如果需要移动的距离小于一个网格单位，可按住【Ctrl】后，再按方向键来移动，则对象会移动 1/5 个网格单位。

2.1.27 设置网格单位大小

在屏幕中显示的网格有助于对图形对象的排列和对齐，根据使用的需要可以重新定义这些网格的大小。

（1）单击"开始"选项卡，在"绘图"选项组中单击"排列"按钮，在列表中选择【对象】命令，再继续选择【网格设置】命令。

（2）弹出"网格线和参考线"对话框，单击"间距"框右侧的按钮，在列表中选择单位厘米内的网格数，如图 2-80 所示。

（3）单击【确定】按钮，完成操作。

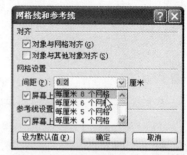

图 2-80　"网格线和参考线"对话框

2.1.28 编辑图形组合中的单个图形

在编辑幻灯片时，可以在不解除图形组合的状态下编辑和更改单个图形元素，如重新设置格式、调整位置和大小等。

（1）单击选中被组合的图形，显示图形控制点。

（2）再继续用鼠标左键单击需要编辑的组合中的某个图形，如图 2-81 所示，被选中的单个图形也显示了图形控制点。此时，就可以对所选的图形进行相应的编辑和修改了。

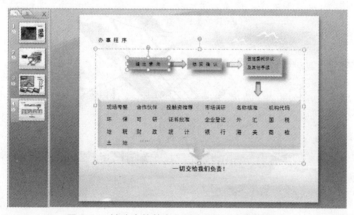

图 2-81　被选中的单个图形也显示了图形控制点

2.1.29 调整图形的叠放层次

当幻灯片中放置了多张图片时，可以调整图像的叠放位置。

选择要调整叠放位置的图片，在图片上单击鼠标右键，选择【置于顶层】中的【置于顶层】命令，如图 2-82 所示，这样该图片就会显示在幻灯片的前端。

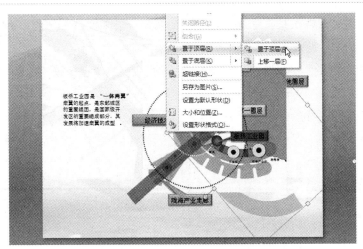

图 2-82　选择【置于顶层】命令

提示： 根据当前图形的位置和需要调整到的目标层位置选择相应的命令，共有 4 种命令：置于顶层、上移一层、置于底层、下移一层。

2.1.30　在幻灯片中添加公式

利用公式编辑器可以非常方便地在幻灯片中添加各种公式。

（1）单击"插入"选项卡，在"文本"选项组中单击"对象"按钮。

（2）弹出"插入对象"对话框，在"对象类型"列表框中选择"Microsoft 公式 3.0"项，如图 2-83 所示。

（3）单击【确定】按钮，弹出"公式编辑器"窗口，如图 2-84 所示，单击【视图】菜单，选择【工具栏】命令。

图 2-83　选择"Microsoft 公式 3.0"项

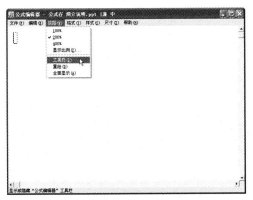

图 2-84　选择【工具栏】命令

（4）在"公式"工具栏中选择相应的公式符号，如图2-85所示，是创建完成的公式。

（5）单击【文件】菜单，选择【退出并返回到演示文稿】命令，如图2-86所示，在幻灯片中便可看到输入的公式。

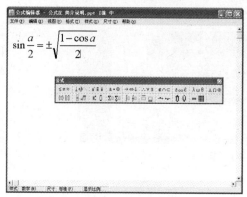

图 2-85　创建公式

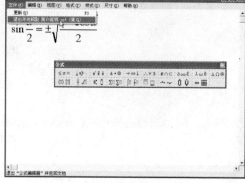

图 2-86　结束公式编辑

提示： 如果需要再次对公式进行修改，可选中公式并双击鼠标左键，便可重新打开"公式编辑器"窗口进行修改。

2.1.31　插入演示文稿对象

利用在幻灯片中插入一个演示文稿对象的方法，可以实现图片自动放大显示的效果。

（1）选中幻灯片，单击"插入"选项卡，在"文本"选项中单击"对象"按钮，如图2-87所示。

图 2-87　单击"对象"按钮

（2）弹出"插入对象"对话框，在"对象类型"列表框中选择"Microsoft Office PowerPoint 演示文稿"项，如图2-88所示。

（3）在幻灯片中会显示一个小型的幻灯片编辑窗口，如图2-89所示，单击"版式"按钮，在列表中选择"空白"版式。

图 2-88 选择插入演示文稿　　　　　　　　图 2-89 设置幻灯片对象的版式

（4）插入一张图片，如图 2-90 所示，将图片调整到幻灯片大小。

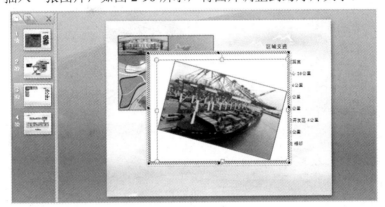

图 2-90 插入并调整图片大小

（5）用鼠标在幻灯片的任意位置单击，结束对象的编辑状态。

（6）将鼠标移动到幻灯片对象边框的右下角处，变为双向箭头，按住鼠标左键拖动可调整其大小，拖动鼠标可以将其移动到合适的位置，如图 2-91 所示。

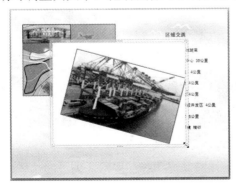

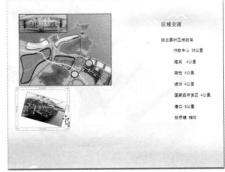

图 2-91 调整大小

按照同样的方法，可以添加其他的演示文稿对象，并更换其中的图片。

（7）这里采用复制的方法，复制出需要的演示文稿对象，如图 2-92 所示。

图 2-92　复制演示文稿对象

（8）双击其中的一个演示文稿对象，重新进入编辑状态，如图 2-93 所示，用鼠标右键单击图片，选择【更改图片】命令。

图 2-93　选择【更改图片】命令

（9）弹出"插入图片"对话框，重新选择需要的图片，如图 2-94 所示，在幻灯片的任意位置单击鼠标左键即结束编辑。

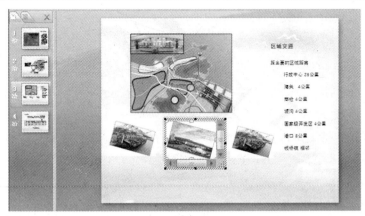

图 2-94　更改图片

按照同样的方法，可以将其他演示文稿中的对象进行更改。

（10）按【F5】键进行试放映，鼠标指向某个演示文稿对象时，鼠标指针变为手形，如图 2-95 所示，单击后可以看到演示文稿对象中的图片。由于演示文稿对象中的图片是被放大到整个幻灯片大小的，因此，可以实现图像放大后返回的效果。

图 2-95　鼠标指针变为手形

2.1.32　在幻灯片中使用视频对象

在幻灯片中插入 WMV 格式的视频文件，可以在幻灯片播放时显示动画影像。

（1）选择放置视频对象的幻灯片。

（2）单击"插入"选项卡，在"媒体剪辑"选项组中单击"影片"按钮，在列表中选择【文件中的影片】项，如图 2-96 所示。

图 2-96　选择【文件中的影片】项

（3）弹出"插入影片"对话框，选择要插入的视频文件，如图 2-97 所示。

图 2-97　选择需要使用的视频文件

（4）单击【确定】按钮，弹出提示框，询问何时开始播放，如图 2-98 所示，单击【自动】按钮。

（5）在幻灯片中显示了影片的播放框，将鼠标移动到右上角的位置，变为双向箭头，如图 2-99 所示，按住鼠标左键拖动，可调整播放框的大小。

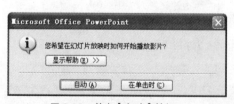

图 2-98　单击【自动】按钮

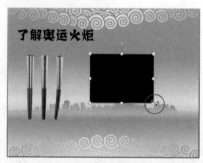

图 2-99　调整播放框的大小

（6）按【F5】键开始放映时，单击插放框就可以播放影片了。

（7）如果要精确调整播放图框的尺寸，则可进行以下设置：选中影片的播放框，单击"影片工具"选项卡，在"大小"选项组中的设置播放图框的高度和宽度，如图2-100 所示。

图 2-100　调整影片播放图框的高度和宽度

2.1.33 设置影片全屏和循环播放

在默认情况下，添加到幻灯片中的视频文件在指定的视频播放区域中播放，如希望全屏播放，可以按照下面的方法设置。

（1）选中添加到幻灯片中的视频文件。

（2）在"影片工具"选项卡中，选中"全屏播放"复选框，如图 2-101 所示。

图 2-101　选中"全屏播放"复选框

提示：如果需要循环播放，可以选中"循环播放，直到停止"复选框。

2.1.34 添加自动播放的背景音乐

在制作展示类幻灯片时，可为幻灯片添加背景音乐，使用的声音文件格式主要有 MP3、WMV 等。

（1）选择要设置的幻灯片。

（2）单击"插入"选项卡，在"媒体剪辑"选项组中单击"声音"按钮，选择【文件中的声音】命令项，如图 2-102 所示。

图 2-102　选中【文件中的声音】命令

（3）弹出"插入声音"对话框，选择需要使用的声音文件，如图 2-103 所示。

（4）弹出提示框，如图 2-104 所示，询问何时播放声音文件，单击【自动】按钮，表示在幻灯片开始播放时自动播放声音文件。

图 2-103　选择需要使用的声音文件

图 2-104　提示是否自动播放

> **提示：** 如果希望在播放时不显示"小喇叭"的标记，可以将其拖离幻灯片页面。

2.1.35　插入 CD 乐曲

在演示文稿中，还可以使用 CD 中的乐曲。CD 音乐是以链接的方式嵌入到幻灯片中的，当取出 CD 后，将无法播放声音。

（1）选中需要添加声音的幻灯片。

（2）单击"插入"选项卡，在"媒体剪辑"选项组中单击"声音"按钮，选择【播放 CD 乐曲】命令项。

（3）弹出"插入 CD 乐曲"对话框，分别设置"开始曲目"和"结束曲目"，选中"循环播放，直到停止"项，单击"声音音量"按钮，拖动滑块调节相应的音量，如图 2-105 所示。

（4）单击【确定】按钮，在弹出的提示框中单击【自动】按钮，完成设置。

放映时，将指定的 CD 放入光驱中就可以播放了。

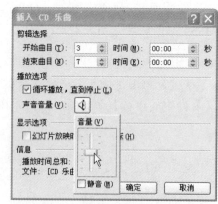

图 2-105　"插入 CD 乐曲"对话框

2.1.36 添加配音旁白

在制作演示文稿时，也可以将讲解文稿录制到幻灯片中。

提示： 在录音之前，需要计算机连接好麦克风，并且要选择一处相对安静的环境，以提高录音质量。

方法一：

（1）选择要设置的幻灯片。

（2）单击"插入"选项卡，单击"声音"按钮右侧箭头，在列表中选择【录制声音】项。

（3）弹出"录音"对话框，输入配音的名称，然后单击●按钮开始录音，如图 2-106 所示。

图 2-106　开始录音

（4）单击■按钮停止录音，单击【确定】按钮完成录音。在幻灯片中可以看到一个小喇叭标记。

方法二：

（1）单击"幻灯片放映"选项卡，在"设置"选项组中单击"录制旁白"按钮，如图 2-107 所示。

图 2-107　单击"录制旁白"按钮

（2）弹出"录制旁白"对话框，单击【设置话筒级别】按钮，如图 2-108 所示。

（3）弹出"话筒检查"对话框，测试和检查话筒是否正常，如图 2-109 所示，单击【确定】按钮。

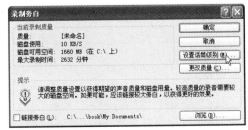

图 2-108　单击【设置话筒级别】按钮

（4）返回"录制旁白"对话框，单击【更改质量】按钮。

（5）弹出"声音选定"对话框，单击"属性"框右侧的按钮，在列表中选择一种音质，如图 2-110 所示，单击【确定】按钮。

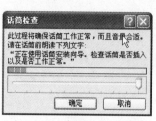

图 2-109　"话筒检查"对话框

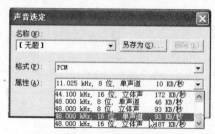

图 2-110　设置声音质量

（6）返回"录制旁白"对话框，单击【确定】按钮，进入幻灯片的放映视图，此时，可以模拟实际放映的情况，录制解说旁白。

（7）结束放映，弹出如图 2-111 所示的对话框，询问是否要一起保存幻灯片的排练时间，单击【保存】按钮，以确保声音旁白能与幻灯片同步播放。

> **提示：** 排练时间是 PowerPoint 自动为每张幻灯片添加的动画播放时间，这个时间与录制的旁白相一致，保存排练计算有助于录制的旁白有效地播放。

图 2-111　保存幻灯片的排练时间

2.1.37　删除配音旁白

如果要删除幻灯片中的声音旁白，则可按以下方法操作。

方法一：

在幻灯片中，选中旁白的喇叭标记，按【Delete】键删除。

方法二：

（1）选择要设置的幻灯片。

（2）单击"动画"选项卡，在"动画"选项组中单击"自定义动画"按钮，如图 2-112 所示。

图 2-112 单击"自定义动画"按钮

（3）显示"自定义动画"窗格，选择要删除的旁白声音，单击【删除】按钮，如图 2-113 所示。

提示： 在"自定义动画"窗格中，选择旁白声音，单击【更改】按钮，在列表中选择【声音操作】命令，再选择【停止】命令项，可以使幻灯片放映时不播放录制的旁白，如图 2-114 所示，选择【播放】命令项则又可让声音旁白正常播放。

图 2-113 删除声音旁白

图 2-114 关闭声音旁白

2.1.38 插入 Flash 动画

要在幻灯片中使用 Flash 动画，可以有以下方法实现。

方法一：使用超级链接插入 Flash 动画

（1）选中需要触发 Flash 动画的对象。

（2）在幻灯片上选中要设置超链接的对象（图片或文字）。

（3）单击"插入"选项卡中的"超链接"命令，如图 2-115 所示。

图 2-115　单击"超链接"命令

（4）弹出"插入超链接"对话框，在"链接到"列表框中单击"原有文件或网页"项，选择要插入的 Flash 动画文件，如图 2-116 所示。

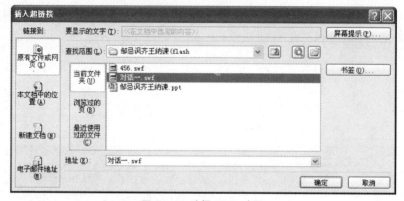

图 2-116　选择 Flash 动画

（5）单击【确定】按钮，将动画文件插入到幻灯片中。

在放映幻灯片时，只要单击对应的超链接即可弹出动画播放窗口。

方法二：使用 Shockwave Flash Object 控件插入 Flash 动画

（1）选择要插入动画的幻灯片。

（2）单击"开发工具"选项卡，在"控件"选项组中单击"其他控件"按钮，如图 2-117 所示。

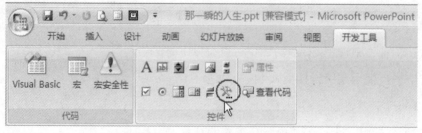

图 2-117　单击"其他控件"按钮

（3）弹出"其他控件"对话框后，在列表框中选择"Shockwave Flash Object"控件项，如图 2-118 所示。

图 2-118 选择"Shockwave Flash Object"选项

（4）单击【确定】按钮，按住鼠标左键绘制一个控件框，将鼠标移动到其右下角处，变为双向箭头，如图 2-119 所示，按住鼠标拖动可适当调整大小，选中控件框，按住鼠标左键拖动可以调整其放置的位置，如图 2-120 所示。

图 2-119 绘制控件框

图 2-120 移动控件位置

（5）选中控件框，在"开发工具"选项卡中单击"属性"按钮，如图 2-121 所示。

（6）弹出"属性"对话框，在"Movie"框中输入 Flash 动画文件路径和文件名。

（7）设置"Playing"为 True，表示显示幻灯片时自动播放 Flash 动画；将"Loop"项目属性设置为 True，表示动画可重复播放，如图 2-122 所示。

图 2-121 单击"属性"按钮

图 2-122 设置控件属性

（8）单击【关闭】按钮，结束设置。

按【F5】键进行放映就可以观看到插入的 Flash 动画了。

2.1.39 以独立窗口播放视频文件

如果希望插入到幻灯片中的视频文件在一个独立的窗口中播放，那么，可以使用插入对象的方式来添加视频文件。

（1）选择要插入影片的幻灯片。

（2）单击"插入"选项卡中的"对象"按钮。

（3）弹出"插入对象"对话框，选择"由文件创建"项，单击【浏览】按钮，如图 2-123 所示。

（4）弹出"浏览"对话框，选择要插入的影片文件，如图 2-124 所示。

图 2-123　单击【浏览】按钮　　　　　　　　图 2-124　选择要插入的影片文件

（5）单击【确定】按钮，返回"插入对象"对话框，单击【确定】按钮。

（6）将鼠标移动到对象的右下角处，鼠标指针变为双向箭头，如图 2-125 所示，按住鼠标左键拖动，调整到合适大小，并移动位置，如图 2-126 所示。

图 2-125　鼠标指针变为双向箭头　　　　　　　图 2-126　移动位置

（7）选中对象并单击鼠标右键，选择【包对象】命令，再继续选择【激活内容】命令，如图 2-127 所示，可以测试视频文件是否可以正常播放。

（8）选择插入的对象，单击"插入"选项卡中的"动作"按钮。

（9）弹出"动作设置"对话框，单击"对象动作"右侧的按钮，在列表中选择"激活内容"项，如图 2-128 所示。

图 2-127　选择【激活内容】命令

图 2-128　选择"激活内容"项

在放映幻灯片时，单击所设置的对象就可以在一个独立的窗口播放视频文件了。

2.1.40　在幻灯片中使用 RM 视频

在幻灯片中使用的视频文件格式中不包括 RM 格式，如果希望在幻灯片中使用 RM 格式文件，可以使用相应的软件也可以将 RM 格式转换为 WMV 格式，然后再插入至幻灯片中。如果不想对文件格式进行转换，可以使用控件直接添加到幻灯片中使用。

（1）选中需要添加视频的幻灯片。

（2）单击"开发工具"选项卡中的"其他控件"按钮，如图 2-129 所示。

图 2-129　单击"其他控件"按钮

（3）弹出"其他控件"对话框，在列表中选择"RealPlayer G2 Control"项，如图 2-130 所示。

（4）按住鼠标左键，在幻灯片页面中拖出合适大小的控件区域，如图 2-131 所示。

图 2-130 选择"RealPlayer G2 Control"项　　　图 2-131 绘制控件区域

（5）在控件框上单击鼠标右键并选择【属性】命令，如图 2-132 所示。

（6）弹出"属性"对话框，在"Source"框中输入 RM 文件的完整路径和文件名，如图 2-133 所示，关闭对话框即可。

图 2-132 选择【属性】命令　　　图 2-133 指定 RM 文件的路径

要使视频可以正确播放，需要在计算机中安装 RealPlayer。

2.1.41 将对象保存为独立文件

使用另存为图片功能，可以将幻灯片中的图片、图形、文本框等对象保存为独立的图片文件，以便在其他文件中调用。

（1）选中需要保存为图片的对象。

（2）单击鼠标右键，选择【另存为图片】命令，如图 2-134 所示。

（3）弹出"另存为"对话框，选择保存的位置，并输入文件名，单击"保存类型"框，可以选择需要保存的图片格式，如图 2-135 所示。

图 2-134 选择【另存为图片】命令

图 2-135 设置保存选项

（4）单击【确定】按钮，完成图片的保存。

2.1.42 快速分离演示文稿中的图形

将演示文稿保存为网格格式的文件，可以快速地将演示文稿中的图片分离出来。

（1）单击"Office 按钮"，选择【另存为】命令，继续选择【其他格式】项，如图 2-136 所示。

（2）弹出"另存为"对话框，在"保存类型"中选择"网页（*.htm：*.html）"项，如图 2-137 所示。

图 2-136 选择【其他格式】项

图 2-137 选择"网页（*.htm：*.html）"项

（3）单击【确定】按钮，保存后会生成一个同名的网页文件及一个名称与网页相同的".files"的子文件夹，每个幻灯片元素均被分离了出来，图片通常会被保存为jpg和png格式各一份。

2.1.43 设置文字与文本框边框的间距

设置文本框（占位符）边框与文字之间的距离，则可以取得更好的显示效果，具体操作方法如下。

（1）选中需要进行设置的文本框或占位符。

（2）单击鼠标右键，选择【设置形状格式】命令，如图2-138所示。

（3）弹出"设置形状格式"对话框，在左侧列表中选择"文本框"项，在右侧的"内部边距"区域可以设置文本与边框的距离，如图2-139所示。

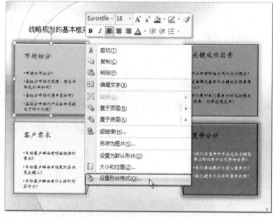

图 2-138　选择【设置形状格式】命令　　　　图 2-139　设置文本与边框的距离

（4）设置完毕后，单击【关闭】按钮即可。

提示： 在"内部边距"的上、下、左、右4个文本框中可以输入的距离范围为0～55.88厘米。

2.1.44 去除图片的背底色

有时，在幻灯片中使用的图片会有一些底色无法去除，如图2-140所示的图片中有一个黑色的背底，利用PowerPoint中的设置透明色的功能可以轻松去除图像的背底色。

图 2-140　带有背底色的图像

（1）选中需要设置的图片。

（2）在"图片工具"中单击"重新着色"按钮，在列表中选择【设置透明色】命令，如图 2-141 所示。

图 2-141　选择【设置透明色】命令

（3）鼠标指针变为""形时，在图片的背底色处单击，如图 2-142 所示。

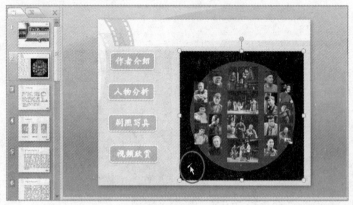

图 2-142　鼠标指针形状变化

（4）此时，图片中的背底颜色被设置为了透明的效果，如图 2-143 所示。

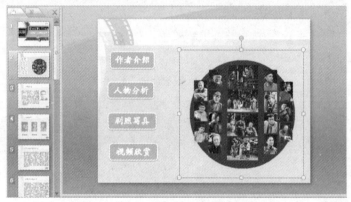

图 2-143　背底颜色被设置为透明

注意： 执行这样操作时，图片中所有与鼠标单击点相近的颜色均会被设置为透明色，因此，只适用于颜色反差较大的图像，且执行操作后要认真检查，以防止图像颜色损失而影响最终的演示效果。

2.1.45 精确控件图片的缩放比例

使用鼠标拖动可以快速调整图片的大小，虽然方便但不精确，要在缩小或放大时保持图片的纵横比例，可以拖动图片 4 个角上的控制点。下面的这种方法可以有效地控制具体的缩放比例值。

（1）用鼠标右键单击图片，在弹出的菜单中选择【大小和位置】命令，如图 2-144 所示。

（2）弹出"大小和位置"对话框，在"大小"选项卡中的"缩放比例"区域内可以调整缩放的百分比，如图 2-145 所示。选中"锁定纵横比"复选框，表示高度和宽度值按照比例进行缩放。

图 2-144 选择【大小和位置】命令

图 2-145 设置缩放比例

（3）单击【关闭】按钮，完成缩放设置。

> **提示：** 在"高度"和"宽度"框中可以输入 1%~37900% 之间的数字。

2.2 实战演练——制作景区介绍演示文稿

本节将通过制作一个景区介绍的演示文稿，综合地讲解所在演示文稿中用文字、图片、图形、声音及媒体对象的具体方法与技巧。如图 2-146 所示是制作完成的效果图。

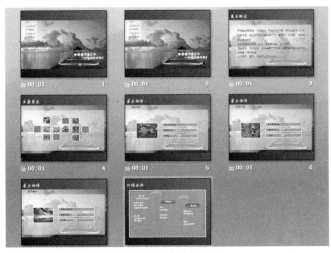

图 2-146 完成的效果

要制作这样的景区介绍演示文稿，需要用到以下知识点：

- 幻灯片的基本操作。
- 插入图片
- 裁剪图片
- 绘制图形
- 编辑图形
- 为图片添加阴影
- 填充和边框设置
- 多个图形的对齐

2.2.1 准备工作

在制作演示文稿之前，需要对景区展示演示文稿的基本框架进行构思，并准备好相关的素材，如图 2-147 所示是准备好的图片，这些图片要有代表性，可以体现景区中主要景点的风光特点，对观众产生吸引力。

图 2-147 准备好的图片素材

另外，还需要策划一些文本内容，如景区介绍、景点介绍等。

2.2.2 制作标题幻灯片

首先来制作演示文稿中的第一张幻灯片，也就是标题页。

1. 添加幻灯片

（1）启动 PowerPoint 2007，单击"Office 按钮"，选择【打开】命令，如图 2-148 所示。

（2）弹出"打开"对话框，选择"景区展示.ppt"文件，如图 2-149 所示，单击【打开】按钮。

图 2-148　单击【打开】按钮

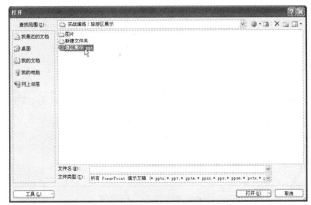

图 2-149　选择要打开的文件

（3）默认第 1 张幻灯片使用的是"标题幻灯片"版式，这里将其更改为"空白"版式，如图 2-150 所示。

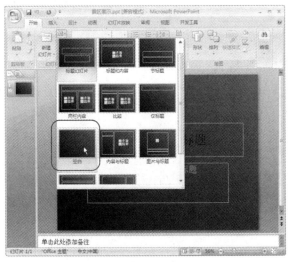

图 2-150　更改版式为"空白版式"

2. 添加图片

接下来，在标题页中添加一个背景图片，图片以景区中主要景点为内容时显示效果比较好。

（1）单击"插入"选项卡，在"插图"选项组中单击"图片"按钮，如图 2-151 所示。

图 2-151　单击"图片"按钮

（2）弹出"插入图片"对话框，选择准备好的"black.jpg"图片，如图 2-152 所示。

（3）单击【插入】按钮，选中的图片被放置于幻灯片中了，如图 2-153 所示。

图 2-152　选择"black.jpg"图片

图 2-153　添加图片

此时，发现图片完全覆盖了幻灯片背景，这里再进一步调整图像的大小。

（4）选中图片，在"图片工具"中单击"格式"选项卡中的"裁剪"按钮，如图 2-154 所示。

图 2-154　单击"裁剪"按钮

（5）移动鼠标到最上方的顶点处，指针变为倒 T 字型，按住鼠标左键向下方移动，将图片在高度上进行裁剪，剪切后的图片效果如图 2-155 所示。

（6）再次单击"裁剪"按钮，取消图片的裁剪状态。

（7）选中图片，按住鼠标左键进行移动，将其调整到如图 2-156 所示的位置。

图 2-155　剪切后的图片效果　　　　　　　图 2-156　调整图片位置

3. 添加文字信息

接下来，需要在标题页中添加一些文本内容。

（1）单击"插入"选项卡，单击"文本框"按钮，选择【横排文本框】项，如图 2-157 所示。

（2）在页面的右下角处拖动鼠标添加一个文本框，并输入一些文本，如"你悄悄地来了让一切就这样开始了"，如图 2-158 所示。

图 2-157　选择【横排文本框】项　　　　　　图 2-158　添加文本内容

此时看到文字显示为黑色，在背景图的衬托下显示的不是很明显。

（3）单击文本框的外边框选中它，在"开始"选项卡中的"字体"选项卡中设置字体、字号和字体颜色，并加粗处理，如图 2-159 所示。

图 2-159　设置格式

（4）按照同样的方法，在左上方适当位置添加一些文本框，并输入相关文字，这些文字最好与其他幻灯片中的标题相一致，便于引导查看，如图 2-160 所示。

此时，可以发现左上方的目录区显示效果不是很好，现在为其添加背景图形，以突显这部分文字。

（5）单击"插入"选项卡，单击"形状"按钮右侧的箭头，在列表中选择"圆角矩形"，如图 2-161 所示。

图 2-160　在左上方添加目录文字

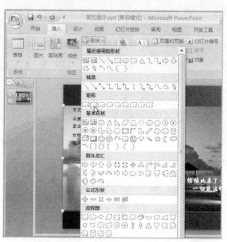

图 2-161　选择"圆角矩形"

（6）将鼠标移动到幻灯片中，在左上角处拖动绘制出一个大小合适的图形来，如图 2-162 所示。

由于绘制完成的形状将文字完全覆盖住了，现在来设置形状的填充色和透明度，以显示文字。

（7）在"绘图工具"中的"格式"标签中，单击"形状填充"按钮，在列表中选择【其他填充颜色】项，如图 2-163 所示。

图 2-162　绘制形状

图 2-163　选择【其他填充颜色】项

（8）弹出"颜色"对话框，选中白色，如图 2-164 所示，拖动"透明度"滚动条，设置为"50%"。

（9）单击【确定】按钮，看到形状底层的文字已经显示出来了，并且像盖了一层薄纱一样，拖动黄色菱形的角点，适当调整形状的圆角，如图 2-165 所示。

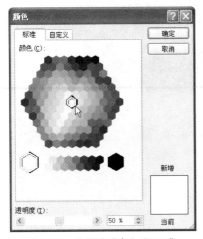

图 2-164　设置透明度为"50%"　　　　图 2-165　拖动黄色菱形的角点，适当调整形状的圆角

（10）继续单击"形状轮廓"按钮，在列表中选择"无轮廓"项，如图 2-166 所示，取消形状的边线。

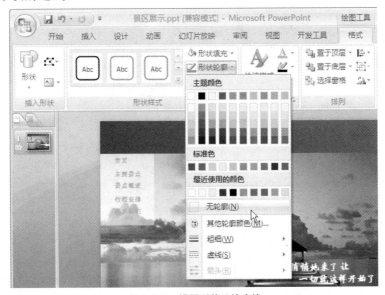

图 2-166　设置形状无轮廓线

（11）在幻灯片窗格中，单击鼠标右键，选择【复制幻灯片】命令，如图 2-167 所示，快速复制一张幻灯片。

图 2-167　复制幻灯片

（12）在复制后的第 2 页幻灯片中，选中图片，在"图片工具"的"格式"标签中单击"重新着色"按钮，在列表中选择"灰度"，如图 2-168 所示。

图 2-168　更改图片为灰充显示

到这里，标题页就制作完成了。在放映时，会形成由彩色转为灰度的变化效果。

2.2.3 制作景点概述幻灯片

现在，我们来制作一张景点概述幻灯片。这是一个文本页面，包括一个标题文本框和内容文本框。

（1）在幻灯片窗格中，用鼠标右键单击第 2 张幻灯片，选择【复制幻灯片】命令，快速得到一张幻灯片。

（2）从幻灯片的左上角按住鼠标左键向上拖动，如图 2-169 所示，让选择框覆盖左上角的目标文本框。

图 2-169　框选目标文本框

（3）如图 2-170 所示，看到所有的目录文本框都被选中了，按【Delete】键将这些文本框删除。用同样方法，将右下角的文本框也删除。

图 2-170　选中所有的目录文本框

（4）将幻灯片中的圆角矩形形状的大小进行调整，并移动到如图 2-171 所示的位置处。

图 2-171　调整文本框大小和位置

（5）在如图 2-172 所示的位置添加一个标题文本框，输入文字"景点概述"，设置字体为方正舒体，字号为 36 号，颜色为白色。

图 2-172　添加标题文本框

由于其他页面也都要采用这个风格的背景衬托，此时，可以先复制出一个幻灯片备用。

（6）在第 3 张幻灯片中，添加一个内容文本框。输入概述文本，设置字体为宋体，字号为 20，颜色为一种紫红色，如图 2-173 所示。

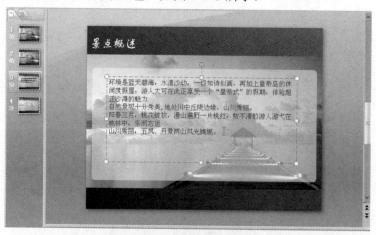

图 2-173　输入内容文本后的效果

（7）单击"开始"选项卡，在"段落"选项组中，单击"行距"按钮，在列表中选择【行距选项】命令，如图 2-174 所示。

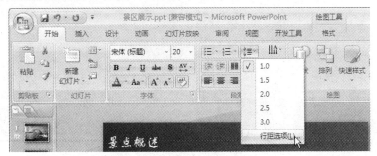

图 2-174 选择【行距选项】命令

（8）弹出"段落"对话框，设置行距为"1.5 倍行距"，如图 2-175 所示。

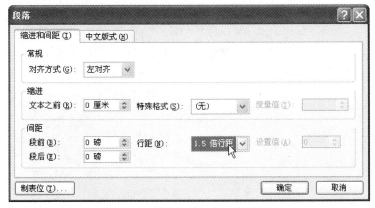

图 2-175 设置行距为"1.5 倍行距"

（9）单击【确定】按钮，完成景点概述页面的制作。

2.2.4 制作主要景点目录

制作景区介绍的演示文稿与其他类型的演示文稿一样，都需要制作一个目录，但有所区别的是，在景区介绍的演示文稿中目录需要用各个主要的景点来替代，以便于选择向观众介绍哪些主要的景点，如图 2-176 所示是制作完成的目录页。

（1）选中第 4 张幻灯片后，复制出一张幻灯片来备用。

（2）单击"插入"选项卡，在"插图"选项组中单击"形状"按钮，在列表中选择"矩形"，如图 2-177 所示，在页面的适当位置绘制出一个矩形。

图 2-176　制作完后的目录页　　　　　图 2-177　绘制出一个矩形

（3）在"绘图工具"中，单击"格式"选项卡中的"形状填充"按钮，在列表中选择"深红"色，如图 2-178 所示。

图 2-178　填充深红色

（4）单击"形状轮廓"按钮，在列表中选择白色，如图 2-179 所示，设置形状的轮廓线为白色。

图 2-179　设置形状的轮廓线为白色

（5）单击"形状效果"按钮，选择"阴影"项，选择"右下斜偏移"阴影类型，如图 2-180 所示。

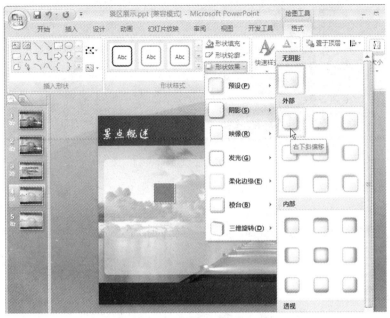

图 2-180　选择"右下斜偏移"阴影类型

（6）按住【Ctrl】键后对形状进行拖动，在移动位置的同时复制形状，复制并移动出如图 2-181 所示的多个形状效果，可根据实际的操作对位置等进行细节的调整。

图 2-181　复制并移动形状

（7）选中其中一个矩形形状，单击鼠标右键，在菜单中选择【设置形状格式】命令，如图 2-182 所示。

图 2-182　选择【设置形状格式】命令

（8）弹出"设置形状格式"对话框，选中"图片或纹理填充"项，如图 2-183 所示，单击【文件】按钮，如图 2-184 所示。

图 2-183　选中"图片或纹理填充"项

图 2-184　单击【文件】按钮

（9）弹出"插入图片"对话框，选择如图 2-185 所示的图片，单击【插入】按钮。

图 2-185　插入图片

（10）返回"设置图片格式"对话框，单击【关闭】按钮，看到选中的图像被填充到了形状中。

（11）按照同样的方法，将其他形状也填充相应的图像，将标题文本修改为"主要景点"，如图 2-186 所示。

图 2-186　修改文本

2.2.5 制作景点介绍幻灯片

对于每个景点都需要进一步说明其详细信息，如游玩的时间和价格等。现在来制作关于景点介绍的幻灯片。

（1）选中第 5 张幻灯片，将标题文本修改为"景点详情"，再根据需要介绍的景点数量复制出若干张幻灯片备用。

（2）选择"横排文本框"，在如图 2-187 所示的页面位置中，绘制一个文本框，并添加副标题为"海底世界"，设置相应的文本格式。

（3）在如图 2-188 所示的页中添加一个矩形，并填充相应的图片。

图 2-187　添加副标题

图 2-188　添加图像

（4）添加一个文本框，并设置填充为一种灰色，边框为白色，如图 2-189 所示。

（5）按住【Ctrl+C】组合键，复制选中的文本框，再按两次【Ctrl+V】组合键粘贴，复制出两个文本框，如图 2-190 所示，看到 3 个文本框都叠放在一起了，可将位置进一步调整。

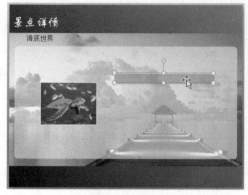

图 2-189　添加文本框

图 2-190　复制文本框

（6）选中 3 个文本框，在"绘图工具"中，单击"格式"选项卡中的"对齐"按钮，在列表中选择【左对齐】命令，如图 2-191 所示。

（7）再继续执行列表中的【纵向分布】命令，将 3 个文本框的纵向间距平均分布。

（8）最后，再分别添加文本框及相应的文字，设置格式后的效果如图 2-192 所示。

图 2-191　选择【左对齐】命令

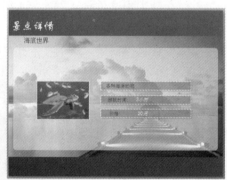

图 2-192　完成的效果

按照同样的方法，完成其他景点详情幻灯片的制作。

2.2.6 制作行程安排页面

行程安排是景点游玩时的重点页面，下面来制作一个行程安排页面。

（1）添加一张新的空白版式的幻灯片。

（2）在页面的主要位置添加一个大的矩形形状，并填充上一种较浅的灰色，设置边框为白色，如图 2-193 所示。

图 2-193　添加大的矩形形状

（3）从上一个幻灯片中复制标题文本框，将标题文本修改为"行程安排"，如图 2-194 所示。

图 2-194　复制并修改标题

（4）在页面中添加一个圆角矩形形状，设置其边线为橘黄色，线条宽度为 4.5 磅，如图 2-195 所示。

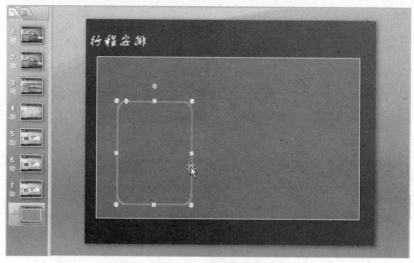

图 2-195　设置矩形格式

（5）再添加一个小的圆角矩形，设置填充为一种橘黄色的一种渐变效果，如图 2-196 所示。

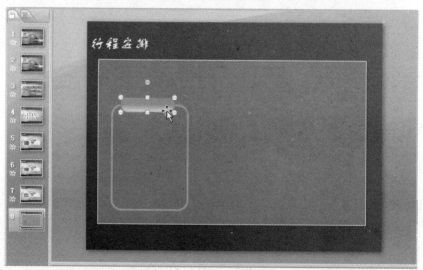

图 2-196　添加小圆角矩形

（6）选中添加的圆角矩形形状，单击鼠标右键，在菜单中选择【组合】命令，再继续选择【组合】命令，如图 2-197 所示，将两个圆角矩形组合在一起。

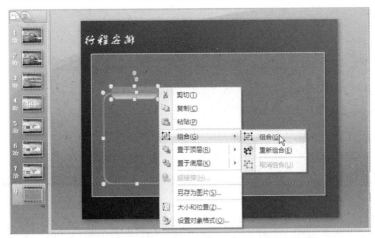

图 2-197　组合图形

（7）用同样方法，在页面中再添加两组这样的形状，并分别设置其颜色为蓝色和绿色，效果如图 2-198 所示，将 3 组形状的位置进行适当调整。

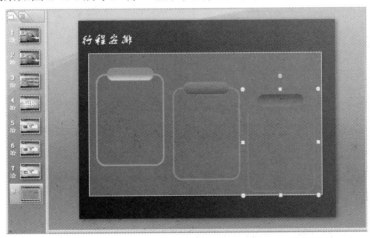

图 2-198　调整位置

（8）在如图 2-199 所示的位置，添加文本框，并输入相应的文本。

（9）选择"自由曲线"形状，在页面的适当位置绘制出一个箭头的形状，如图 2-200 所示。

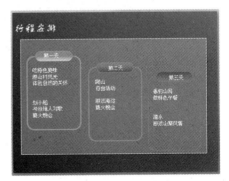

图 2-199　添加行程文本

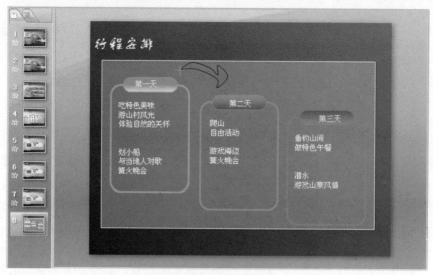

图 2-200　绘制箭头形状

（10）选中绘制好的箭头形状，单击鼠标右键，选择【编辑顶点】命令，如图 2-201 所示。

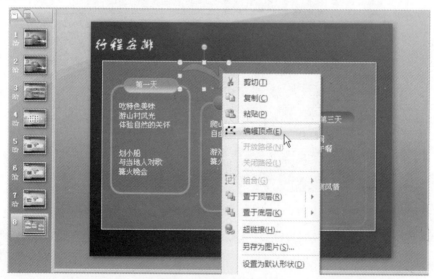

图 2-201　选择【编辑顶点】命令

（11）在线条中的多余顶点处，单击鼠标右键，选择【删除顶点】命令，如图 2-202 所示，删除多余的顶点。

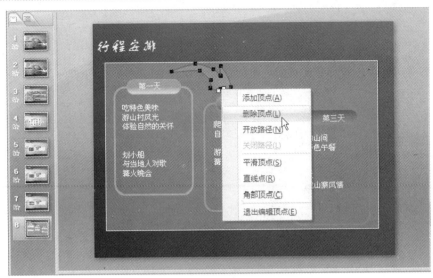

图 2-202　选择【删除顶点】命令

（12）选中某个角点，单击鼠标右键，选择【角部顶点】命令，将角点类型进行更改，使其可以形成箭头的锐角效果，如图 2-203 所示。

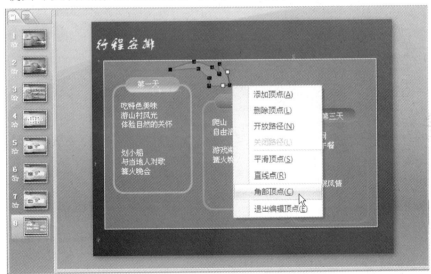

图 2-203　选择角点类型

（13）在需要添加顶点的位置处单击鼠标右键，选择【添加顶点】命令，如图 2-204 所示。顶点添加的越多，也就可以将形状的线条调整得更流畅，但也会增加调整的难度和工作量。

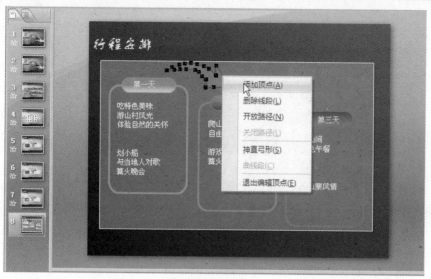

图 2-204　添加顶点

（14）最后添加顶点后的效果如图 2-205 所示，在图形外的任意位置单击鼠标左键结束顶点编辑。

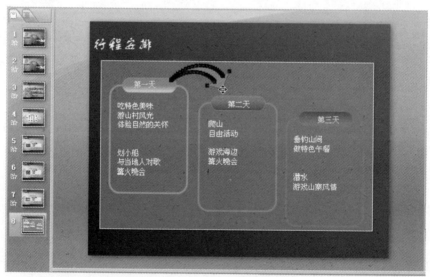

图 2-205　结束顶点编辑

（15）先将箭头添加一个紫色填充色，再单击"形状填充"按钮，在列表中选择"渐变"并选择一种渐变格式，如图 2-206 所示。

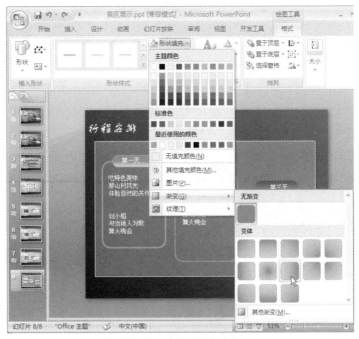

图 2-206　选择渐变格式

（16）最后再复制出一个箭头形状，并调整适当的位置，如图 2-207 所示。

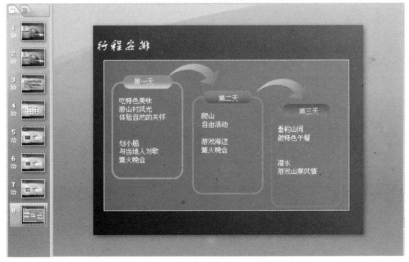

图 2-207　复制箭头调整位置

　　到这里，一个景区介绍的演示文稿就制作完成了。在实际工作中，可以将演示文稿中的内容进行详细化。在本节的实例中，主要突出的是用图片、图形、文本等对象完成整个演示文稿的设计与制作过程。

2.3 本章小结

　　本章首先运用引用实际案例的手法详细讲解了插入图片、编辑图片，以及为其添加效果、绘制各种图形、插入 Flash 动画、插入声音和视频等操作技巧，讲解过程中所引用的案例涉及各种职业应用领域，如各种图文混排、流程图的绘制、立体按钮的绘制等；然后通过制作一个景区介绍的演示文档，对这些技巧进行了实战演练。

　　如图 2-208 所示，是用 PowerPoint 的绘图功能绘制出来的图示，大家可以运用本章的绘图技巧，轻松地将其绘制出来，除此之外，还可以绘制出其他类型的各种图示。

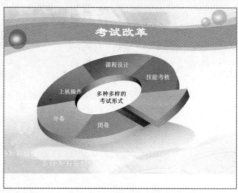

图 2-208　拓展案例效果

第 3 章 图表应用篇

表格不仅可用于展现二维平面数据，还可用于组织信息，使一些信息显示得更加有条理，突出数据的组织性和价值性，图表弥补了表格的不足之处，更加适用于展示立体数据，突出数据的差异性。二者各有特点，在演示文稿中的应用也是较多的。

如图 3-1 所示是制作完成的表格和图表效果。

在本章中，我们首先来讲解表格与图表在演示文稿中的应用技巧，然后通过案例来具体实战演练。

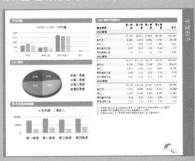 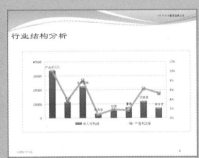

图 3-1　图表效果

3.1 必备技巧

在制作图表的过程中，经常会遇到这样或那样的问题，譬如：如何制作出美观且数据显示清晰的表格，如何让图表显示出数据发展趋势以便于分析等，这些问题的困扰总是让人费尽心机。在本节中，我们将针对这些疑难问题进行详细的分析，并提供各种技巧进行处理。

3.1.1 在幻灯片中使用表格对象

要在幻灯片中使用表格，可以有几种方法插入表格。

方法一：单击"插入"选项卡，在"表格"选项组中单击"表格"按钮，在列表中按住鼠标左键拖动，确定表格的行数和列数，如图 3-2 所示，在幻灯片页面中可以即时预览到表格的效果。

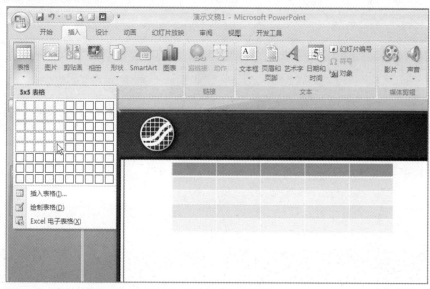

图 3-2　单击"表格"按钮

提示：　用此方法创建的表格行数和列数均受到限制，最大可以创建的表格行列数为 10 行 8 列。

方法二：

（1）在幻灯片页面中单击"表格"占位符，如图 3-3 所示。

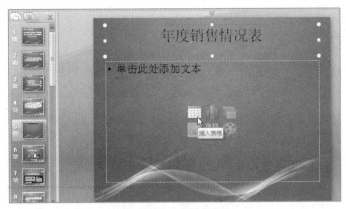

图 3-3　单击表格占位符

（2）弹出"插入表格"对话框，设置行数和列数，如图 3-4 所示。

（3）单击【确定】按钮，即可创建表格。

图 3-4　设置行数和列数

用以上两种方法在幻灯片中添加的表格，默认都使用了一种表格样式，如果没有特殊需要，也可以不必修改，直接输入表格数据即可。

3.1.2 移动表格在幻灯片中的位置

表格与其他对象一样，创建后的表格也会显示一个图形边框，鼠标移动到边框处，显示为如图 3-5 所示的形状。

按住鼠标左键拖动可以调整表格在页面的位置，如图 3-6 所示，虚线框到达指定位置时，松开鼠标左键完成移动。

图 3-5　鼠标移动到边框处的形状

图 3-6　调整表格在页面的位置

3.1.3 快速选定表格元素

表格中最小的单位为单元格，由单元格分别组成了行和列。下面的方法可以让用户快速地选定表格中的项目。

（1）将鼠标指针移动到列的顶部边框处，变为向下的箭头时单击，则可以选择一列，如图 3-7 所示，按住鼠标左键拖动可以选择多列。

（2）将鼠标指针移动到行的左侧边框处，变为向右的箭头时单击，则可以选择一行，按住鼠标左键拖动后，可以选择多行，如图 3-8 所示。

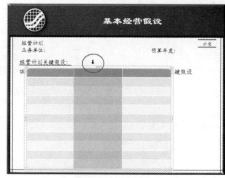

图 3-7 选择一列

图 3-8 选择多行

（3）光标定位在表格中，单击"选择"按钮，在列表中选择【选择表格】命令，如图 3-9 所示，可以选择整个表格。

图 3-9 【选择表格】命令

3.1.4 用键盘快速选定表格元素

按【Tab】键可以快速选择当前单元格的下一个单元格；按【Shift+Tab】键，可以快速选择当前单元格的前一个单元格。

Shift+箭头键：按下【Shift】键同时配合箭头键，可将所选内容扩展到相邻单元格。

Alt+Home 键：移动到该行第一个（最左边）单元格。

Alt+End 键：移动到该行最后一个（最右边）单元格。

Alt+PageUp 键：移动到该列第一个（最上边）单元格。

Alt+PageDown 键：移动到该列最后一个（最下边）单元格。

3.1.5 精确调整表格大小

利用鼠标拖动的方式可以快速调整表格的大小，但是不能很精确地调整行高、列宽，有时无法精确对齐，通过下面的方法可以解决这个问题。

（1）将光标定位在表格的任意单元格中。

（2）单击"表格工具"的"布局"选项卡，在"表格尺寸"选项组中，显示了高度和宽度文本框，如图 3-10 所示。通过设置相应的数值可以改变表格的高度和宽度。

图 3-10　高度和宽度文本框

提示： 如果需要让表格的整体比例保持不变，可以选中"锁定纵横比"复选框，这样在调整高度值时，表格的宽度也会随之变化；调整宽度值时，表格的高度也会发生变化。

3.1.6 精确调整单元格大小

通过调整单元格的大小可以精确控制表格中某行的高度和某列的宽度。

（1）将光标定位在指定的单元格中。

（2）单击"表格工具"的"布局"选项卡，在"单元格大小"选项组中，显示了高度和宽度文本框，如图 3-11 所示，通过设置相应的数值可以改变当前单元格所在行的高度和宽度。

图 3-11　精确调整单元格大小

3.1.7 快速改变表格样式

默认创建出来的表格使用了"中度样式-强调1"的表格样式，根据显示的需要可以选择其他样式应用。

（1）将光标定位于表格的任意单元格，选中表格。

（2）单击"表格工具"的"设计"选项卡，在"表格样式"选项组中可以浏览选择需要的表格样式，如图 3-12 所示。

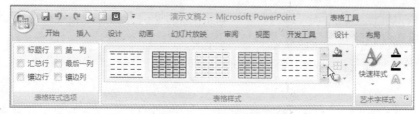

图 3-12　浏览选择需要的表格样式

提示： 在表格样式列表中显示的表格样式颜色由当前演示文稿中的主题颜色决定。这里可以通过更改主题颜色来选择更多的表格样式应用。

（3）单击"设计"选项卡中的"颜色"按钮，如图 3-13 所示，在列表中选择一种主题颜色。

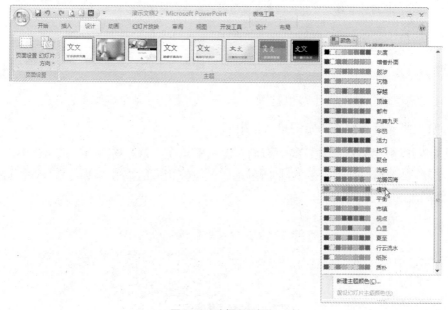

图 3-13　选择主题颜色

此时，切换到"表格工具"的"设计"选项卡，看到显示了更多的表格样式，如图 3-14 所示。单击选择一种，即可应用于表格中。

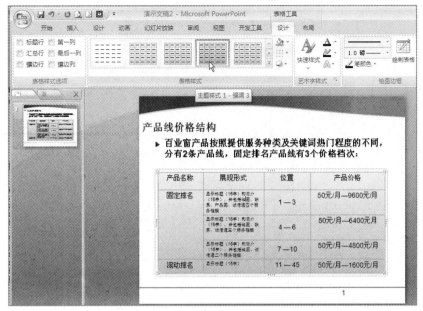

图 3-14　选择并应用表格样式

注意：　在改变主题样式时，要综合考虑整体效果，不能单纯只看表格的格式，不要因此而影响演示文稿中的其他元素格式。

3.1.8　快速删除表格格式

如果对表格所设置的各种格式不满意，想将表格恢复为无格式状态，可以按照下面的方法操作。

（1）将光标定位在表格的任意单元格中。

（2）切换到"表格工具"的"设计"选项卡，单击样式列表框的右下角，如图 3-15 所示。

图 3-15　单击样式列表框的右下角

（3）在弹出的列表中，选择【清除表格】命令，如图 3-16 所示，这样表格中的格式即可被完全删除。

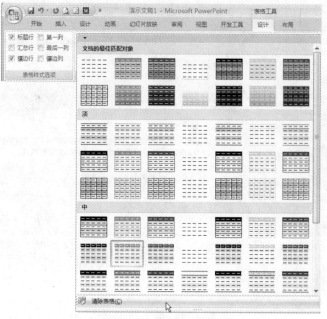

图 3-16　选择【清除表格】命令

3.1.9　合并与拆分单元格

在默认情况下，创建的表格为标准行列结构，这种基本样式的表格通常满足不了数据展示与组织的需求，此时可以通过合并和拆分单元格来调整表格的结构。

具体操作步骤如下。

（1）选中第 2 行中的所有单元格，如图 3-17 所示。

（2）单击"表格工具"中的"布局"选项卡，在"合并"选项组中单击"合并单元格"按钮，如图 3-18 所示，将所选的单元格合并为一个单元格。

图 3-17　选中要合并的单元格

图 3-18　单击"合并单元格"按钮

提示：选中表格后，用鼠标右键单击选中的表格，在弹出的菜单中执行【合并单元格】命令，也同样可以合并所选单元格。

提示：当只选择一个单元格时，"合并单元格"命令按钮为不可执行状态。

（3）按同样的方法可以将其他需要合并的单元格执行合并操作。例如，本例中合并第 6 行中的所有单元格，合并第 8 行中的最后单元格，完成的效果如图 3-19 所示。

（4）在第 8 行中合并后的单元格中单击，定位光标。

（5）单击"表格工具"中的"布局"选项卡，在"合并"选项组中，单击"拆分单元格"按钮，如图 3-20 所示。

图 3-19　合并单元格

图 3-20　单击"拆分单元格"按钮

（6）弹出"拆分单元格"对话框，输入需要拆分的列数和行数，这里设置拆分为 5 列，如图 3-21 所示。

提示：拆分单元格时，只需要将光标定位在单元格就可以，不必选中。

（7）单击【确定】按钮，可得到如图 3-22 所示的表格效果。

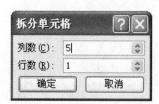

图 3-21　输入需要拆分的列数和行数　　　　图 3-22　拆分后的效果

提示： 单击"插入"选项卡，在列表中选择"绘制表格"工具栏中的绘制表格工具，再在要拆分的单元格中间手工绘制表线，可以将同一行、列多个连续的单元格进行拆分。

3.1.10　灵活绘制复杂表格

使用"绘制表格"功能，可以手动绘制任意结构的表格，也可以在现有表格的基础上对结构进行调整。

（1）单击"插入"选项卡，在"表格"选项组中单击"表格"按钮，在列表中选择【绘制表格】命令，如图 3-23 所示。

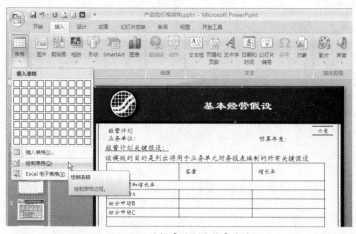

图 3-23　选择【绘制表格】命令

（2）将鼠标移到幻灯片的页面，变为笔的形状时，按住鼠标左键拖动，可以先绘制出一个表格外边框，如图 3-24 所示。

（3）在"表格工具"中的"设计"选项卡中，单击"笔颜色"按钮，在列表中选择一种边框颜色，如图 3-25 所示。

同样，也可以设置绘制的线条类型和粗度。

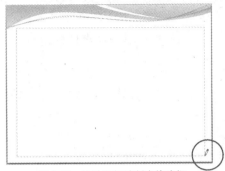

图 3-24　拖动鼠标绘制表格边框

图 3-25　单击"笔颜色"按钮

（4）鼠标再次变为笔的形状，将其移动到边框处，边框显示为虚线时，按住鼠标左键可以绘制出线条来，如图 3-26 所示。

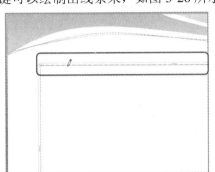
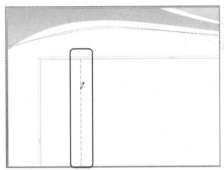

图 3-26　绘制线条

提示： 　　如果边框未变为虚线时进行绘制，那么将会再次绘制出一个表格的外边框来。因此，为了保证绘制表格的顺利进行，可以通过单元格拆分将大致的行数和列数拆分出来，再对局部进行绘制，将会有效地提高绘制的效率。

（5）此时，可以将鼠标移动到绘制好的表格内框线处，按住鼠标左键继续绘制框线，如图 3-27 所示。按照这样的操作方法，可以完成最终的表格绘制。

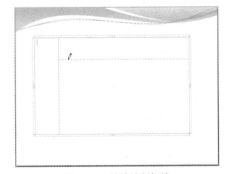

图 3-27　继续绘制框线

3.1.11 对齐表格中的数据

单元格中的内容是可以用各种方式进行对齐的，包括水平对齐和垂直对齐。

（1）把鼠标定位到需要对齐的单元格中，或者用鼠标选中多个需要对齐的单元格。

（2）单击"表格工具"中的"布局"选项卡，在"对齐方式"选项组中，可以设置水平对齐方式和垂直对齐方式，如图 3-28 所示。

图 3-28　选择"水平居中"项

（3）这里选择水平居中，垂直居中的对齐方式，对齐后的效果如图 3-29 所示。

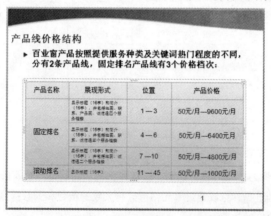

图 3-29　对齐后的表格效果

3.1.12 让单元格中文字纵向排列

表格中每一个单元格都是一个独立的段落，因此，可以对单元格中的文字设置各种不同的显示方向。如根据需要可以将单元格中的文字竖着排放。

（1）将光标定位在需要设置文字纵向排列的单元格中。

（2）在"布局"选项卡中，单击"文字方向"按钮，如图 3-30 所示，在列表中选择【竖排】项。

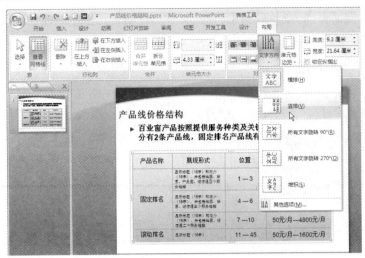

图 3-30　选择【竖排】项

如图 3-31 所示，可以看到单元格中的文字已经被竖着排了。

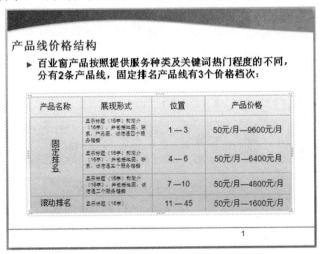

图 3-31　设置为竖着编排后的文字效果

提示：　如果要恢复原来的样子，则按照相同的步骤，在列表中选择横排方式即可。

3.1.13 让文字撑满单元格

有时，在单元格中的文字比较少，设置水平居中后，会在单元格的左右两端留有较大的空白，下面的方法可以让单元格中的文字撑满显示，使整个表格看起来更为井然有序。

（1）将文字插入光标移动到要设置文字对齐的单元格中，或者选取要设置文字对齐方式的单元格。

（2）单击"开始"选项卡，在"段落"选项组中单击"分散对齐"按钮，如图3-32 所示。

图 3-32　单击"分散对齐"按钮

此时，所选单元格中的文字已经分散对齐了。

3.1.14　设置文字和边框的间距

在默认情况下，表格中的文字和左边框线有一定的距离，可以自行设置文字与四周边框线之间的距离。

（1）选择需要设置的单元格，如图 3-33 所示。

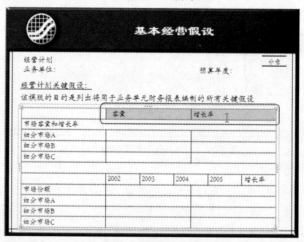

图 3-33　选中单元格

（2）单击"表格工具"的"布局"选项卡，继续单击"单元格边距"按钮，如图 3-34 所示，在列表中可以选择一种边距应用，也可以单击【自定义边框】命令，自行设置边距距离。

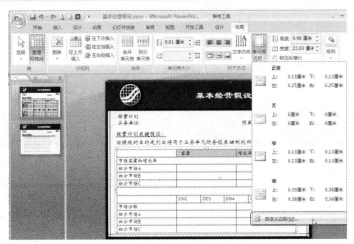

图 3-34 单击"单元格边距"按钮

（3）弹出"单元格文字版式"对话框，在"内边距"区域中可以设置单元格和文字间上、下、左、右的距离，如图 3-35 所示。

（4）单击【确定】按钮，即可将设置的边距应用于所选单元格，效果如图 3-36 所示。

图 3-35　设置单元格和文字间上、下、左、右的距离　　图 3-36　将设置的边距应用于所选单元格

提示：　　"表格选项"对话框是对表格中所有单元格做设置，如果要个别设置单一或选取的单元格，则在"表格属性"对话框中先切换到"单元格"选项卡，再单击"选项"按钮，就可以对选取的单元格进行设置了。

3.1.15 快速在表格中添加行或列

在创建好的表格中可以随时添加行。

（1）将光标定位需要插入行的位置。

（2）单击鼠标右键，在菜单中选择【插入】中的【在上方插入行】命令，如图 3-37 所示。

此时即可在相应位置的上方插入一个空白行，如图 3-38 所示。

图 3-37　选择【插入】命令中的【在上方插入行】命令

图 3-38　插入的空白行

提示： 插入列的过程与以上步骤一样，Word 中有【在右侧插入列】和【在左侧插入列】命令。

3.1.16　快速在表格末端插入行

有时创建好的表格中行数不够用，需要在表格的末端添加若干数量的行，按照下面的方法执行可以非常方便地在表格的末端插入行。

（1）把光标定位到表格中的最后一个单元格中，如图 3-39 所示。

（2）按键盘上的【Tab】键，即可在表格末端增加一行，如图 3-40 所示。

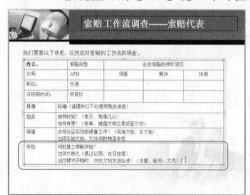

图 3-39　定位光标

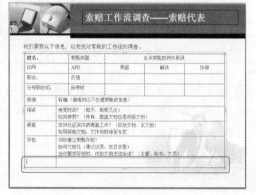

图 3-40　添加的行

重复操作，可以为表格添加若干行。

3.1.17 一次添加多行或多列

利用这个技巧，可以一次快速增加多行或多列，而不必一行一列地加入，可节省许多时间。

（1）现在需要在"位置"列的右侧添加 2 列，那么，可以选中"展现形式"列和"位置"列，如图 3-41 所示。

（2）在选中的单元格位置处单击鼠标右键，选择【插入】中的【在右侧插入列】命令，这样就可以在原先选取的右侧位置上加入 2 个新空白列，如图 3-42 所示。

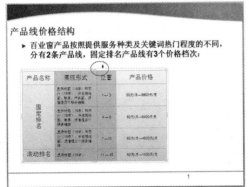

图 3-41　同时选中 2 列

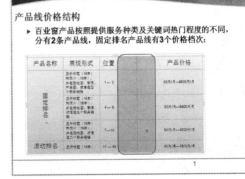

图 3-42　插入 2 列

提示： 若选择【在左侧插入列】命令，则会在选取范围的左侧加入空白列。

按照这样的方法，如果需要插入 N 行，则只需要选择 N 行，再执行插入行命令。

3.1.18 快速删除行或列

同样地，在表格中有时也会出现多余的数据行或数据列，那么可以将其删除，以保持表格结构的完整。

如果需要删除 1 行或 1 列，只需要将光标定位在需要删除的行或列的任意一个单元格中，在"表格工具"的"布局"选项卡中，单击"删除"按钮，在列表中选择【删除行】或【删除列】命令，如图 3-43 所示，即可将当前的行或列删除。

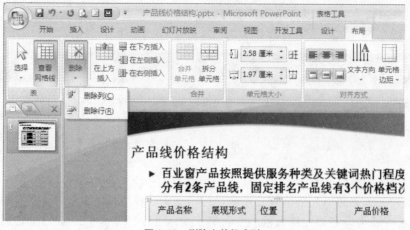

图 3-43　删除当前行或列

如果需要同时删除多行或多列，则需要同时选中要删除行或列，再执行上面的操作即可。

3.1.19　绘制表格斜线

在制作完表格后，往往需要添加一个斜线表头。绘制之前，需要在"表格工具"的"设计"选项卡中，设置好线条的颜色、粗度等格式。

（1）将光标定位在第 1 行第 1 列的单元格中，如图 3-44 所示。

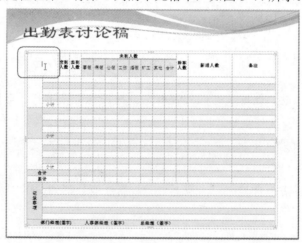

图 3-44　将光标定位在第 1 行第 1 列的单元格中

（2）在"表格工具"中的"设计"选项卡中，单击"绘制表格"按钮，如图 3-45 所示。

图 3-45　单击"绘制表格"按钮

（3）鼠标指针移到表格第一行第一个单元格的右下角位置处，变为笔的形状，如图 3-46 所示。

（4）按住鼠标左键向左上角拖动，绘制出一条斜线来，如图 3-47 所示。

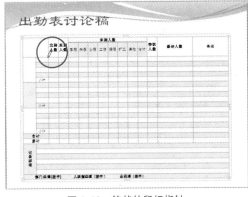
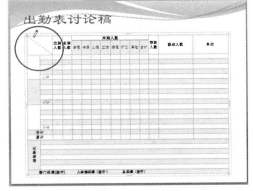

图 3-46　笔状的鼠标指针　　　　　　　　图 3-47　绘制一条斜线

（5）再次单击"绘制表格"按钮，取消绘制状态，得到斜线表头。

（6）将光标定位在单元格中，输入文字"统计类别"，按回车键后，继续输入文字"项目"，如图 3-48 所示。

（7）分别设置"统计类别"段落为右对齐，"项目"段落为左对齐，在两个段落之间再添加一个空白段落，完成的效果如图 3-49 所示。

图 3-48　输入斜线表头文字　　　　　　　图 3-49　完成的斜线表头

提示：　也可以使用文本框与线条相结合的方法来添加斜线表头。

3.1.20 去除表格边框线和底纹

如果在表格中不需要表格的边框时，可以隐藏表格的边框线。

（1）先将光标定位在表格的任意单元格中。

（2）在"表格工具"的"设计"选项卡中，单击"边框"按钮，在列表中选择【无框线】项，如图 3-50 所示。

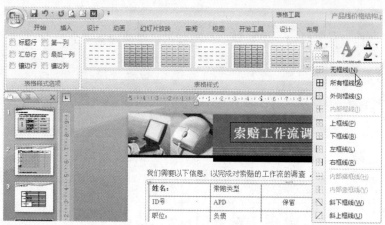

图 3-50 选择【无框线】项

提示：在列表中选择其他相应的边框项，可以设置表格不同的边框线效果。

3.1.21 擦除表格部分框线

使用"擦除"工具可以快速将表格中的某条边框线清除。

（1）在"表格工具"的"设计"选项卡中，单击"擦除"按钮，如图 3-51 所示。

图 3-51 单击"擦除"按钮

（2）将鼠标移动到需要擦除的表格框线位置处，指针变为 形，如图 3-52 所示，在要擦除的线条处按住鼠标左键拖动，线条显示加粗。

图 3-52　擦除线条

提示：再次单击"擦除"按钮可以结束操作。

3.1.22 缩放表格大小

如果觉得表格整体的大小不太合适，可以对它来进行调整，具体操作步骤如下。

（1）将光标定位在表格的内部，显示表格边框。

（2）把鼠标指向右下角处，指针变成了一个斜向的双向箭头，如图 3-53 所示。

（3）拖动鼠标，此时在屏幕上会出现一个线框，代表的就是调整后的表格的大小，如图 3-54 所示。

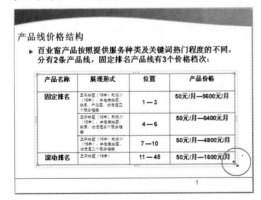

图 3-53　斜向的双向箭头

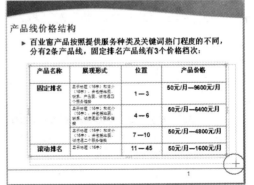

图 3-54　调整表格的大小

提示：在拖曳鼠标调整大小的过程中，按住【Shift】键不放，可以等比例地调整表格大小。

3.1.23 用【Backspace】键删除所选单元格

当选择某行、某列或整个表格时，按下【Delete】键只是清除了表格中的内容，却并没有删除表格。

若想删除选中的单元格或者表格，可以进行如下操作：

（1）选中某行、某列或整个表格。

（2）当选中后按下【Backspace】键，可将所选元素彻底删除。

3.1.24 将表格转换为图片

有时在表格中的数据只想让观众查看，将表格转换图片后可以防止表格数据被编辑。

（1）选中表格，按【Ctrl+C】组合键复制整个表格。

（2）在"开始"选项卡中单击"粘贴"按钮，在列表中选择【选择性粘贴】命令，如图 3-55 所示。

图 3-55　选择【选择性粘贴】命令

（3）弹出"选择性粘贴"对话框，在列表中选择图片格式，如图 3-56 所示。

（4）单击【确定】按钮，看到表格被转换成了图片，如图 3-57 所示，显示了图片的控制点和旋转柄。

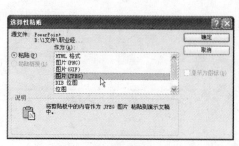

图 3-56　图片格式

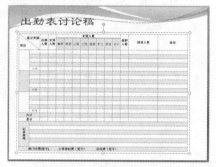

图 3-57　转换为图片的表格

此时，在窗口上方显示的是"图片工具"选项卡而不是"表格工具"选项卡。

3.1.25 为单元格填充渐变颜色

在单元格中加上底纹颜色，就好像是在单元格中加上背景颜色，在 PowerPoint 2007 中可以为单元格添加渐变的背景色。

（1）选中需要设置的单元格。

（2）在"表格工具"的"设计"选项卡中，单击"底纹"按钮，在列表中选择【渐变】命令，如图 3-58 所示。

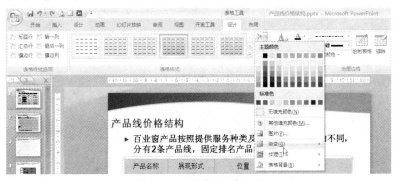

图 3-58　选择【渐变】命令

（3）在下级菜单中选择【其他渐变】命令，如图 3-59 所示。

（4）弹出"设置形状格式"对话框，选择"渐变填充"单选按钮，设置光圈 1 为一种蓝色，如图 3-60 所示。用同样方法可以设置其他光圈的颜色。

图 3-59　选择【其他渐变】命令

图 3-60　设置光圈 1 为一种蓝色

（5）单击"方向"框，在列表中选择"线性向下"渐变方式，如图 3-61 所示。

（6）单击【关闭】按钮，结束设置，完成的效果如图 3-62 所示。

图 3-61　选择"线性向下"渐变方式

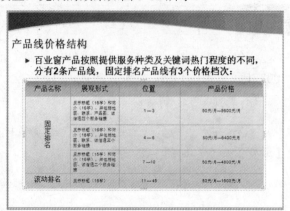

图 3-62　填充渐变的效果

3.1.26　快速为表格添加背景色

如果需要为整个表格添加背景色，可以按照下面的方法操作。

（1）将光标定位在表格的任意单元格中。

（2）在"表格工具"的"设计"选项卡中，单击"底纹"按钮，在列表中选择【表格背景】命令，在下级菜单中继续选择一种颜色，如图 3-63 所示。

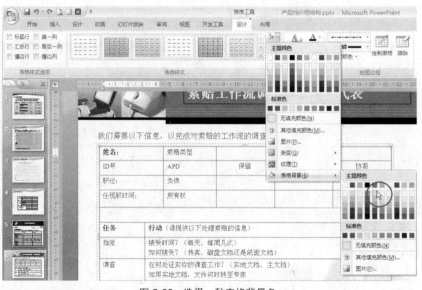

图 3-63　选择一种表格背景色

如果需要选择其他颜色，可以选择【其他填充颜色】命令，在弹出的"颜色"对话框中选择相应的颜色，如图 3-64 所示，单击【确定】按钮即可。

如果选择【图片】命令，则可以将指定的图片设置为表格的背景。

图 3-64　选择更多填充颜色

3.1.27　在 PowerPoint 中实现表格计算

如果需要在幻灯片中展示一些数据，当计算机中安装了 Excel 2007 时，在幻灯片中可以插入一个 Excel 表格，以便于对数据进行计算，如图 3-65 所示，"同比增长"列的数据就需要计算才能得出。

（1）选中需要添加表格的幻灯片。

（2）单击"插入"选项卡中的"表格"按钮，在列表中选择【Excel 电子表格】选项，如图 3-66 所示。

	2001年	2000年	同比增长
男西装	388.33	304.61	27.5%
男衬衫	842.56	781.31	7.8%
T恤衫	524.28	437.1	19.9%
女装	3276.63	2418.91	35.5%
童装	1057.46	928.41	13.9%
牛仔服	225	222.38	1.2%
夹克衫	309.15	245.82	25.8%
防寒服	506.01	296.77	70.5%
皮革服装	51.65	49.99	3.3%
裘皮服装	3.38	2.44	38.5%
针织内衣裤	3540.74	2871.88	23.3%
羊绒及羊毛	1511.33	1327.43	13.9%
其他	1876.37	1934.52	-3.0%

图 3-65　销售情况统计表

图 3-66　选择【Excel 电子表格】选项

（3）此时，在幻灯片中会自动出现一个 Excel 工作表，此时在 PowerPoint 的窗口内部显示了 Excel 的工作界面。将光标移动到工作表的边角上，变为双向箭头，如图 3-67 所示。

图 3-67 插入 Excel 表格的窗口

（4）按住鼠标拖动调整表格的大小，如图 3-68 所示，当虚线框达到所需大小时，松开鼠标左键，完成调整。

（5）在工作表中输入相应的表格数据后，在 D4 单元格中再输入同比增长率的相应公式，如图 3-69 所示。

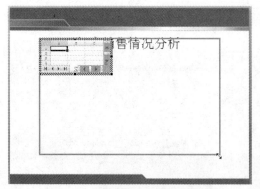

图 3-68 调整表格的大小

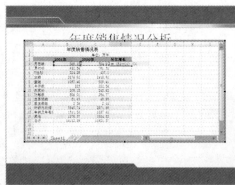

图 3-69 输入公式

（6）按回车键得到公式的计算结果，并将公式复制到 D16 单元格中。单击"开始"选项卡，在"数字"选项组中单击"百分比样式"按钮，如图 3-70 所示，将数据格式设置为百分数。

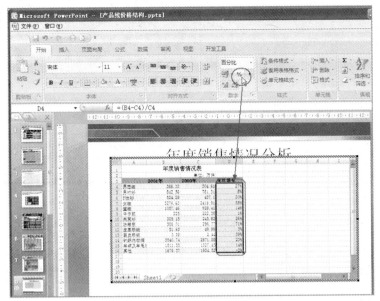

图 3-70　将数据格式设置为百分数

（7）此时，可以将工作表的窗口大小进行调整，使其只显示表格数据，将鼠标在幻灯片中的任意位置单击，结束工作表的编辑，返回 PowerPoint 的正常工作界面。

（8）根据显示的效果调整位置和大小，如图 3-71 所示是完成的效果。

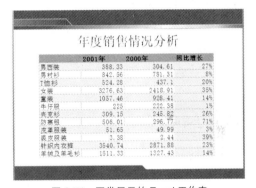

图 3-71　正常显示的 Excel 工作表

提示：　如果想再次对 Excel 工作表进行编辑，可以双击插入的 Excel 工作表。

3.1.28 在幻灯片中插入现有的 Excel 文件

如果要显示的表格已经被创建为一个独立的 Excel 文件，那么，可以直接插入到幻灯片中，而不必重新开始创建。

（1）选中幻灯片。

（2）单击"插入"选项卡中的"对象"按钮，在"插入对象"对话框，选中"由文件创建"选项，单击【浏览】按钮。

（3）弹出"浏览"对话框，选中需要插入的 Excel 表格文件，单击【确定】按钮。

（4）返回"插入对象"对话框，在"由文件创建"框中显示了文件的名称，如图 3-72 所示，单击【确定】按钮。

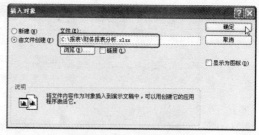

图 3-72　显示了文件的名称

（5）在幻灯片中显示了已插入的工作表，双击表格进入编辑状态，将工作表窗口的大小调整到只显示所需数据，如图 3-73 所示。

（6）单击幻灯片任意位置结束表格的编辑状态。

（7）用鼠标拖动表格调整其在幻灯片中的位置，如图 3-74 所示。

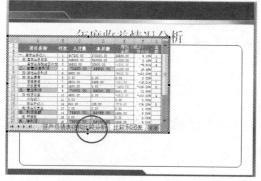

图 3-73　调整工作表窗口大小

图 3-74　调整表格在幻灯片中的位置

（8）将鼠标移动到右下角位置处，变为斜向箭头时，按住鼠标左键拖动调整表格大小，如图 3-75 所示，当大小达到要求时，松开鼠标左键完成表格大小的调整。

图 3-75　调整表格大小

提示：

按照这样的方法，可以将 Word 中的表格或其他指定类型的文档放置到幻灯片中。

3.1.29 在幻灯片中链接 Excel 表格文件

当在幻灯片中展示某些重要数据时，是万万不能发生错误的。

在插入 Excel 文件时，可以在"插入对象"对话框中，选中"链接"复选框，如图 3-76 所示，这样，插入到幻灯片中的 Excel 数据表与源表格之间就添加了链接关系，当源表格中的发生改变时，幻灯片中的数据可以自动更新。这样，我们就可以保证在幻灯片中展示的数据为最新数据了。

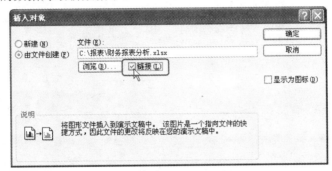

图 3-76　选中"链接"复选框

3.1.30 设置表格的叠放层次

对于表格对象，也可以像图形对象一样设置其叠放层次，如现在希望将表格放置在圆角矩形的下一层，以形成一种淡淡的薄雾效果。

（1）选中表格。

（2）单击鼠标右键，在弹出的菜单中选择【置于底层】命令，继续选择【置于底层】命令，如图 3-77 所示。

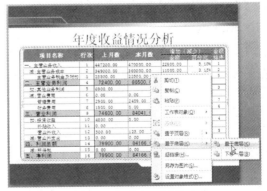

图 3-77　选择【置于底层】命令

这样就可以将表格置于所有对象的底层了。

提示：操作时要根据实际对象的所在位置选择相应的命令执行。

3.1.31 在幻灯片中绘制图表

在幻灯片中可以轻松创建各种类型的图表，以使信息展示得更加丰富、直观。现在来制作如图 3-78 所示的图表。

1. 绘制图表

（1）选中需要添加图表的幻灯片，单击"插入"选项卡中的"图表"按钮，如图 3-79 所示。

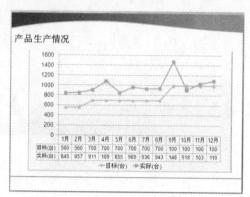

图 3-78　制作完成的图表效果

图 3-79　单击"图表"按钮

（2）弹出"插入图表"对话框，选择要使用的图表类型，如"簇状柱形图"，如图 3-80 所示。

（3）单击【确定】按钮，指定类型的图表添加到幻灯片中，同时显示了图表的数据编辑窗口，如图 3-81 所示。

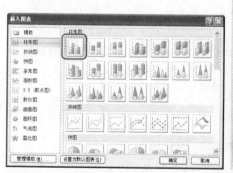

图 3-80　选择要使用的图表类型

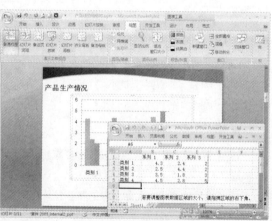

图 3-81　图表的数据编辑窗口

（4）在图表的数据编辑窗口中输入相应的数据，如图 3-82 所示，单击【关闭】按钮，关闭窗口。

添加了数据后的图表显示效果如图 3-83 所示。

图 3-82　输入图表数据

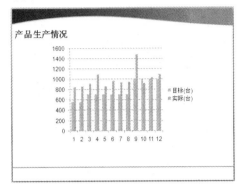

图 3-83　图表显示效果

2. 重新编辑图表数据

如果发现图表中的数据有错误，可以按照下面的方法对图表数据进行修改。

（1）选中幻灯片中的图表。

（2）在"图表工具"的"设计"选项卡中，单击"编辑数据"按钮，如图 3-84 所示。

图 3-84　单击"编辑数据"按钮

（3）在显示图表的数据窗口中，将图表的数据进行修改后关闭窗口即可。

3. 更改图表类型

虽然在创建图表中选择了某种图表类型，但可能在完成创建后会发现指定的图表类型并不能很好地展示数据，此时可以将图表类型进行更改。

（1）选中幻灯片中的图表。

（2）在"图表工具"的"设计"选项卡中，单击"更改图表类型"按钮。

（3）弹出"更改图表类型"对话框，重新选择一种图表类型，如"带数据标记的折线图"，单击【确定】按钮，如图 3-85 所示，可以将图表类型进行更改。

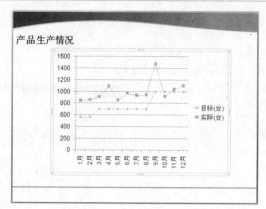

图 3-85　更改图表类型的效果

（4）拖动鼠标调整图表的大小，使图表分类轴的标题可以正常显示。

4. 在图表中显示数据表

在图表中显示数据表将更有利于对图表的阅读，操作的方法如下。

（1）选中幻灯片中的图表。

（2）在"图表工具"的"布局"选项卡中，单击"数据表"按钮，在列表中选择【显示数据表】命令项，如图 3-86 所示。

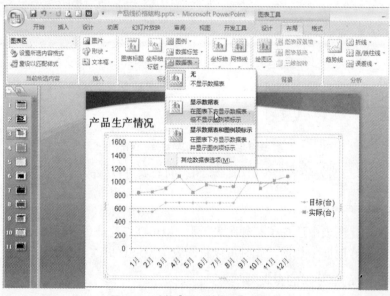

图 3-86　选择【显示数据表】命令项

如图 3-87 所示，在图表的下方显示了图表数据。

适当对图表进行修饰，以取得更好的展示效果。具体的操作方法可以参阅相关 Excel 图表的操作内容。

提示： 在包含图表配置的版式中，单击其中的"插入图表"按钮，如图 3-88 所示，也可以在幻灯片中绘制图表。

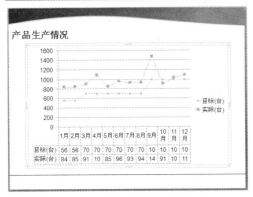

图 3-87　显示了数据表的图表效果　　　　图 3-88　单击幻灯片版式中的"插入图表"按钮

提示： 如果要创建图表的数据已经存在于 Excel 工作簿中了，可以通过复制的方法将相应数据复制到图表工作簿中。

3.1.32 插入 Excel 中的图表

创建一个图表无疑是一件非常麻烦的工作，如果图表在某个 Excel 文件中已经存在，则可以直接插入到幻灯片中使用。

（1）选中需要插入 Excel 图表的幻灯片。

（2）单击"插入"选项卡中的"对象"按钮，在"插入对象"对话框，选中"由文件创建"选项，单击【浏览】按钮。

（3）弹出"浏览"对话框，选中需要包含图表的 Excel 工作簿文件，单击【确定】按钮。

（4）返回"插入对象"对话框，在"由文件创建"框中显示了文件的名称，如图 3-89 所示，单击【确定】按钮。

（5）在幻灯片中显示了已插入的工作表内容，此时，显示的效果不是十分理想，如图 3-90 所示。

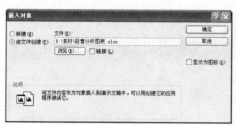

图 3-89　显示了文件的名称

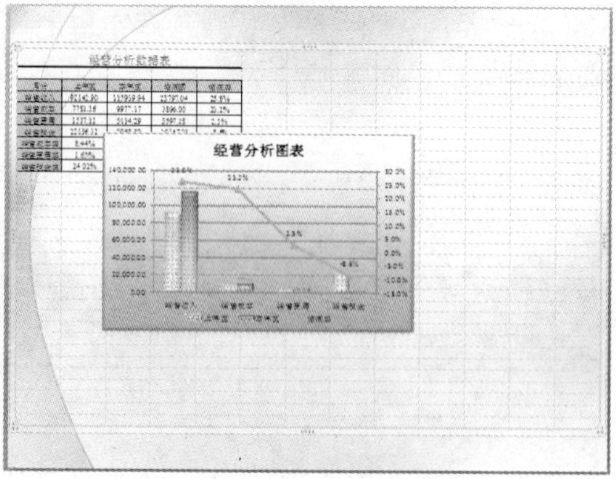

图 3-90　刚插入的图表效果

（6）双击插入的图表对象，进入编辑状态，适当调整图表的位置和大小，如图 3-91 所示。

（7）将鼠标移动到工作表窗口右下角，指针变为双向箭头，如图 3-92 所示。

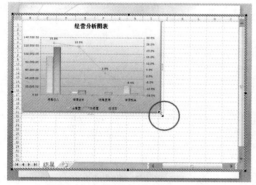

图 3-91　适当调整图表的位置和大小

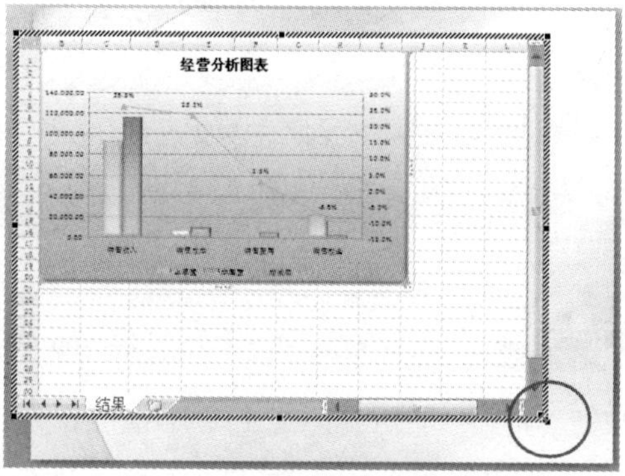

图 3-92　指针变为双向箭头

（8）按住鼠标左键拖动，将工作表窗口的大小调整到与图表大小相一致，如图 3-93 所示，单击幻灯片任意位置结束表格的编辑状态。

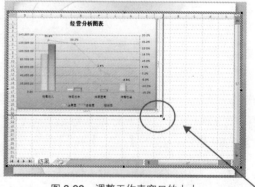

图 3-93　调整工作表窗口的大小

3.1.33 解决插入的 Excel 图表显示问题

在幻灯片中插入了一个以对象形式存在的 Excel 图表，按【F5】键进入放映视图时，发现这种浮动式图表在放映时显示效果不是十分理想。

分析其原因是，由于在 Excel 中对图表进行设置时填充了渐变和颜色的透明，导致图表在幻灯片中显示时在颜色方面有一定的损失，如图 3-94 所示，要解决这个问题，可以用下面的方法。

（1）用鼠标右键单击已插入到幻灯片中的图表，在弹出的菜单中选择【工作表对象】命令，继续选择【编辑】命令，如图 3-95 所示。

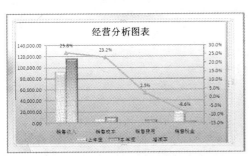

图 3-94　图表的系列图块中颜色有丢失现象

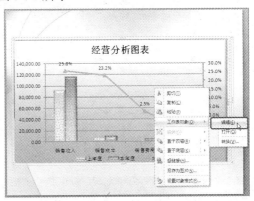

图 3-95　选择【编辑】命令

（2）在打开的图表编辑窗口中，用鼠标右键单击图表，选择【移动图表】命令，如图 3-96 所示。

（3）弹出"移动图表"对话框，选择"新工作表"项，如图 3-97 所示。

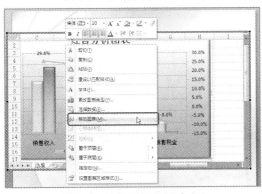

图 3-96　选择【移动图表】命令

图 3-97　移动图表到新工作表中

（4）单击【确定】按钮，看到图表单独显示在一个工作表中了，如图 3-98 所示。

（5）用鼠标单击幻灯片的任意位置，结束图表对象的编辑。

再次按【F5】键进行试放映，发现图表的显示效果已经十分理想了，如图 3-99 所示。

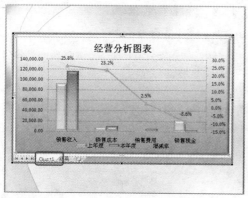

图 3-98　只显示图表的工作表

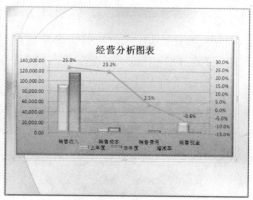

图 3-99　显示效果十分理想的图表

提示：添加到幻灯片中的图表对象可以像图形对象一样，任意调整大小。

3.2　实战演练——制作行业分析报告

在市场活动中，对企业经营产品所在的行业进行分析将有助于企业的发展，便于领导层对未来的方向和重点制定相关策略。制作这类演示文稿时，必须要清晰明确地表达各种调整和分析的数据，因此在演示文稿中表格、图表的应用是极多的。

本节就来制作一个服装行业研究报告的演示文稿，其中主要的内容包括对行业结构、市场背景、出口份额、同类企业的比较等研究数据，画面效果如图 3-100 所示。

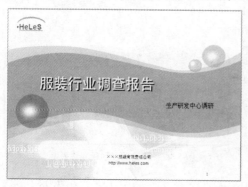

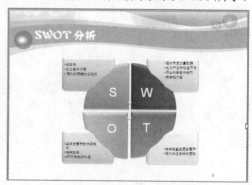

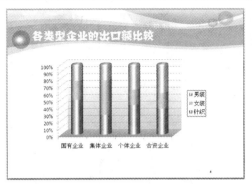

图 3-100　完成后的画面效果

3.2.1　制作标题幻灯片

打开素材文件"服装行业调查报告.pptx"，在演示文稿中已经包含了两张幻灯片，现在来为演示文稿添加一张标题幻灯片，用于标识演讲的主题及展示相关信息。

（1）选中第 1 张幻灯片，单击"开始"选项卡中的"新建幻灯片"按钮，在列表中选择"标题幻灯片"版式，如图 3-101 所示。

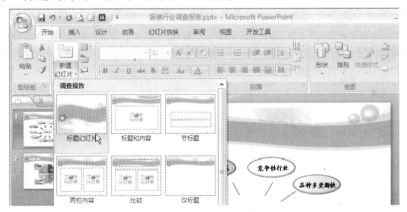

图 3-101　选择"标题幻灯片"版式

（2）选中添加的标题幻灯片，将其调整为第 1 张幻灯片，单击"插入"选项卡，在"插图"选项组中，单击"图片"按钮，如图 3-102 所示。

图 3-102　单击"图片"按钮

（3）弹出"插入图片"对话框，选择"Logo.jpg"文件，如图 3-103 所示。

图 3-103　选择要插入的图片

（4）单击【插入】按钮，将图片插入到幻灯片中，选中插入的图片，拖动鼠标调整位置到幻灯片左上角的合适位置，如图 3-104 所示。

（5）选中标题文本占位符，输入标题文本"服装行业调查报告"，用同样方法输入副标题。

（6）单击"插入"选项卡中的"文本框"按钮，在列表中选择"横排文本框"，在页面底端添加一个文本框，输入公司的名称及网址，如图 3-105 所示。设置文本字号为 14，水平居中对齐。

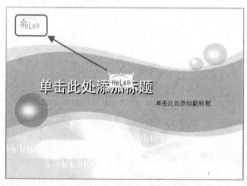

图 3-104　移动图片位置

图 3-105　添加公司信息文本框

这样，一个标题页就制作好了。

3.2.2　插入表格

在演示文稿中使用表格表达某个结构信息，可以使这些信息看起来更有组织性，更具规范性，对于结构较简单的表格，可以直接在 PowerPoint 中绘制，具体操作方法如下。

（1）选中第 3 张幻灯片，按回车键添加一个新幻灯片，输入标题文本"按品种分析行业结构"，如图 3-106 所示，单击"插入"标签中的"表格"按钮，在列有中选择【插入表格】命令。

图 3-106　单击【插入表格】命令

图 3-107　设置行列数

（2）弹出"插入表格"对话框，设置列数为 4，行数为 14，如图 3-107 所示。

（3）单击【确定】按钮，在幻灯片中添加的表格使用了默认的表格样式，如图 3-108 所示。

（4）在表格的单元格中分别输入相应的内容，如图 3-109 所示。

图 3-108　创建的表格

图 3-109　输入表格文本

（5）将光标定位在表格的任意单元格中，单击"表格工具"的"设计"标签，在"表格样式"框中选择"中度样式 4－强调 6"表样式，如图 3-110 所示，将表格重新应用一种表样式。

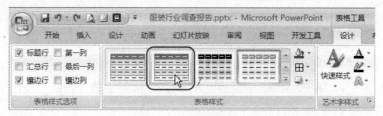

图 3-110　更改表样式

（6）将鼠标移动到表格的右下角，鼠标变为双向箭头，按住鼠标左键拖动，可将表格的高度和宽度进行快速调整，如图 3-111 所示。

图 3-111　鼠标拖动调整表格大小

（7）选中第 1 行，在"表格工具"中，单击"布局"标签中的"水平居中"按钮和"垂直居中"按钮，如图 3-112 所示，设置文本为水平和垂直居中对齐。

图 3-112　设置文本为水平和垂直居中对齐

（8）切换到"开始"选项卡中，设置表格第 1 行中的文本字体为宋体，字号为 14，加粗显示，如图 3-113 所示，完成该页幻灯片的制作。

对于这类没有重要数据的表格，可以添加丰富的格式。若表中的数据为具体的数值，则建议设置的格式以清晰简洁为主，以免影响对数据的理解和阅读。

图 3-113　制作完成的页面效果

3.2.3 插入 Excel 表格

如果表格有大量的数据，并且数据间还存有一定的运算关系，这时，可以在 PowerPoint 中调用 Excel 来创建表格，这样就能够保证数据计算的准确性了，具体操作方法如下。

（1）选中第 4 张幻灯片，添加一张版式为"标题和内容"的新幻灯片，输入如图 3-114 所示的标题和内容文本，并设置相应的格式。

（2）单击"插入"选项卡中的"表格"按钮，在列表中选择【Excel 电子表格】命令，如图 3-115 所示。

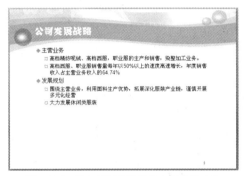

图 3-114　添加新幻灯片并输入相应的内容　　　　图 3-115　选择【Excel 电子表格】命令

（3）在页面中添加了一个 Excel 窗口，鼠标指向外边框，拖动鼠标向幻灯片底端移动，如图 3-116 所示。

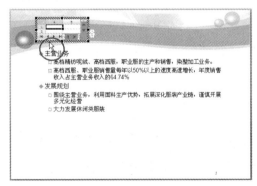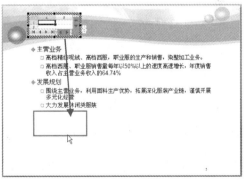

图 3-116　移动 Excel 窗口

（4）鼠标指向 Excel 窗口的右下角，如图 3-117 所示，变为双向箭头，拖动鼠标调整窗口到合适的大小，如图 3-118 所示。

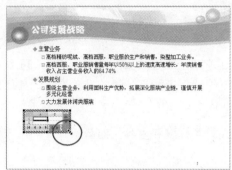

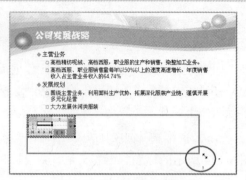

图 3-117　鼠标为双向箭头　　　　　　　图 3-118　拖动鼠标调整窗口大小

（5）如图 3-119 所示，在 Excel 窗口中的 Sheet1 工作表中输入相关的数据，并设置格式。

（6）在单元格 C3 中输入公式"=(B3-B2)/B2"，计算出增长率，如图 3-120 所示，按回车键得到结果。

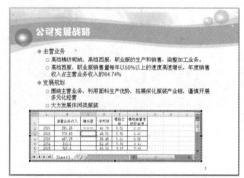
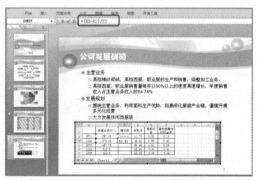

图 3-119　在 Excel 窗口中输入相关数据　　　图 3-120　输入公式计算数据

（7）如图 3-121 所示，拖动鼠标将公式复制到 C6 单元格，完成数据的计算。

（8）再次调整窗口大小，使其只显示有数据的工作表部分，如图 3-122 所示，在幻灯片任意位置单击鼠标左键，关闭 Excel 表格的编辑状态。

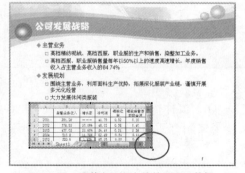

图 3-121　添加公式　　　　　　　　　图 3-122　调整窗口大小使其只显示数据

（9）把鼠标移动到表格边框的右下角处，变为双向箭头形状，如图 3-123 所示，按住鼠标左键进行拖动，将表格适当放大拖动鼠标调整大小，以增加显示效果，如图 3-124 所示。

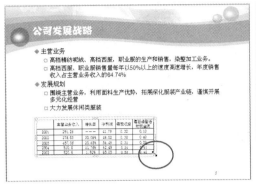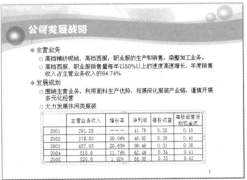

图 3-123　表格边框的右下角处的鼠标形状　　　　图 3-124　调整大小后的表格

（10）在页面中再添加一个文本框，输入相应的文字，并设置好格式，将其形状更改为"圆角矩形"，效果如图 3-125 所示。

（11）继续添加一个圆角矩形，调整填充颜色的透明度后，叠放于表格上方，效果如图 3-126 所示。

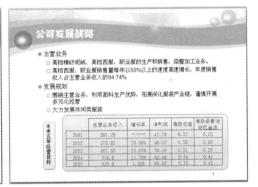

图 3-125　添加文本框　　　　　　　　　图 3-126　完成的效果

3.2.4　调用 Excel 中的图表和表格

如果数据和图表已经存在于现有的 Excel 工作簿文件中了，那可以不必重新创建，直接将其导入到 PowerPoint 中即可。具体操作方法如下。

（1）在第 4 张幻灯片的后面添加一张版式为"仅标题"的幻灯片，输入标题文本为"按品种分析利润"。

（2）打开需要使用数据所在的 Excel 工作簿文件，这里打开素材文件"分析图表.xlsx"，在"图表"工作表中，用鼠标右键单击图表，在菜单中选择【复制】命令，如图 3-127 所示。

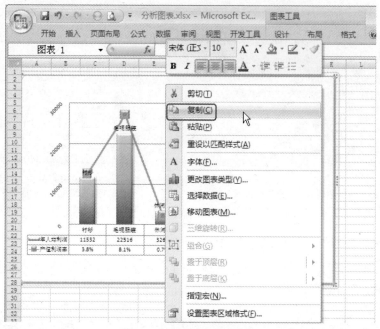

图 3-127　选择【复制】命令

（3）返回 PowerPoint 窗口中，选中"按品种分析利润"幻灯片，按【Ctrl+V】组合键，将图表粘贴到幻灯片中。

（4）单击"粘贴选项"按钮，在列表中选择【粘贴为图片】命令，如图 3-128 所示，可以将图表显示为静态图片。

（5）转换为图片后，将不能再对其进行编辑了。但可以为图表图片添加相应的格式修饰，如图 3-129 所示的是完成后的效果。

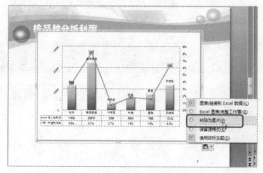

图 3-128　选择【粘贴为图片】命令

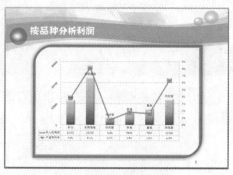

图 3-129　完成后的效果

按照这样的方法,可以将 Word 中的表格或其他指定类型的文档放置到幻灯片中。

3.2.5 插入图表

如果所有的图表都在 Excel 中制作然后再放置到幻灯片中,将会增加 ppt 文件的大小,因此,对于那些数据较少的图表可以直接在 PowerPoint 中创建。

(1)选中第 5 张幻灯片,添加一张版式为"标题和图表"的新幻灯片,输入标题文本"按企业类型分析出口额"。

(2)在幻灯片中单击"插入图表"按钮,如图 3-130 所示。

(3)弹出"插入图表"对话框,选择一种图表类型,如图 3-131 所示。

图 3-130 单击"插入图表"按钮

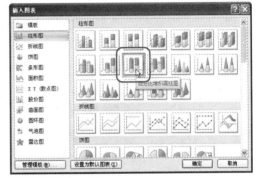

图 3-131 选择一种图表类型

(4)弹出"Microsoft Office PowerPoint 中的图表"窗口,输入相关的图表数据,如图 3-132 所示。

(5)关闭"Microsoft Office PowerPoint 中的图表"窗口,看到在幻灯片中添加了一个圆柱图,如图 3-133 所示。

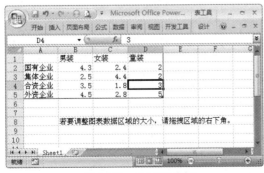

图 3-132 输入图表数据

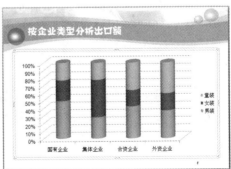

图 3-133 添加的圆柱图

（6）选中图表，切换到"图表工具"的"格式"选项卡中，在"当前选所内容"区域中，选择"基底"，如图 3-134 所示，单击"设置所选内容格式"按钮。

图 3-134　单击"设置所选内容格式"按钮

（7）弹出"设置基底格式"对话框，选中"填充"项，再继续选择"渐变填充"，单击"预设颜色"按钮，在列表中选择"茵茵绿原"渐变效果，如图 3-135 所示，适当调整各渐变光圈颜色的透明度，如图 3-136 所示。

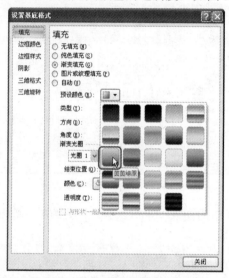

图 3-135　选择"茵茵绿原"渐变效果

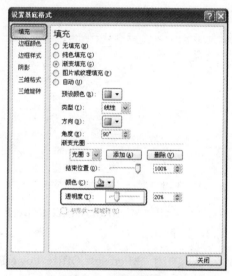

图 3-136　设置透明度

（8）单击【关闭】按钮，完成基底格式的设置。

（9）按照同样方法，可以将图表中的其他组成部分进行格式设置，完成的效果如图 3-137 所示。

（10）用同样方法，可以在演示文稿中添加其他类型的图表，如图 3-138 所示，是制作完成的饼图。

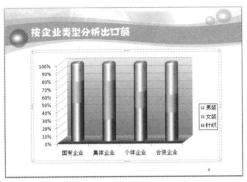

图 3-137　其他组成部分的设置效果

图 3-138　修饰完成的饼图

根据具体的内容，完成其他幻灯片的制作，并对格式进行调整。

3.3　本章小结

在 PowerPoint 中，图表运用的范围相当广泛，除了用来表达计划的概念外，还可以制作组织结构，或将复杂的统计数据以简单的图表呈现，让观看者一目了然。因此，使用图表数据有助于激发听众的兴趣和思考力，易于将抽象的说明变具体化，使听众易于同意你的意见，更易信服你的专业知识及说服力。

运用本章的知识，可以制作出如图 3-139 所示的图表效果。

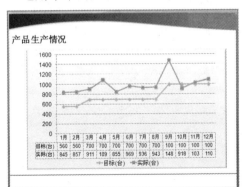

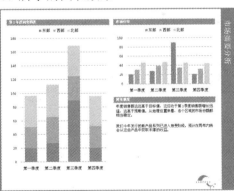

图 3-139　拓展案例效果

第 4 章 版式与设计篇

幻灯片的版式设计是按照格式将文字、图片等各种元素组织起来，达到一定的视觉效果，版式设计的好坏决定了演示文稿的最终效果。

如图 4-1 所示是一个年度报告的幻灯片页面，在页面中展示的内容虽然较多，但看起来很清晰，整体感强。

本章主要从版式设计应用、幻灯片整体风格的角度入手，来讲解各种应用技巧和方法，如图 4-2 所示是本章使用的几个实例效果，在页面中主要以图示与图形的方式表达主要内容，简明扼要，在色彩搭配上也比较协调，阅读起来比较清晰。

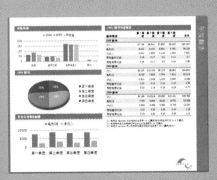

图 4-1　年度报告页面

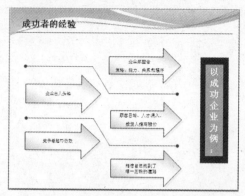
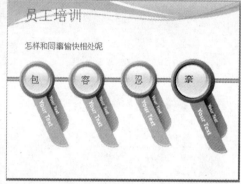

图 4-2　版式应用案例

4.1 必备技巧

首先我们来介绍版式设计的各种技巧，包括演示文稿的大小和方向设置、演示文稿的背景设置、母版和页脚的应用等，掌握了这些技巧后，创建出一些复杂版式的演示文稿不再是什么难事。

4.1.1 设置幻灯片大小和方向

在默认情况下，幻灯片以"全屏（4:3）"的方式、25.4cm 的宽度、19.05cm 的高度、横向的方式显示，可以根据需要重新设置幻灯片页面的大小，以便可以放置较多内容，具体的操作方法如下。

（1）单击"设计"选项卡，在"页面设置"选项组中单击"页面设置"按钮，如图 4-3 所示。

图 4-3 单击"页面设置"按钮

（2）弹出"页面设置"对话框，在其中可以重新设置幻灯片大小、宽度和高度及方向，在如图 4-4 所示。

（3）单击【确定】按钮，完成设置。

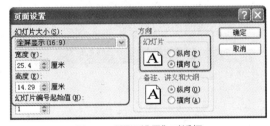

图 4-4 "页面设置"对话框

注意： 这个操作会影响到演示文稿中所有的幻灯片。

4.1.2 将设置幻灯片背景

在 PowerPoint 2007 中，要为幻灯片设置背景，其中包括单一的背景颜色、渐变颜色、图片等。为幻灯片指定不同的背景，可以改变其显示的效果，并且可以进一步设置其透明度等格式。

具体的操作方法如下。

（1）选择要设置的幻灯片。

（2）单击"设计"选项卡，在"背景"选项组中单击"背景样式"右侧箭头，在列表中选择【设置背景格式】命令，如图 4-5 所示。

图 4-5　选择【设置背景格式】命令

（3）弹出"设置背景格式"对话框，在左侧列表中选择"填充"项，在右侧选择"纯色填充"单选按钮，单击"颜色"按钮，如图 4-6 所示，在列表中可以选择一种颜色应用。

（4）拖动"透明度"滑块可以调节所选颜色的透明度，如图 4-7 所示，通过调节不同的透明度可以改变当前颜色的深浅度。

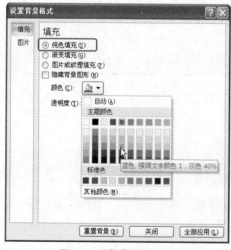

图 4-6　选择背景颜色

图 4-7　设置颜色透明度

（5）在幻灯片中可以预览到设置的效果，感觉满意时，就可以单击【关闭】按钮，完成背景色的添加。

4.1.3 隐藏背景图形

如果在添加幻灯片背景时，幻灯片中已经应用了某种主题或模板，此时会在幻灯片中显示那些背景图形，有时甚至会导致无法显示设置的背景。

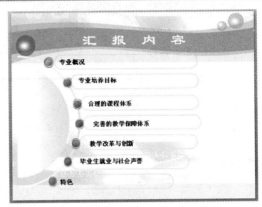

图 4-8 隐藏图形

打开一个演示文稿，如图 4-8 所示，现在希望隐藏文稿的背景图形。

具体操作步骤如下。

（1）单击"设计"选项卡。

（2）在"背景"选项组中，选中"隐藏背景图形"复选框，如图 4-9 所示。

图 4-9 隐藏背景图形

如图 4-10 所示，可以看到幻灯片中的背景图形已被隐藏，此时显示了设置的背景色。

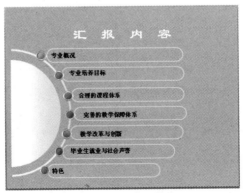

图 4-10 只显示背景色的幻灯片

4.1.4 快速删除幻灯片背景

如果对已经设置和添加的背景效果感觉不理想，可以快速清除已经设置好背景色，将幻灯片恢复到初始状态。

（1）选中需要清除背景色的幻灯片。

（2）单击"设计"选项卡，在"背景"选项组中单击"背景样式"右侧箭头，在列表中选择【重置幻灯片背景】命令项，如图 4-11 所示。

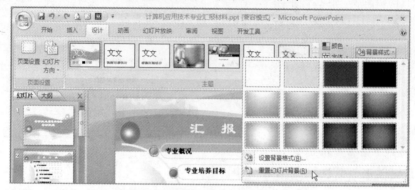

图 4-11　选择【重置幻灯片背景】命令项

此时，可以看到所选幻灯片中的背景色已经被清除，幻灯片恢复到了无背景状态。

注意： 清除背景色后，要注意观察"隐藏背景图形"复选框是否被选中，否则会出现在幻灯片页面中既无背景色又无背景图形的情况，如图 4-12 所示。

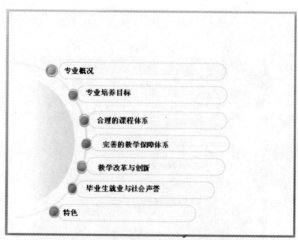

图 4-12　既无背景色又无背景图形的效果

4.1.5 将指定的图片设置为幻灯片背景

通常，为了取得较好的显示效果，会在演示文稿中使用图片作为背景色。

将指定的图片作为背景的操作方法如下。

（1）选中需要设置背景的幻灯片。

（2）单击"设计"选项卡，在"背景"选项组中单击"背景样式"右侧箭头，在列表中选择【设置背景格式】命令项。

（3）弹出"设置背景格式"对话框，在左侧列表中选择"填充"项，在右侧选择"图片或纹理填充"单选按钮，如图 4-13 所示，单击【文件】按钮。

图 4-13　单击【文件】按钮

（4）弹出"插入图片"对话框，选择需要使用的图片文件，如图 4-14 所示。

图 4-14　选择需要使用的图片文件

（5）单击【插入】按钮，返回"设置背景格式"对话框，拖动"透明度"滑块可以设置背景图片的模糊程度，如图 4-15 所示，在幻灯片中可以随时查看调整的效果。

提示： 如果对效果不满意，则可以单击"重置背景"按钮，取消所进行的相关设置。

（6）单击【关闭】按钮，完成背景的设置，效果如图 4-16 所示。

图 4-15 设置背景图片透明度   图 4-16 添加背景图形后的效果

4.1.6 设置背景的应用范围

在默认情况下，所选的背景会影响到当前演示文稿中使用同一主题的幻灯片，可以根据需要设置背景的应用范围。

1. 将背景应用于所有的幻灯片

如果希望将背景应用于所有幻灯片，可以按照下面的方法操作。

方法一：单击"设计"选项卡，在"背景"选项组中单击"背景样式"右侧箭头，在列表中用鼠标右键单击所选择背景，在弹出的菜单中选择【应用于所有幻灯片】命令，如图 4-17 所示。

图 4-17 选择【应用于所有幻灯片】命令

方法二：在打开的"设置背景格式"对话框中，单击"全部应用"按钮。

2. 将背景应用于指定的幻灯片

（1）选中设置背景的幻灯片。

按住【Ctrl】键，可以选择不连续的多张幻灯片，按住【Shift】键，可以选择多张连续的幻灯片。

（2）单击"设计"选项卡，在"背景"选项组中单击"背景样式"右侧箭头，在列表中用鼠标右键单击所选择背景，在弹出的菜单中选择【应用于所选幻灯片】命令，如图 4-18 所示。

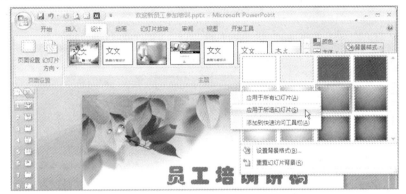

图 4-18　选择【应用于所选幻灯片】命令

4.1.7　使用内置主题模板

使用内置的幻灯片模板，可以快速更改演示文稿的外观，具体的操作方法如下。

（1）选中演示文稿中的任意一张幻灯片。

（2）单击"设计"选项卡，在"主题"选项组中，单击"主题"列表框的右下角的按钮，如图 4-19 所示。

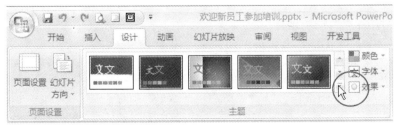

图 4-19　单击"主题"列表框的右下角的按钮

（3）如图 4-20 所示，拖动滚动条在列表中选择并应用一种主题。

图 4-20   选择并应用一种主题

如图 4-21 所示是应用不同主题的幻灯片效果。

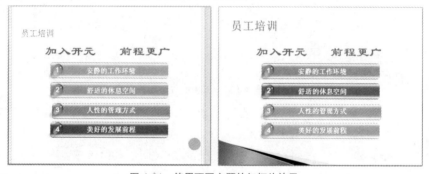

图 4-21   使用不同主题的幻灯片效果

4.1.8 更改部分幻灯片主题模板

使用内置主题时，会更改所有幻灯片的效果，按照下面的方法可以将演示文稿中的选定的幻灯片主题模板进行更改。

（1）选中需要更改主题模板的幻灯片。

（2）单击“设计”选项卡，在“主题”选项组中，单击“主题”列表框的右下角的按钮，在列表中用鼠标右键单击要应用的主题，选择【应用于选定幻灯片】命令，如图 4-22 所示。

如图 4-23 所示，当前所选幻灯片的主题模板已被更改，而其他幻灯片的主题模板没有受到影响。

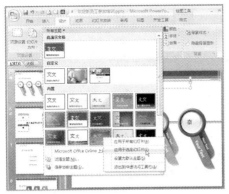

图 4-22　选择【应用于选定幻灯片】命令

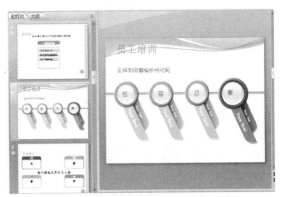

图 4-23　当前所选幻灯片的主题模板已被更改

4.1.9　更改默认主题

在默认情况下，新建的演示文稿中使用的是"Office 主题"，页面显示白色。按照下面的方法可以将某种指定的主题设置为默认主题，所有新的演示文稿都将使用默认主题。

（1）单击"设计"选项卡，在"主题"选项组中，在列表框中用鼠标右键单击某种主题，选择【设置为默认主题】命令，如图 4-24 所示。

图 4-24　选择【设置为默认主题】命令

（2）按【Ctrl+N】组合键快速创建一个空白演示文稿，演示文稿中使用了设置的默认主题。

4.1.10　将现有的文件作为主题模板

除了使用预定义的主题模板外，还可以将现有的演示文稿作为主题模板应用。具体操作方法如下。

（1）在"设计"选项卡中，单击"主题"列表框右侧的按钮，在列表中选择【浏览主题】命令，如图 4-25 所示。

（2）弹出"选择主题或主题文档"对话框，在指定的位置找到并选择相应的文件，如图 4-26 所示。

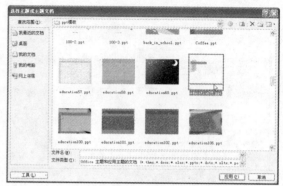

图 4-25　选择【浏览主题】命令　　　　　　图 4-26　找到并选择相应的文件

（3）单击【应用】按钮，指定文档便作为主题应用于当前演示文稿中了，如图 4-27 所示。

此时，在"主题"列表中可以看到添加的主题模板，如图 4-28 所示。

图 4-27　指定文档便作为主题的应用效果　　　　图 4-28　添加的主题模板

4.1.11　自定义主题模板

用户可以将当前演示文稿保存为一个主题应用，并将其添加到主题列表中，更加方便调用。具体的方法如下。

（1）打开需要保存为主题的演示文稿，并对其中的主题格式进行设置。

（2）在"设计"选项卡中，单击"主题"列表框右侧的按钮，在列表中选择【保存当前主题】命令，如图 4-29 所示。

图 4-29　选择【保存当前主题】命令

（3）弹出"保存当前主题"对话框，在"文件名"中输入名称，用于标识保存的主题文件，如图 4-30 所示。

（4）单击【保存】按钮，将当前演示文稿的主题保存到主题列表中，如图 4-31 所示。

图 4-30　输入主题文件的名称　　　　　图 4-31　显示在主题列表中的自定义主题

提示： 　需要将主题保存在默认文件夹中才可以在主题列表中显示该主题。默认的保存位置为 "C:\Documents and Settings\book\Application Data\Microsoft\Templates\Document Themes"，每个主题都是一个独立的文件，其扩展名为".thmx"。

4.1.12　删除主题模板

除了内置的主题模板外，可以将自定义主题进行删除。具体操作方法如下。

（1）在"设计"选项卡中，单击"主题"列表框右侧的按钮，在列表中用鼠标右键单击需要删除的主题，在弹出的菜单中选择【删除】命令，如图 4-32 所示，将所选的主题删除。

（2）弹出如图 4-33 所示的提示框，单击【是】按钮，确认删除。

图 4-32　选择【删除】命令　　　　　图 4-33　单击【是】按钮

注意：执行删除操作后，相对应的主题文件也会被一同删除，且删除主题操作不可撤销。

4.1.13 改变主题模板颜色

每种预定义的主题模板中都包含多种预定义的主题颜色，不同的主题颜色可以使模板显示不同的效果，根据实际需要选择一种应用到幻灯片中，具体的操作方法如下。

（1）选中需要更改颜色的幻灯片。

（2）单击"设计"选项卡，在"主题"选项组中单击"颜色"按钮右侧的下三角按钮，并在其下拉菜单中选择一种主题颜色，如图 4-34 所示。

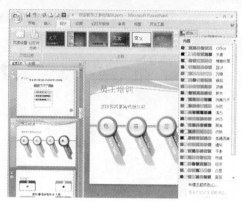

图 4-34　选择主题颜色

如图 4-35 和图 4-36 所示，是使用了不同颜色主题的幻灯片效果。

图 4-35　沉稳的颜色主题

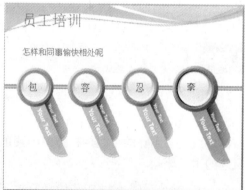

图 4-36　中性的颜色主题

4.1.14 自定义主题颜色方案

根据设计的需要，可以在现有主题颜色的基础上自定义一种主题颜色，具体的操作方法如下。

（1）单击"设计"选项卡，在"主题"区域中单击"颜色"按钮，在列表中选择【新建主题颜色】命令，如图 4-37 所示。

图 4-37　选择【新建主题颜色】命令

（2）弹出"新建主题颜色"对话框，单击需要更改的主题颜色右侧的按钮，在列表中选择需要使用的颜色，如图 4-38 所示。

（3）在"名称"框中输入一个用于标识主题颜色的名称，单击【保存】按钮，即可完成主题颜色方案的创建。

（4）再次单击"颜色"按钮，可在列表中看到所定义的主题颜色，如图 4-39 所示。

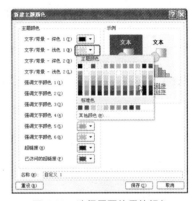

图 4-38　选择需要使用的颜色

图 4-39　自定义主题颜色

4.1.15　设置幻灯片主题颜色的应用范围

当在演示文稿中使用了多个不同的主题模板时，在默认情况下，所选择的主题颜色只会影响那些与当前所选幻灯片使用的同一主题模板幻灯片，使用其他主题模板的幻灯片不会被更改，根据需要可以设置主题颜色的应用范围。

（1）在颜色列表中，用鼠标右键单击要使用的颜色，如图 4-40 所示。

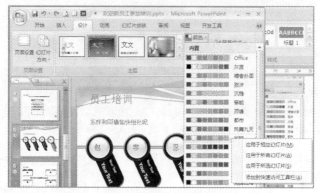

图 4-40　用鼠标右键单击要使用的颜色

（2）在弹出的菜单中可以选择相应的命令执行：

● 选择【应用于所有幻灯片】命令，可以将主题颜色应用于演示文稿中的所有幻灯片，如图 4-41 所示，两种不同主题模板的幻灯片被应用同一种主题颜色。

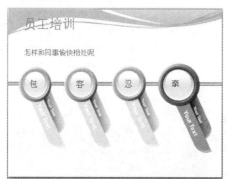
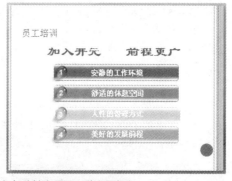

图 4-41　两种不同主题模板的幻灯片被应用同一种主题颜色

● 选择【应用于所选幻灯片】命令，则可以将选定的幻灯片应用指定的主题颜色，这些选定的幻灯片可以使用同一模板，也可以使用不同模板。

4.1.16　快速统一字体格式

使用文本的主题样式，可以快速设置文本的格式，具体操作方法如下。

在"设计"选项卡中，单击"字体"按钮，在列表中选择一种主题字体样式，如图 4-42 所示。此操作将影响所有使用同一主题模板的幻灯片。

图 4-42　主题样式

> 提示：
> 如图 4-42 所示，用鼠标右键单击某个主题字体，在列表中选择【应用于所有幻灯片】命令，则可以将所选择的主题字体应用于演示文稿中的所有幻灯片，不管是否使用同一主题模板。

4.1.17　创建自定义的主题字体

如果经常为演示文稿中的文本设置某种格式，那么可以将这种格式创建为一种主题字体，以便在需要的时候及时调用，此技巧可以大大提高设计的质量和效果。具体操作方法如下。

（1）在"设计"选项卡中，单击"字体"按钮，在列表中选择【新建主题字体】命令，如图 4-43 所示。

图 4-43　选择【新建主题字体】命令

（2）弹出"新建主题字体"对话框，分别指定西文（英文）和中文的标题字体和正文字体，如图 4-44 所示，在"名称"框输入一个名称，用于标识创建的主题字体，单击【保存】按钮。

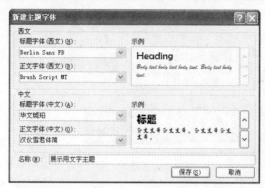

图 4-44　定义文字主题

（3）再次执行第 1 步的操作，在列表中可以看到定义好的文字主题。

4.1.18　编辑与删除主题字体

创建好的主题字体也可能需要再次进行修改和删除。具体操作如下。

（1）编辑主题字体：在需要删除的主题字体处单击鼠标右键，在如图 4-45 所示的列表中选择【编辑】命令，即可打开"编辑主题字体"对话框，按照需要进行修改即可。

图 4-45　选择【编辑】命令

（2）如果某个主题字体不再需要，则可以将其删除：在需要删除的主题字体处单击鼠标右键，在如图 4-45 所示的列表选择【删除】命令，弹出如图 4-46 所示的提示框，单击【是】按钮，可删除所选的主题字体。

图 4-46　确认删除

注意: 只有用户自定义的主题字体才可以被删除或编辑,并且删除主题字体的操作不可撤销。

4.1.19 用图形实现幻灯片局部填充

在设计幻灯片时,经常需要实现让幻灯片的某个局部区域着色,如要实现如图 4-47 所示的效果,就可以使用图形工具来快速完成操作,方法如下。

(1)首先要将幻灯片的背景等格式进行设计,如填充一种背景色。

(2)单击"插入"选项卡中的"形状"按钮,在列表中选择一种图形,如图 4-48 所示。

图 4-47 幻灯片部分区域填充的效果

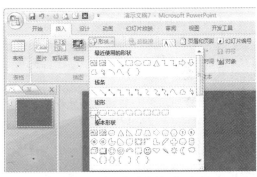

图 4-48 在幻灯片中插入矩形

(3)在幻灯片中拖动鼠标绘制出图形,并调整位置,为图形添加相应的格式,如图 4-49 所示。

这样就实现了在幻灯片中局部区域着色的目的。接下来可以为其添加相应的图片、文字等其他元素,完成幻灯片的制作。

图 4-49 填充图形格式

4.1.20 为何指定的主题字体无效

有时在为幻灯片指定了某种主题字体后,发现幻灯片中文本的显示效果却未发生任何变化,引起这个问题的主要原因是文本未放置在幻灯片默认的占位符中,而是用户自行插入的文本框。

由于主题字体指针只对占位符中的文本有效，因此，若发生此类情况，可以通过复制的方式将相应的文字复制到相同版式的占位符中即可。

4.1.21 在演示文稿中使用多个母版

在默认情况下，在演示文稿中只有一个幻灯片母版，如图 4-50 所示，母版包含多种版式的子母版，在母版前显示序号 1。

根据需要可以添加任意的多个母版。具体操作方法如下。

（1）首先将视图切换到"幻灯片母版视图"。

（2）在"幻灯片母版"选项卡中，单击"插入幻灯片母版"按钮，如图 4-51 所示。

图 4-50　演示文稿中的母版

图 4-51　单击"插入幻灯片母版"按钮

（3）用鼠标右键单击新添加的母版，选择【重命名母版】命令，如图 4-52 所示。

（4）弹出"重命名母版"对话框，输入母版名称，如图 4-53 所示，单击【重命名】按钮。

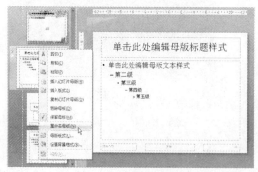

图 4-52　选择【重命名母版】命令

图 4-53　输入母版名称

添加的母版中不包含任何格式，根据需要可以进一步对其进行设计，如添加背景等，使其符合设计的需要。

4.1.22 更改母版主题

如果希望添加的母版中包含指定的主题，则可以按照下面的方法操作。

（1）首先进入幻灯片母版视图。

（2）在"幻灯片母版"选项卡中，单击"主题"按钮，在列表中用鼠标右键单击某个主题，在菜单中选择【添加为幻灯片母版】命令，如图 4-54 所示。

图 4-54　选择【添加为幻灯片母版】命令

如图 4-55 所示，所选主题已被添加为母版了，母版前显示了序号。

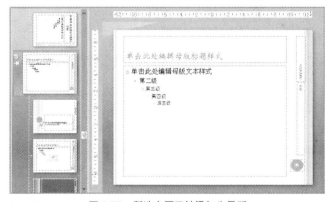

图 4-55　所选主题已被添加为母版

4.1.23 删除母版

有时，演示文稿中的母版并未全部被使用，对于未使用的母版可以将其清除，以减小文件大小。

（1）首先进入到幻灯片母版视图。

（2）在左侧的窗格中用鼠标右键单击某个母版，在菜单中选择【删除母版】命令，如图 4-56 所示，即可将所选的母版删除。

图 4-56　选择【删除母版】命令

注意：　要删除母版，必须在左侧窗格中选择带序号的那张母版幻灯片，删除时会同时删除该幻灯片所包含的子母版幻灯片。

4.1.24 使用预定义版式

使用 PowerPoint 2007 提供的预定义的版式，可以极大地提高工作效率。具体方法如下。

（1）选中需要指定版式的幻灯片。

（2）单击"开始"选项卡中的"版式"按钮，在列表中选择一种版式，如图 4-57 所示。每种版式都有一个名称，用于识别版式的排列特点。

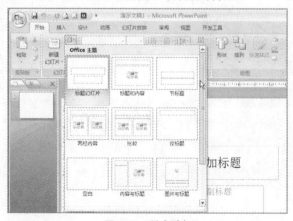

图 4-57　版式列表

在幻灯片窗格中，用鼠标右键单击某张幻灯片，在弹出的菜单中选择【版式】命令，继续选择一种版式，即可将所选幻灯片的版式进行更改。

4.1.25 自定义母版版式

在默认情况下，每个主题模板中所包含的版式是由幻灯片母版所定义的，包括各种元素的位置和格式等，用户根据需要将一些常用的元素排列形式定义为版式。可事先制定好幻灯片的版式，在需要的时候调用，可有效提高效率。具体的操作方式如下。

（1）单击"视图"选项卡，在"演示文稿视图"选项组中单击"幻灯片母版"按钮。

（2）在"幻灯片母版"选项卡中，单击"插入版式"按钮，如图 4-58 所示。

图 4-58 单击"插入版式"按钮

在"幻灯片母版"视图中，用鼠标右键单击左侧的窗格，选择【插入版式】命令也可以添加幻灯片版式。

（3）用鼠标右键单击新添加的版式幻灯片，在弹出的菜单中选择【重命名版式】命令，如图 4-59 所示。

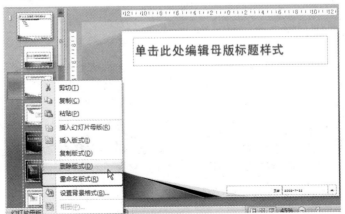

图 4-59 选择【重命名版式】命令

（4）弹出"重命名版式"对话框，在"版式名称"框中输入一个名称，如图 4-60 所示，单击【重命名】按钮。

接下来就开始设置幻灯片版式了，可以根据需要在幻灯片母版版式中添加各种占位符，即事先在幻灯片中确定某种对象的具体放置位置。

（5）在"幻灯片母版"选项卡中单击"插入占位符"按钮，在列表中选择一种占位符，如"图片"占位符，如图 4-61 所示。

图 4-60 重命名版式

图 4-61 选择"图片"占位符

（6）鼠标变为十字光标，按住鼠标左键拖动则可以在页面绘制出一个合适大小的占位符框，如图 4-62 所示。

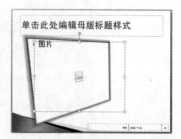

图 4-62 绘制的图片占位符

图 4-63 完成修饰的"图片"占位符

（7）再对这个占位符进行相关的修饰，如图 4-63 所示，是完成修饰后的效果。

（8）再对版式幻灯片中的布局进行调整，如图 4-64 所示。

图 4-64　调整布局后的幻灯片版式效果

（9）在"幻灯片母版"选项卡中，单击"关闭母版视图"按钮，完成自定义版式的制作，返回"普通视图"。

（10）插入一张幻灯片，并将其版式更改为自定义的版式，如图 4-65 所示，单击"插入来自文件的图片"按钮。

（11）在弹出的"插入图片"对话框中选择需要使用的图片，单击【确定】按钮，则可以将图片快速添加到幻灯片中，并且图片使用了母版版式中定义好的格式，效果如图 4-66 所示。

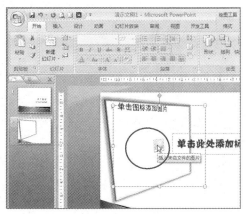

图 4-65　单击"插入来自文件的图片"按钮

图 4-66　使自定义模板的效果

4.1.26 删除母版版式

如果希望将当前主题模板中的某些版式删除，可以按照下面的方法操作：

（1）单击"视图"选项卡，在"演示文稿视图"选项组中单击"幻灯片母版"按钮。

（2）在"幻灯片母版"视图的左侧窗格中，用鼠标右键单击需要删除的版式，选择【删除版式】命令，如图 4-67 所示，即可将版式删除。

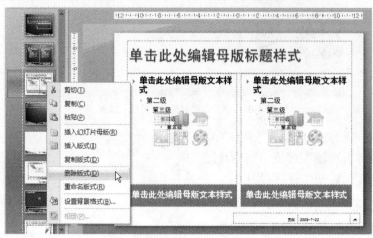

图 4-67　选择【删除版式】命令

提示：选中需要删除的版式后，在"幻灯片视图"选项卡中，单击"删除"按钮也可以快速删除指定的版式。

4.1.27　快速为幻灯片添加页脚

在演示文稿中添加页眉页脚信息，会使制作的演示文稿看起来更职业化，要快速为每张幻灯片都添加相同的页眉页脚，可以按照下面的方法进行操作。

（1）单击"插入"选项卡，在"文本"选项组中单击"页眉和页脚"按钮，如图 4-68 所示。

图 4-68　单击"页眉和页脚"按钮

（2）弹出"页眉和页脚"对话框后，选中"页脚"复选框，在文本框中输入页脚内容，如图 4-69 所示。

（3）单击【全部应用】按钮，可将页脚内容应用到演示文稿中的所有幻灯片上。

提示： 如果仅希望当前的演示文稿中显示页脚内容，则可以单击【应用】按钮。

（4）按【F5】键进行试放映，在页面底端显示了添加的页脚，如图 4-70 所示。

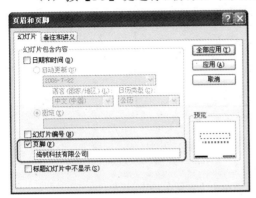

图 4-69　输入页脚内容

图 4-70　添加的幻灯片页脚

4.1.28 让标题幻灯片中不显示页脚

通常在标题幻灯片中是不显示页脚的，要实现这个目的只需要按照下面的方法进行操作。

（1）单击"插入"选项卡，在"文本"选项组中单击"页眉和页脚"按钮。

（2）弹出"页眉和页脚"对话框后，选中"标题幻灯片中不显示"复选框，如图 4-71 所示。

（3）单击【确定】按钮即可。

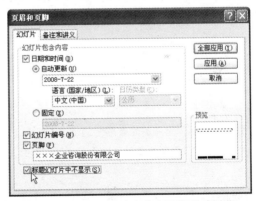

图 4-71　选中"标题幻灯片中不显示"复选框

4.1.29 为幻灯片编号

当幻灯片较多时，为幻灯片添加编号则可以在放映时清除具体的放映位置，具体操作方法如下。

（1）单击"插入"选项卡，在"文本"选项组中单击"幻灯片编号"按钮。

（2）弹出"页眉和页脚"对话框后，选中"幻灯片编号"复选框，如图 4-72 所示。

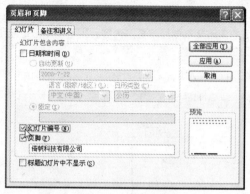

图 4-72　选中"幻灯片编号"复选框

（3）单击【全部应用】按钮，即为所有幻灯片添加了编号。

提示： 如果只需要为当前幻灯片添加编号，则可以单击【应用】按钮。

4.1.30 更改页脚文字格式

如果希望将幻灯片页脚文字的格式进行修改，可以按照下面的方法操作。

（1）进入幻灯片母版视图。

（2）在母版幻灯片中的左侧窗格选中某个母版幻灯片，选中包含页脚文字的文本框，然后在"开始"选项卡中设置相应的格式，如将字体更改为黑体、将字号设置为 16。

注意： 这里选中的是带序号的母版幻灯片，才可以快速将设置的页脚格式应用于所有的幻灯片中，否则将只会影响使用了某个版式的幻灯片页脚格式。

4.1.31 在演示文稿使用横纵混排的页面

有时，在演示文稿的某个页面中展示的内容需要使用与其他幻灯片不同的放置方向。但在 PowerPoint 中没有提供分隔符，在同一演示文稿中无法实现纵横混排，通过设置超级链的方法可以实现在放映时纵横页面交替的效果。

（1）首先制作一个放置基本内容的演示文稿，其幻灯片页面方向为横向放置，如图 4-73 所示。

（2）将需要纵向显示的内容制作为一个独立的演示文稿，如图 4-74 所示。

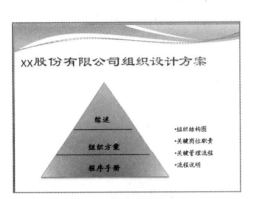

图 4-73 横向放置的演示文稿

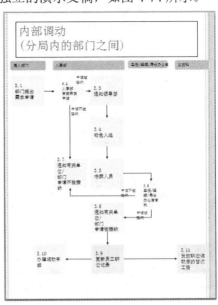

图 4-74 纵向放置的幻灯片

（3）在幻灯片中选中需要设置超级链接的文字或其他对象，单击"插入"选项卡中的"超链接"按钮，如图 4-75 所示。

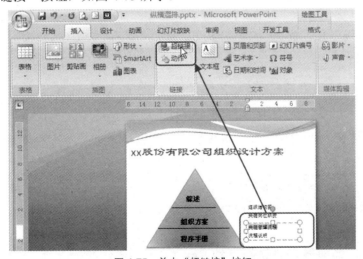

图 4-75 单击"超链接"按钮

（4）弹出"插入超链接"对话框，在左侧列表中选择"原有文件或网页"项，单击"当前文件夹"项，选择需要链接的目标文件，也就是那个纵向放置的演示文稿，如图 4-76 所示。

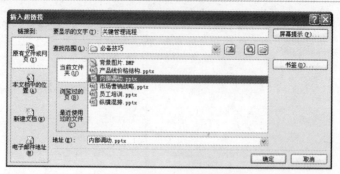

图 4-76　选择需要链接的目标文件

（5）单击【确定】按钮，完成超级链接的设置。

（6）按【F5】键进行放映，鼠标指向设置了超级链接的对象，指针变为手形，如图 4-77 所示，单击后显示纵向幻灯片的文稿内容，放映完毕后返回横向幻灯片中，从而实现了纵向混排的效果。

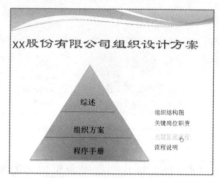

图 4-77　鼠标指向超级链接

4.2　实战演练——制作计划与执行演示文稿

一个能够吸引观众的演示文稿不仅要具有充实的内容，而且也要在版式和色彩的应用上标新立异，使幻灯片看上去规范整齐，且具有层次感，主题突出。

下面运用版式和设计的知识，来制作一个执行计划演示文档，对上面所学的技巧进行实战演练，完成后的画面效果如图 4-78 所示。

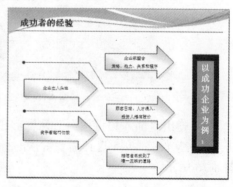

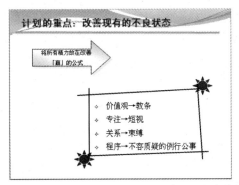

图 4-78　部分幻灯片页面效果

4.2.1 选择主题背景和版式结构

在演示文稿制作之前，需要根据内容确定主题背景，确定好设计模板，主题背景将应用于文稿中的所有页面，根据规划好的内容先大致确定每页幻灯片的版式，以进一步明确内容的组织和显示方式，如图 4-79 所示是几种不同版式的页面结构。

为了让内容页与主题有所区别，在本例中，我们选择了一个背景作为标题幻灯片，如图 4-80 所示。

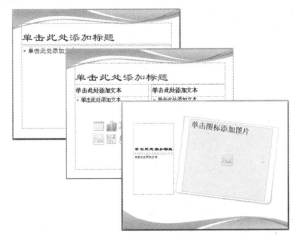

图 4-79　主题模板和页面版式　　　　　图 4-80　确定的标题幻灯片背景

现在来制作这个演示稿的主题，具体操作步骤如下。

（1）新建一个演示文稿，并保存为"计划与执行.pptx"。

（2）单击"设计"选项卡，在"主题"选项组中，选择一种"流畅"型 Office 主题，如图 4-81 所示。

（3）单击"开始"选项卡，在"幻灯片"选项组中单击"新建幻灯片"按钮，如图 4-82 所示，为演示文稿添加一张幻灯片。

图 4-81　选择主题

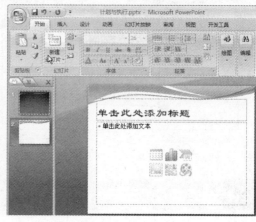

图 4-82　添加幻灯片

对于主题背景，可以直接插入图片，也可以在母版中进行设置，现在，我们对幻灯片母版进行设置。

（4）单击"视图"选项卡，在"演示文稿视图"选项组中单击"幻灯片母版"按钮，如图 4-83 所示。

图 4-83　单击"幻灯片母版"按钮

（5）在"幻灯片母版"选项卡中，单击"编辑母版"选项组中的"插入版式"按钮，如图 4-84 所示。

（6）在现有的母版中，则添加了一张"自定义版式"幻灯片。如图 4-85 所示，选中"隐藏背景图形"复选框，将幻灯片中背景的图案隐藏。

图 4-84　单击"插入版式"按钮

图 4-85　选中"隐藏背景图形"复选框

（7）在"自定义版式"幻灯片母版，选中标题文本框，如图 4-86 所示，按【Delete】键删除。

（8）单击"插入"选项卡，在"插图"选项组中单击"图片"按钮，选择素材文件夹中的"主题图片.jpg"文件，如图 4-87 所示，单击【插入】按钮，将图片放置到"自定义版式"幻灯片母版中。

图 4-86　选中标题文本框

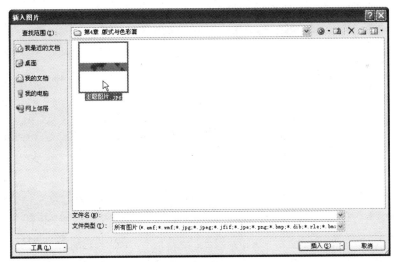

图 4-87　选择主题图片

（9）选中图片，将图片移动到幻灯片的上方，如图 4-88 所示。

（10）单击"插入"选项卡，选择"直线"形状，在页面底端绘制一条直线，单击"绘图工具"，在"格式"选项卡中选择一种形状样式，如图 4-89 所示。

图 4-88　移动图片调整位置　　　　　　　　图 4-89　选择一种形状样式

（11）单击"形状轮廓"按钮，在列表中选择"粗细"项，将线条粗度设置为6磅。

（12）用同样的方法，在已有线条的上方再添加一条细一些的线条，效果如图4-90 所示。

（13）单击"关闭母版视图"按钮，返回"普通"视图。

（14）选中标题幻灯片，单击"版式"按钮，在列表中选择"自定义版式"，如图 4-91 所示，将标题幻灯片的版式更改为所定义的主题版式效果。

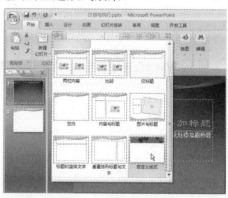

图 4-90　添加底端线条后的效果　　　　　　图 4-91　选择主题幻灯片

4.2.2 制作标题幻灯片

标题幻灯片中要确定演示文稿的一些主题信息，下面来完成标题幻灯片的制作。

（1）选中标题幻灯片。

（2）单击"插入"选项卡中的"文本框"按钮，选择"横排文本框"，在页面拖动绘制出一个横排文本框，添加指定的文本内容。

（3）单击"左对齐"按钮，将文本内容居左对齐。

（4）拖动鼠标选中上面一行的内容，如图 4-92 所示，设置字体为黑体、字号为 22。

（5）选中第 2 行文本内容，设置字体为黑体，字号为 44，单击加粗和阴影按钮，如图 4-93 所示。

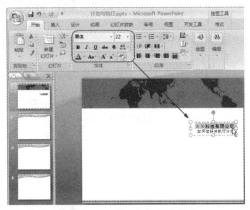 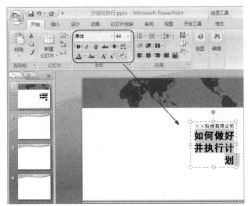

图 4-92　设置第 1 行文本的内容　　　　　图 4-93　设置第 2 行文本肉容

（6）将鼠标移动到文本框的左侧控制点处，变为双向箭头，如图 4-94 所示，按住鼠标左键进行拖动，将文本框的大小调整到合适的状态，如图 4-95 所示。

图 4-94　变为双向箭头的鼠标指针　　　　　图 4-95　文本框的大小调整

（7）用同样的方法，在幻灯片中再添加一个文本框，并输入相关的辅助信息，包括演讲人的姓名、所在的部门或职务、演讲的时间等，如图 4-96 所示。

此时，可以看到在幻灯片中，其左侧的区域为空白区域，显示较空，这里可以将公司的 LOGO 置入。

（8）单击"插入"选项卡，在"插图"选项组中单击"图片"按钮，选择素材文件夹中的"LOGO.JPG"文件，单击【插入】按钮，将图片放置到"自定义版式"幻灯片母版中，如图 4-97 所示，适当调整位置。

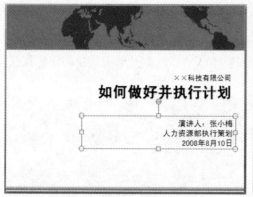

图 4-96　设置标题辅助信息　　　　　图 4-97　添加 LOGO 后的幻灯片效果

接下来，可以继续完成演示文稿中其他文本页面的制作，并建立起相应的二级标题及三级标题内容，以表现要演讲主题的层次。

4.2.3　设置幻灯片格式

修饰分为幻灯片整体风格与单页面的个性化修饰，幻灯片的背景可以帮助表达出主题思想，而对文本段落进行格式化，则可以用来表现页面的文体格式，将主体内容更加清楚地表现出来。

对幻灯片单页面标题进行的相关设置也可以进行统一，这样可以使文稿风格具有一个整体的效果，在此基础上，再对单页中的一些个性元素进行特殊设置，就可以做到统一风格而不影响个性，达到活跃版面的效果。

（1）单击"视图"选项卡，单击"幻灯片母版"按钮，进入幻灯片母版视图。

（2）在左侧幻灯片窗格中，选中最上方的"流畅 幻灯片母版"版式，设置大标题的字体为"黑体"，字号为 32，如图 4-98 所示，将标题文本框移动到页面的上方，适当调整显示的位置。

为了让标题在页面显示更加突出，这里可以在标题文本的下方添加一条分隔线条。

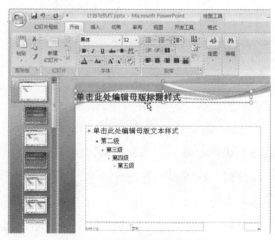

图 4-98　修改标题的字体和字号

（3）单击"插入"选项卡，在"插图"选项组中单击"形状"按钮，选择直线形状，在幻灯片标题的下方绘制一条直线，如图 4-99 所示。

（4）选中线条，设置其样式为"细线强调颜色 2"，粗细为 3 磅，效果如图 4-100 所示。

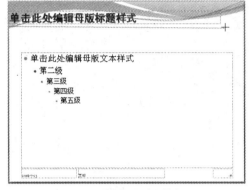

图 4-99　绘制标题分隔线条

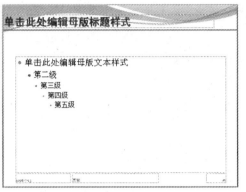

图 4-100　修饰后的分隔线效果

（5）选中"两栏文本"版式，将标题文本的位置也进行调整。用同样方法，查看其他幻灯片标题文本框的位置及显示格式，并进行调整。

（6）单击"关闭母版视图"按钮，返回"普通"视图。

现在，可以根据页面的显示需要，对页面中的个性元素进行适当的设置。例如，在第 2 页幻灯片中，两栏的文本没有进行段落划分，看起来较为拥挤，影响了整体的效果。

（7）选中第 2 页幻灯片，单击鼠标左键，将光标定位在如图 4-101 所示的位置，按回车键后将光标后的内容生成新的段落，如图 4-102 所示。

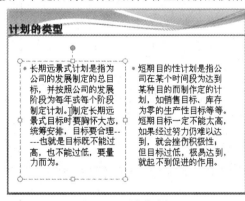

图 4-101　定位光标

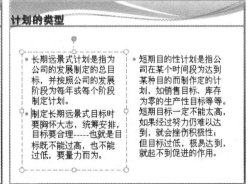

图 4-102　生成新的段落

（8）按照同样的方法，将右侧文本框中的内容也划分段落。

（9）用鼠标左键单击选中左侧的文本框，按住【Shift】键后，再单击右侧的文本框，将两个文本框同时选中。

（10）修改标题段落的项目符号。单击"项目符号"按钮右侧的箭头，选择【项目符号和编号】命令项，如图 4-103 所示。

（11）弹出"项目符号和编号"对话框，单击【图片】按钮，如图 4-104 所示。

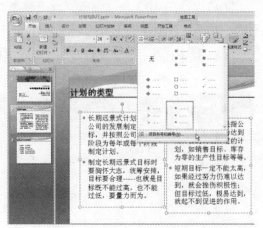

图 4-103　选择【项目符号和编号】命令项

（12）弹出"图片项目符号"对话框，拖动滚动条，找到并选择需要使用的图片，如图 4-105 所示。

图 4-104　单击【图片】按钮

图 4-105　选择需要的图片

（13）单击【确定】按钮，文本框中的段落被添加了指定的项目符号，如图 4-106 所示。

现在还需要利用对齐功能来快速对齐文本框。

（14）在"绘图工具"中，单击"对齐"按钮，在列表中选择【顶端对齐】命令，如图 4-107 所示。

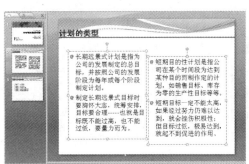

图 4-106　添加项目符号　　　　　　　　图 4-107　选择【顶端对齐】命令

（15）在"开始"选项卡中，将字体设置为黑体，字号为 20，效果如图 4-108 所示。

（16）在"开始"选项卡中，单击"行距"按钮，在列表中选择"1.5"，将行距设置为 1.5 倍行距，如图 4-109 所示。

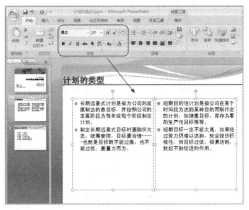

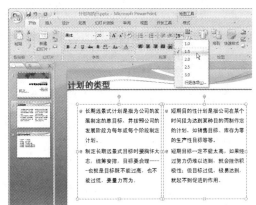

图 4-108　设置字体格式　　　　　　　　图 4-109　设置行距为 1.5 倍

（17）在"开始"选项卡中，单击"段落"选项组右下角的按钮，如图 4-110 所示。

图 4-110　单击"段落"选项组右下角的按钮

（18）弹出"段落"对话框，设置段前和段后的间距为 12 磅，如图 4-111 所示。

（19）单击【确定】按钮，完成段落格式的设置，效果如图 4-112 所示。

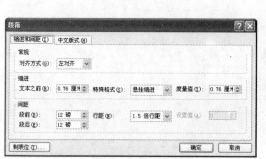

图 4-111　设置段前和段后间距

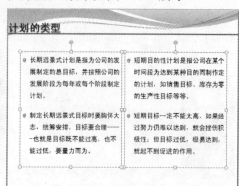

图 4-112　设置完成的幻灯片

4.2.4　设置图形表述页面版式

如图 4-113 左图所示，在该页中，表述了计划执行的 5 个阶段，内容短小，采用文本叙述的方式使得页面有些空旷不充实，现在将这个页面用图形来表述出来，更改后的页面效果如图 4-113 右图所示。

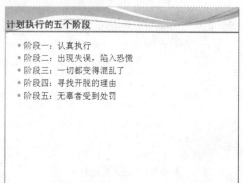
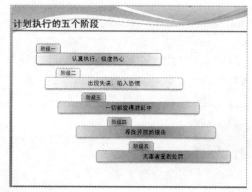

图 4-113　显示效果不充实

（1）选中第 3 张幻灯片，将页面的内容文本框删除。

（2）在"开始"选项卡中单击"版式"按钮，选择"空白"版式，如图 4-114所示。

（3）在"插入"选项卡中，单击"形状"按钮，在列表中选择"圆角矩形"形状，按住鼠标左键在页面中拖动绘制出一个圆角矩形来，如图 4-115 所示。

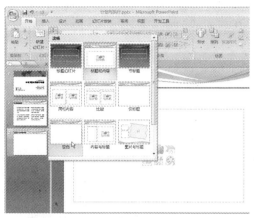

图 4-114　选择"空白"版式

图 4-115　绘制出一个圆角矩形

（4）选中图形，单击"绘图工具"，在"格式"选项卡中的"形状样式"列表中选择一种图形样式，如图 4-116 所示。

图 4-116　选择一种图形样式

（5）按【Ctrl+C】组合键复制，再按【Ctrl+V】键粘贴，得到一个相同的图形，如图 4-117 所示。

（6）调整图形的大小和位置后，选中较大的图形，单击鼠标右键，选择【置于底层】命令，如图 4-118 所示。

图 4-117　复制图形

图 4-118　选择【置于底层】命令

（7）选中较小的图形，单击鼠标右键，选择【编辑文字】命令，如图 4-119 所示，输入文本内容后，设置字体为黑体，字号为 16 号，如图 4-120 所示。

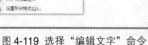

图 4-119 选择"编辑文字"命令

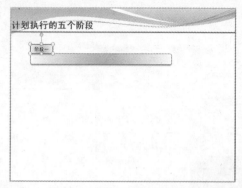

图 4-120 输入文字并设置格式

（8）按同样方法，在较大的图形中也添加文字，并设置字体为黑体，字号为 18。

（9）同样操作可以完成其他图形的添加，效果如图 4-121 所示。

从效果中可以看出，将文字改为图形表达，不仅可以在版式上显得丰富，在颜色上也更具有层次感，使得本来枯燥的内容一下变得生动了。

在采用图形表述时，版式设计将变得十分灵活和自由，如图 4-122 所示，将几种主要条目用箭头作为基底衬托，显得非常动感。副标题用竖排文本的方式放置，既可以与主标题相对应，又使页面层次变纵深。在颜色的选择上，主要用了与主题背景相同或相近的几种颜色，既可以统一效果，又不失美感，并突出主题。如图 4-122 所示是设计好的几张图形表述页面效果。

图 4-121 制作完成的图形

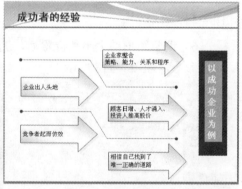

图 4-122 图形表述页面版式效果

（10）添加新的幻灯片，将版式设计为空白版式，输入标题文本。

（11）在"插入"选项卡中，单击"形状"按钮，选择"任意多边形"形状，在页面的适当位置单击鼠标左键确定绘制的起点，然后依次在不同的位置单击鼠标左键确定，绘制出如图 4-123 所示的线条形状，双击鼠标左键结束绘制。

（12）设置线条样式为"细线，强调颜色 6"，粗细为 3 磅，在"箭头"列表中选择两端为圆点的类型，如图 4-124 所示。

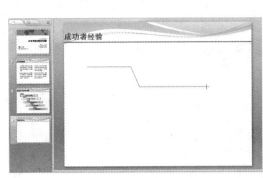

图 4-123　绘制出线条形状

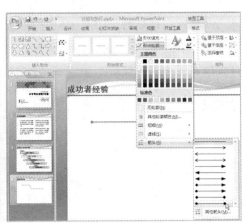

图 4-124　设置箭头类型

（13）复制出一条同样的线条来，适当调整位置，如图 4-125 所示，利用这两根线条将页面的基本框架确定。

（14）在"插入"选项卡中，单击"形状"按钮，选择箭头形状，在页面的适当位置绘制出一个箭头。

（15）选中箭头形状，单击"形状填充"按钮，选择【渐变】项，继续选择【其他渐变】命令。

（16）在"设置形状格式"对话框中，选择"渐变填充"，设置光圈 1 的颜色为蓝色，光圈 2 为白色光圈 3 仍然为蓝色，设置类型为线性，如图 4-126 所示，单击【关闭】按钮。

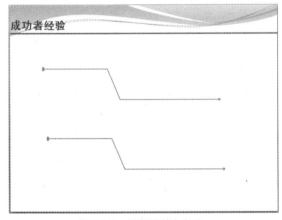

图 4-125　页面的基本布局

图 4-126　设置渐变选项

（17）复制出另外的几个箭头，并放置在合适的位置，如图 4-127 所示。

（18）在每个箭头中添加相应的文本。

（19）绘制出一个矩形，填充颜色为深绿色，无轮廓。复制一个矩形，堆叠放置，设置填充颜色为浅绿色，如图 4-128 所示。

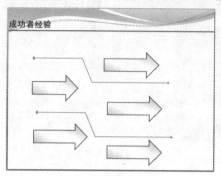

图 4-127 完成的箭头   图 4-128 绘制的矩形

（20）在上层的图形中添加文字，设置字体为黑体，字号为 20。

（21）在"绘图工具"中，单击"文字方向"按钮，在列表中选择【竖排】命令，如图 4-129 所示。

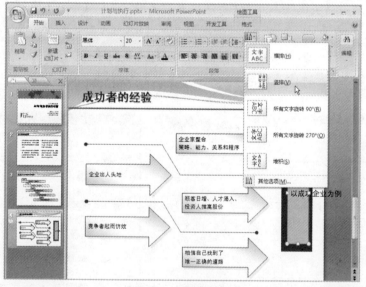

图 4-129 设置文字方向

（22）适当调整形状的大小和位置，效果如图 4-130 所示。

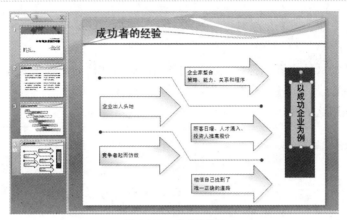

图 4-130　完成的效果

提示：

提示：也可以直接使用"竖排"文本框来添加辅助标题。

按照同样的方法设计另外的图表，如图 4-131 所示，其制作方法与前面介绍的方法基本相似，此处忽略操作过程。

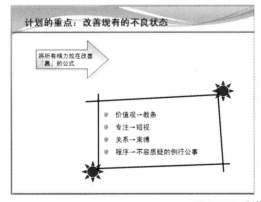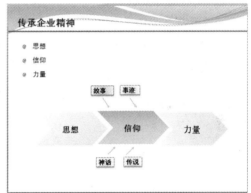

图 4-131　制作出其他的图表

（23）按【Ctrl+S】保存文档，关闭窗口。到这里，一个计划与执行的演示文稿就制作完成了。

4.3　本章小结

本章学习了 PowerPoint 2007 的页面版式和设计的内容，应用好的版式效果，可以使表现内容更显层次，数据显示更加清晰，画面吸引浏览者的眼球，增加浏览者的阅读兴致。在实际工作中，为演示文稿配上好的版式设计效果，往往能大幅度地增加成功的砝码。

版式设计的具体内容包括文稿的方向和大小、为文稿的母版设置统一元素、根据需要演示的内容设计出各种视觉表现元素等。如图 4-132 所示为两幅应用统一版式的演示文稿，利用这些知识即可轻松地制作出来。

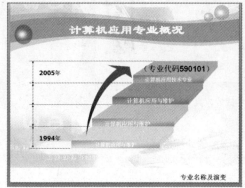

图 4-132 拓展案例效果

第5章 动画设置与播放篇

演示文稿中的动画知识主要包括 4 部分内容，分别为：为幻灯片添加切换特效，让演示文稿中的元素动起来，设置元素的超级链接，以及实现页面之间的跳转和链接到相应网站、播放演示文稿。在实际应用这些知识的过程中，常常会遇到各种问题，譬如如何让动画保持同步播放，如何让元素按照自己绘制的路径进行运动，如何为动画设置合理的速度等。

在本章中，我们就来讲解这些关于演示文稿动画设置与播放的技巧，帮助大家制作出动感十足的幻灯片效果。

如图 5-1 所示是动画设计的两幅画面，我们可以为画面中的各元素设置出场动画，并为按钮设置超级链接。

图 5-1　动画画面

5.1 必备技巧

首先来介绍各种动画设置和控制技巧，为后面制作大型的综合动画案例打好基础。

5.1.1 快速应用幻灯片切换动画

为演示文稿设置的幻灯片切换动画是由当前幻灯片转换至下一张幻灯片的过程发生的动态效果，它将使演示文稿放映更加生动。

PowerPoint 2007 为用户提供了近 60 种的幻灯片切换特效，可以快速添加应用。

（1）选择需要设置切换动画的幻灯片后，单击"动画"选项卡，在其中的"切换到此幻灯片"选项组中可以设置相应的动画，单击列表框右下角的展开按钮，如图 5-2 所示。

图 5-2　单击展开按钮

（2）在列表中选择一种动画方案，如图 5-3 所示。

（3）单击"声音"框右侧的按钮，可以在列表中选择一种声音，如图 5-4 所示，单击"速度"框右侧的按钮，选择播放速度为"慢速"，如图 5-5 所示。

图 5-3　选择动画方案　　　　图 5-4　选择声音　　　　图 5-5　选择速度

（4）单击【预览】按钮，可以查看幻灯片切换动画，如图 5-6 所示。

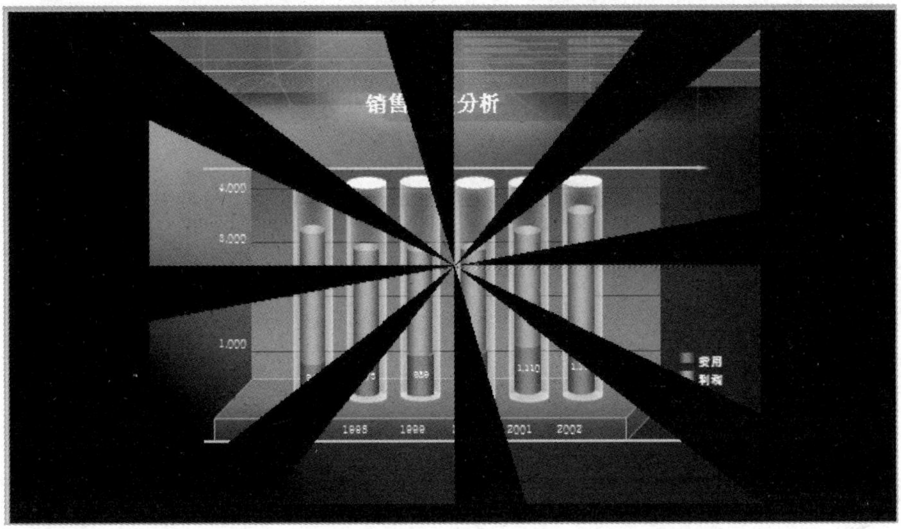

图 5-6　幻灯片切换效果

提示：　如果需要为所有的幻灯片设置相同的切换动画，可以单击【全部应用】按钮，如图 5-7 所示。

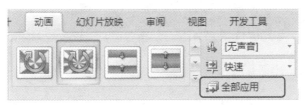

图 5-7　为所有幻灯片应用相同的切换动画

5.1.2　快速应用动画方案

　　PowerPoint 2007 提供了多种预定义动画方案，动画方案主要是针对幻灯片对象，包括占位符文本、文本框文本和其他对象。

　　下面介绍套用幻灯片动画方案的方法。

　　（1）打开素材文件"快速应用动画方案.pptx"，在幻灯片中选中需要使用动画方案的对象。这里选择一种文本框，如图 5-8 所示。

　　（2）单击"动画"选项卡，在"动画"选项组中，单击"动画"框右侧的按钮，选择"按第一级段落"播放动画，如图 5-9 所示。

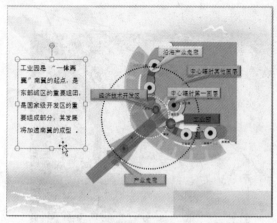

图 5-8　选中需要设置动画方案的对象：文本框　　　　　　图 5-9　选择动画方案

5.1.3 为对象添加自定义的动画效果

在 PowerPoint 2007 中，可以为动画设置各种特殊的动画效果，包括进入、强调和退出动画。

进入动画，是指对象进入播放场景中的效果，如图 5-10 所示。

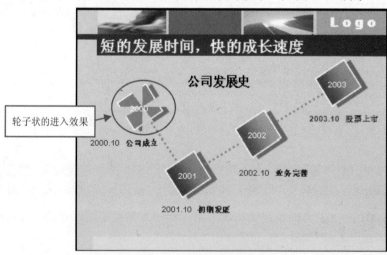

图 5-10　进入动画效果

动画效果应用将使对象更加明显，突出显示该对象，使其引起受众者的注意，如图 5-11 所示。

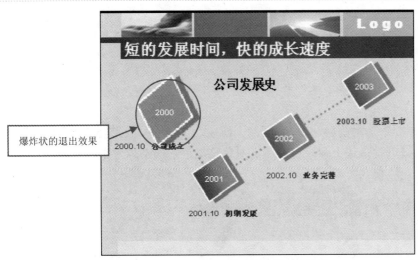

爆炸状的退出效果

图 5-11　添加的强调动画效果

退出动画效果用于设置对象离开播放场景的动画效果，如图 5-12 所示。

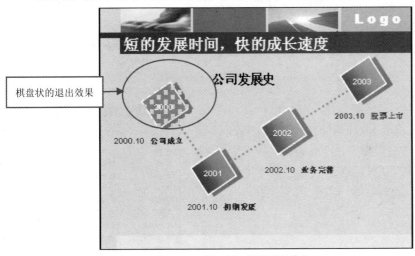

棋盘状的退出效果

图 5-12　退出动画效果

提示：　在 PowerPoint 2007 中，可以为同一个对象同时添加多种动画效果。在默认情况下，添加的动画按照添加的先后顺序进行播放。

下面以添加进入动画效果为例说明操作方法。

（1）打开素材文件"设置动画效果.pptx"，执行"动画"选项卡，单击"自定义动画"按钮，可以打开"自定义动画"任务窗格，如图 5-13 所示。

图 5-13　单击"自定义动画"按钮

（2）选中需要添加动画的对象，单击"添加效果"按钮，如图 5-14 所示，继续选择【进入】→【其他效果】命令，为所选对象添加进入的动画效果。

图 5-14　选择【进入】→【其他效果】命令

（3）弹出"添加进入效果"对话框，在列表中显示了多种预定义好的动画效果，其中包括"基本型"、"细微型"、"温和型"和"华丽型"4 个类型约 50 种，这里选择"基本型"类中的"轮子"动画效果，如图 5-15 所示。

图 5-15　选择动画效果

> 提示：
> 选中"预览效果"复选框，可以在选择动画效果的同时在编辑窗口中查看到效果。

（4）单击【确定】按钮，完成动画的设置，在"自定义动画"任务窗格中看到添加的动画项，效果如图 5-16 所示。

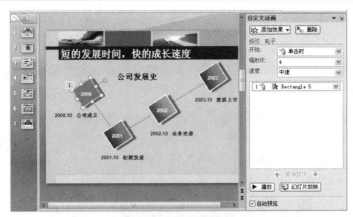

图 5-16 添加的动画项

强调动画和退出动画的设置方法与进入动画的设置方法相同。

（5）在"自定义动画"任务窗格中，选中添加的"爆炸"强调动画，单击"方向"框右侧的按钮，设置动画的方向，如图 5-17 所示。单击"速度"框右侧的按钮，在列表中选择播放的速度，如图 5-18 所示。

图 5-17 设置动画效果

图 5-18 设置播放速度

提示： 所选动画效果不同，在"方向"列表中的选项也不相同。

5.1.4 让动画同步播放

在默认情况下，动画的播放是由鼠标单击触发的，也就是每单击一次鼠标左键，播放一个动画效果。单击【开始】按钮后，在列表中可以看到 3 种开始选项：单击时、之前和之后。

现在，希望对象可以同时播放两种以上的动画效果。这里通过设置动画的开始时间来达到这个目的。

（1）打开素材文件"设置动画效果.pptx"，在"自定义动画"任务窗格中可以看到，默认动画的开始是"单击时"，表示幻灯片中单击鼠标时开始播放动画，在动画项的左侧可以看到鼠标的标志，如图 5-19 所示。

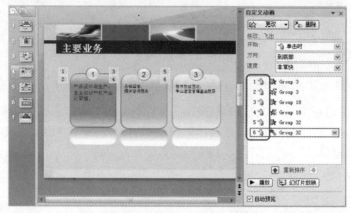

图 5-19　添加完成的动画效果

（2）选中第 2 个"陀螺旋"强调动画，单击"开始"框右侧的按钮，在列表中选择"之前"项，表示在上一个动画开始时就播放动画，用同样的方法将其他动画项的开始也设置为"之前"，如图 5-20 所示，看到动画项前的鼠标消失了。

图 5-20　设置动画开始为"之前"

（3）单击【播放】按钮，如图 5-21 所示，可以看到动画同时播放了。

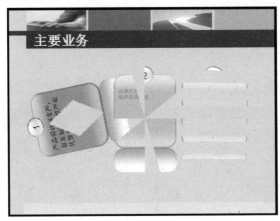

图 5-21　同步动画的效果

提示： 如果设置为"之后"，则表示在上一个动画播放完以后，动画就开始播放，可以实现动画自动连续播放的效果。

5.1.5 实现动画的循环播放

无论动画有哪种开始条件，都可以设置其循环次数，以达到有效地播放和演讲效果。

（1）打开素材文件"设置动画效果.pptx"，在"自定义动画"任务窗格中，用鼠标右键单击需要设置的动画项"陀螺旋"，如图 5-22 所示，在列表中选择【效果选项】命令。

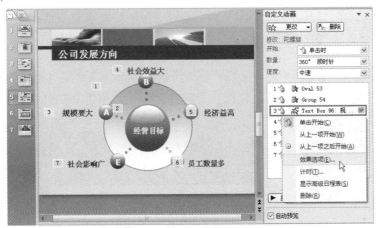

图 5-22　选择【效果选项】命令

（2）弹出"陀螺旋"对话框，单击"计时"选项卡，在"延迟"框中可以输入需要延迟的时间，单位为"秒"，如图 5-23 所示。单击"重复"框右侧的按钮，在列表中选择需要重复的次数，如图 5-24 所示。

提示：延迟时间是指上一个动画与本次动画之间的间隔。

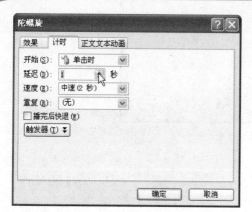

图 5-23 设置延迟时间

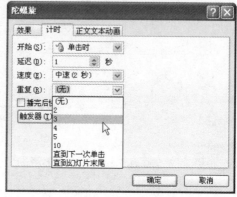

图 5-24 设置重复次数

（3）单击【确定】按钮，就可以得到所需要的效果了。

5.1.6 使用动画路径制作动画

在 PowerPoint 中除了提供丰富的预定义动画效果外，还允许用户根据需要设置动画的路径，让对象按照指定的路线移动。

提示：设置动画路径时，对象在幻灯片中的位置并不影响对路径的执行效果，对象将按照路径所指定的开始点和结束点进行移动。绿色三角为路径的起点，红色三角为结束点。

现在，我们来设置一个路径动画。让组织结构图中的各个部门均从最高管理部门"总经办"的形状处飞出，沿路径移到指定的位置，移动的同时播放设置好的进入动画效果。

（1）在幻灯片中，选中"财务部"形状，如图 5-25 所示，单击"添加效果"按钮，选择【动作路径】→【绘制自定义路径】→【直线】命令。

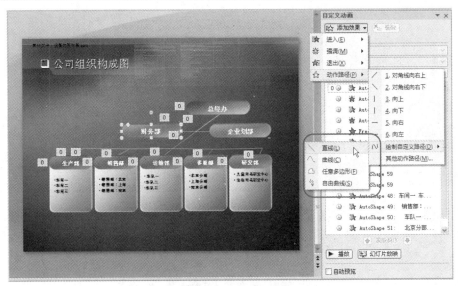

图 5-25　选择自定义路径

（2）在"总经办"处按住鼠标左键，拖动鼠标到"财务部"处，绘制出一条动作路径，如图 5-26 所示。

（3）将鼠标移动到路径的开始点处，即"总经办"处，鼠标变为双向箭头形状，如图 5-26 所示，按住鼠标左键调整动画路径的开始点位置，如图 5-27 所示。

（4）用同样的方法调整路径的结束点。

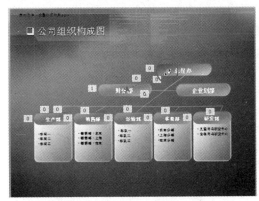

图 5-26　绘制出动作路径

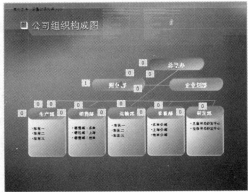

图 5-27　调整开始点位置

（5）用同样方法，将其他部门也添加上直线路径，如图 5-28 所示。

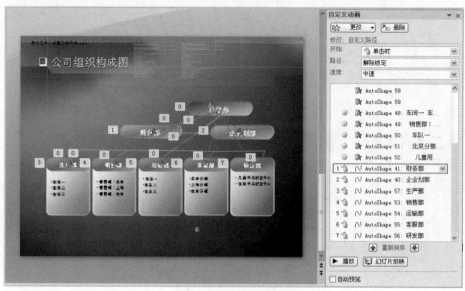

图 5-28　添加的动画路径

（6）选中这些部门的形状，按住鼠标左键，将其移动到播放区域外，如图 5-29 所示。

提示：　将这些形状移动到播放区域外放置，以避免在动画未执行前就显示这些形状。若要更方便地选择这些形状，可以将"自定义动画"任务窗格关闭。

此时发现形状移动的同时，为其添加的动作路径也移到了播放区域外，因此，只有当动作路径位于播放区域才能看到设置好的动画效果。这里面要将动画路径移回播放区，并做适当的调整，如图 5-30 所示。

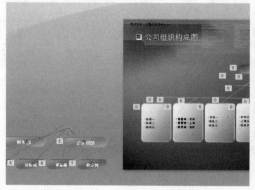

图 5-29　移动部门形状至播放区外

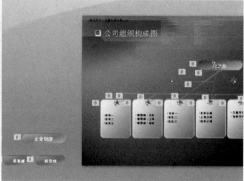

图 5-30　移回播放区域的动作路径

（7）最后将动画顺序进行调整，如图 5-31 所示。

若要使用更多的路径，则可以在如图 5-25 所示的界面中选择【其他动作路径】命令，在弹出的"添加动作路径"对话框中选择所需要的路径，如图 5-32 所示。

图 5-31　调整并设置动画效果

图 5-32　更多路径的选择

5.1.7　设置文字与旁白同步

要实现文字与旁白的同步，可以先为文字添加逐渐出现的动画效果，如"颜色打印机"。

然后，在打开的"颜色打印机"对话框中，设置"动画文本"为"按字母"，并适当设置字母之间的延迟百分比，如图 5-33 所示。

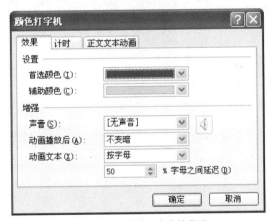

图 5-33　设置动画文本的发送

提示： 也可以先将文字按行分成文字块，甚至是几个字一个字块，然后分别按顺序设置每个字块中字的动画形式为按字母向右擦除，并在时间项中设置与前一动作间隔 1~3s，就可使文字的出现速度和旁白一致了。同样可以实现文字与旁白同步的效果。

5.1.8 利用触发器实现动画重复执行

这里所说的重复执行，是指可以手动控制动画，并且在动画播放完成后再次重复动画。在这里，可以利用触发器实现这个目的。

触发器是为动画添加的一个事件，当这个事件发生时，就执行某个动作。可为文字、图形、图片等任意对象设置触发器。

（1）打开素材文件"触发器.pptx"。在页面中添加一个图形，作为触发器使用。这里添加一个箭头，如图 5-34 所示，并为箭头添加了"忽明忽暗"的动画效果，开始为"单击时"，动画重复至下一次单击时，这样就可以得到一个一直不停闪动的箭头了。

> **提示：** 作为触发器的图形也可以不添加动画效果。

图 5-34　添加触发器条件

（2）打开第一个动画项的"擦除"对话框，对动画效果进行设置。在"计时"选项卡中单击【触发器】按钮，然后在"单击下列对象时启动效果"框中选择刚才添加的箭头，如图 5-35 所示。

（3）单击【确定】按钮，在"自定义动画"任务窗格中便可看到添加触发器后的效果，如图 5-36 所示。

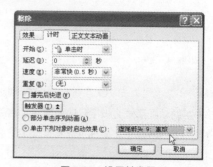

图 5-35　设置触发器

图 5-36　添加触发器的效果

　　（4）按住【Ctrl】键，选中多个动画项，将其向下移到如图 5-37 所示的位置，此时可以看到，所有动画项均显示了触发器的手形标识，将添加了触发器的文本框动画项开始条件改为"之后"，如图 5-38 所示。

图 5-37　选中多个动画项　　　　　　　图 5-38　调整动画顺序后的效果

　　这样，只有当设置的触发器事件被执行，即箭头被单击时，才开始动画的播放，如此反复，实现动画重复播放的效果。

5.1.9　添加交互动作按钮

　　在幻灯片中可以添加按钮以用于控制播放，在 PowerPoint 中提供了一些预定义好的按钮，这些按钮都已经被添加了动作。单击"插入"选项卡中的"形状"按钮，在"动作按钮"类中可以看到这些动作按钮，如图 5-39 所示。

动作按钮

图 5-39　动作按钮

（1）选择"动作按钮：前进或下一项"按钮后，可以在幻灯片的相应位置拖动鼠标绘制出按钮，如图 5-40 所示。

（2）弹出"动作设置"对话框，看到该按钮默认添加了"下一张幻灯片"的链接，如图 5-41 所示，单击【确定】按钮。

图 5-40　添加的动作按钮

图 5-41　"动画设置"对话框

（3）执行"开始"→"快速样式"按钮，在列表中选择一种样式，应用样式后按钮效果如图 5-42 所示。

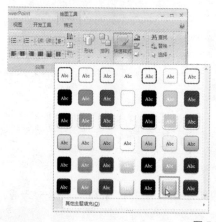

图 5-42　设置按钮样式

提示：

如果在其他幻灯片中也需要添加相同的按钮，可以采取复制的方法快速完成操作。如果每张幻灯片都要添加相同的按钮，那么也可以将这些动作按钮添加到母版中。注意，在标题母版中不要添加，否则，标题母版中也会显示动作按钮，这就显得很不专业了。

5.1.10 利用超级链接实现目录式跳转

利用超级链接的跳转功能，可以建立漂亮的目录，与动作按钮结合可以实现演示文稿的交互功能。

在 PowerPoint 中，可以将超级链接添加到文本、文本框及任意图形对象中。

（1）在幻灯片中选择需要添加超级链接的对象，执行【插入】→【超链接】命令，如图 5-43 所示。

图 5-43　执行【超链接】命令

（2）弹出"插入超链接"对话框，如图 5-44 所示，在"链接到"列表中选择"本文档中的位置"项，在"请选择文档中的位置"列表中选择要链接到的目标幻灯片。

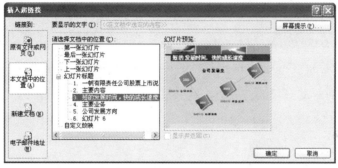

图 5-44　选择链接目标幻灯片

（3）单击【确定】按钮，完成链接的设置。

按照同样的方法，可以将其他标题也链接到指定的幻灯片。

按【F5】键开始放映，此时我们发现，单击链接后，可以跳转到指定的幻灯片中，但要实现真正的交互，还需要结合动作按钮，以便可以选择返回到目标页中。这里可以在除目录幻灯片以外的其他幻灯片中添加一个返回主页的动作按钮。

（4）先绘制一个按钮图形，这里选择一个箭头形状，如图 5-45 所示。

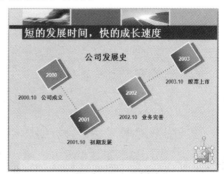

图 5-45　添加的按钮图形

（5）选中这个箭头形状，打开"插入超级链接"对话框，选择链接到目录页，如图 5-46 所示，单击【确定】按钮，完在超级链接的设置。

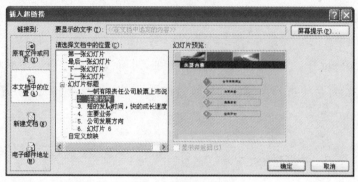

图 5-46 链接到目录页

可将添加了超级链接箭头形状复制到其他页面中。

现在进入动画放映，可以看到，幻灯片实现了交互控制。

5.1.11 让鼠标单击不能切换幻灯片

在默认情况下，PowerPoint 提供了两种幻灯片切换的方式：

单击鼠标时：动画播放完成后，单击鼠标切换到下一张幻灯片。

在此之后自动设置动画效果：可以指定幻灯片切换的间隔时间，用于实现动画的自动播放。

但在交互幻灯片中，每个操作都需要使用按钮或链接来完成，因此，需要让鼠标单击不执行幻灯片切换的操作。

执行"动画"选项卡，取消选择"单击鼠标时"和"在此之后自动设置动画效果"，如图 5-47 所示，单击【全部应用】按钮，将这个设置应用于所有幻灯片。

图 5-47 设置幻灯片切换方式

经过上面的设置后，进行幻灯片切换时，只能通过单击指定的按钮或链接。

提示：通过键盘上的向上或向下方向键也可以进行幻灯片切换。

5.1.12 让鼠标右键单击失效

当幻灯片用于展台放映时，我们希望让鼠标右键单击失效，以便让观众不能通过鼠标右键快捷菜单中的【结束放映】命令来退出放映状态，这将更便于实现真正意义上的交互。

解决的办法也很简单：单击【Office 按钮】→【PowerPoint 选项】，在"PowerPoint 选项"对话框中选择"高级"项，取消"鼠标右键单击时显示菜单"复选框，如图 5-48 所示，单击【确定】按钮即可。

图 5-48　取消"鼠标右键单击时显示菜单"复选框

5.1.13 在放映幻灯片时发送电子邮件

如果希望观众在浏览了幻灯片后，发送邮件至指定的部门，可以在幻灯片中添加一个发送电子邮件的超级链接。

选中需要添加超级链接的文字，打开"插入超级链接"对话框，在"链接到"列表中选择"电子邮件地址"项，然后在"电子邮件地址"栏中输入电子邮件地址，在"主题"栏中输入主题文本，如图 5-49 所示，单击【确定】按钮。

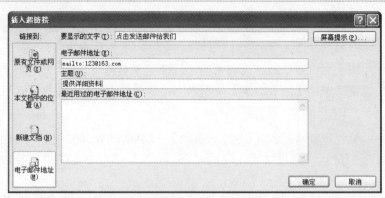

图 5-49　电子邮件链接

注意： 输入电子邮件地址时，系统会自动添加上 "mailto:"，表示此链接的类型为电子邮件链接。

5.1.14 去除超级链接的下画线

添加了超级链接的文字下都会显示一个下画线，去掉这个下画线，需要将添加超级链接的文字分别添加在不同的文本框中。然后将超级链接添加到文本框中，而不是文字，这样在播放幻灯片时就看不到链接文字的下画线了。

5.1.15 播放时显示标题栏和菜单栏

在播放演示文稿时，往往还需要与其他程序窗口的数据相配合，以增强演示的效果。这时，如果直接按下【F5】快捷键，将直接进入全屏放映模式，这时在屏幕中没有任何工具栏，如果切换到其他窗口，则需按组合键【Alt+Tab】键，会在屏幕中看到一个窗口切换栏，不仅影响播放，而且操作不方便，容易出现错误。

如果需要在播放时显示菜单栏和标题栏，可以进行如下设置。

先按住【Alt】键，再依次按下【D】、【V】键，进入幻灯片播放窗口，如图 5-50 所示，播放界面中显示了一个标题栏。

图 5-50　播放时显示标题栏

此时，就可以在幻灯片播放时也能对播放窗口进行操作了，如最小化和自定义大小等。

提示：按住【Ctrl + E】组合键，可以结束放映，返回设计编辑模式。

5.1.16 幻灯片放映时不让鼠标出现

在幻灯片放映时，有时不希望鼠标指针显示出来，通过设置可以让鼠标指针一直隐藏。方法是：

（1）按【F5】键进入幻灯片放映视图。

（2）单击鼠标右键，在弹出的快捷菜单中选择【指针选项】→【箭头选项】→【永远隐藏】命令，如图5-51 所示，这样就可以让鼠标指针隐藏了。

图 5-51　隐藏鼠标指针

提示：如果需要重新显示鼠标指针，可在如图 5-51 所示的命令中选择【可见】命令。如果选中了【自动】（默认选项），则将在鼠标停止移动 3 秒后自动隐藏鼠标指针，直到再次移动鼠标时才会出现。

技巧：放映时，按【A】键或【=】键可以隐藏鼠标指针，再按一次则会显示鼠标指针。

5.1.17 用画笔来做标记

利用 PowerPoint 2003 放映幻灯片时，为了让效果更直观，有时需要对幻灯片做些标记，此时可以选择将鼠标指针变为画笔。

（1）按【F5】键播放幻灯片。

（2）在需要做标记时，单击鼠标右键，执行【指针选项】→【毡尖笔】项，如图 5-52 所示，将鼠标指针变为绘图笔。

（3）这样就可以调出画笔在幻灯片上写写画画了，如图 5-53 所示。

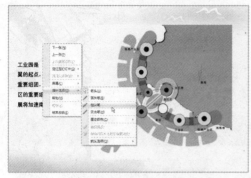

图 5-52 切换指针为画笔

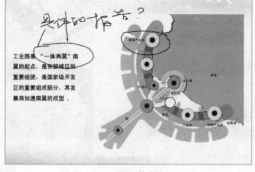

图 5-53 用画笔做标记

（4）单击鼠标右键，执行【指针选项】→【墨迹颜色】命令，在颜色列表中可以选择一种所需要的画笔颜色，如图 5-54 所示。

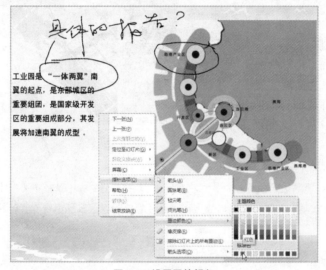

图 5-54 设置画笔颜色

提示：如果需要擦除添加的标记，可选择【橡皮擦】命令，当鼠标变为橡皮状时，在需要擦除的墨迹处单击即可。如果需要清除所有的墨迹，则可以选择【擦除幻灯片上的所有墨迹】命令。

当为幻灯片添加了标记后，在结束放映时会弹出如图 5-55 所示的提示框。选择【放弃】则不保留标记信息；如果选择【保留】则将添加的标记信息保留在幻灯片中，以供以后阅读参考，如图 5-56 所示是保留墨迹后的效果。

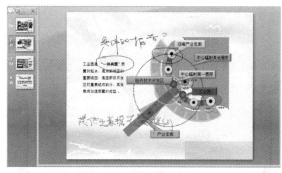

图 5-55 提示框

图 5-56 保留墨迹的效果

提示：按【Ctrl + P】组合键，也可以快速转换为绘图笔指针了；按【E】键可以擦除墨迹；按【Ctrl + A】键可以转成箭头指针。

5.1.18 播放时自动变黑屏

用 PowerPoint 播放演示文稿时，有时需要就某一个问题展开讨论，此时，非常希望与会人员不被幻灯片中的内容所影响，这时按一下键盘中的【B】键，可以使屏幕变黑屏，讨论完毕后，接一下【B】键即可恢复正常。

提示：如果希望屏幕变白，则可以按【W】键。

5.1.19 打开演示文稿则自动开始放映

如果希望在打开演示文稿时就开始播放而不进入编辑模式，可以执行【Office 按钮】→【另存为】命令，在弹出的列表中选择【PowerPoint 放映】命令，如图 5-57 所示。

这时，生成 PowerPoint 放映文件扩展名为".PPS"，此后，只需双击生成的".pps"文件就可以进行放映了。

图 5-57 选择【PowerPoint 放映】命令

5.1.20 没有安装 PowerPoint 如何播放动画

制作好的演示文稿需要在不同的场合进行播放，那么，如果演示会场的计算机中没有安装 PowerPoint，该怎么办呢？

解决方法：可以将 PowerPoint 演示文稿保存为"PowerPoint 放映文件"，这样即使没有安装 Office PowerPoint，也可以让幻灯片照样播放。

5.1.21 从指定的幻定片开始放映

做好的幻灯片，有时需要放映其中的部分幻灯片，而不是从第一张开始放映，通过设置"放映方式"可以解决这个问题。

（1）执行"幻灯片放映"→"设置幻灯片放映"命令按钮，如图 5-58 所示。

图 5-58　设置放映方式

（2）弹出"设置放映方式"对话框，在右侧"放映幻灯片"区域中输入需要播放的起止幻灯片编号，如图 5-59 所示。

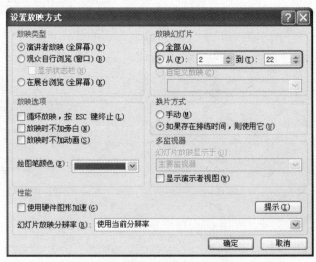

图 5-59　设置起止幻灯片

（3）单击【确定】按钮，这样就可以只放映指定的幻灯片了。

5.1.22 按播放环境定义放映内容

如果制作好的演示文稿有多种放映环境，则每种放映环境中都需要放映不同的幻灯片，这时就可以自定义放映范围，并对每个范围进行保存，以反复调用。

（1）执行"幻灯片放映"选项卡，单击"自定义幻灯片放映"按钮，选择【自定义放映】命令，如图 5-60 所示。

图 5-60　选择【自定义放映】命令

（2）弹出"自定义放映"对话框，如图 5-61 所示，单击【新建】按钮。

（3）弹出"定义自定义放映"对话框，在"幻灯片放映名称"栏中输入用于标识的名称，在"在演示文稿中的幻灯片"列表中选择需要放映的幻灯片，然后单击【添加】按钮，如图 5-62 所示，将原来的幻灯片添加到自定义区中。

图 5-61　"自定义放映"对话框

提示：　按【Ctrl】键可选择多张幻灯片。

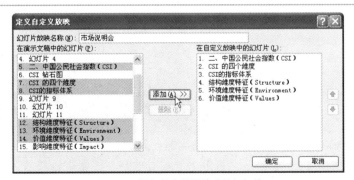

图 5-62　添加部分需要放映的幻灯片

提示： 在上述对话框中，可以单击对话框右侧的向上或向下箭头来调整幻灯片的播放顺序。

（4）单击【确定】按钮，返回"自定义放映"对话框，可看到已创建的自定义放映项目，如图 5-63 所示，单击【关闭】按钮，退出自定义放映处理。

这样，当遇到要做市场说明会时，就可以打开"自定义放映"对话框，在其中选择"市场说明会"项，再单击【放映】按钮即可。

图 5-63　添加的自定义放映

5.1.23 播放隐藏的幻灯片

幻灯片被隐藏后，在放映幻灯片时是不能被放映的。如果在放映时需要查看某张隐藏幻灯片，可以在幻灯片放映时单击鼠标右键，选择【定位至幻灯片】命令，在列表中显示演示文稿中的所有幻灯片，其中编号带括弧的幻灯片就是隐藏的幻灯片，如图 5-64 所示，单击要查看的幻灯片就可以直接打开了。

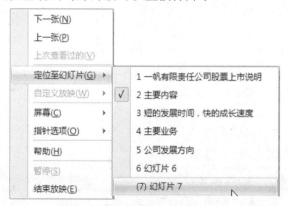

图 5-64　定位隐藏幻灯片

5.1.24 编辑放映两不误

有时我们非常希望在播放幻灯片的同时，可以对照着演示结果对幻灯片进行编辑，那么只需按住【Ctrl】键后，再单击"观看放映"按钮进行播放，此时幻灯片将演示窗口缩小至屏幕左上角，如图 5-65 所示，修改幻灯片时，演示窗口会最小化，修改完成后再切换到演示窗口就可看到相应的效果了。

图 5-65　缩小至左上角的放映窗口

5.1.25　放映时隐藏声音图标

在播放幻灯片时，可以设置是否让幻灯片中的小喇叭声音图标显示出来。

方法一：将小喇叭图标拖动到幻灯片的页面区域外。

方法二：单击小喇叭图标，在"声音工具"选项卡中选择"放映时隐藏"复选框，如图 5-66 所示。

图 5-66　让声音图标在播放时隐藏

5.1.26　打包较大的声音文件

如果声音文件大于 100KB 时，声音文件不会与演示文稿一起打包，那么，当在另外的计算机中播放演示文稿时，如果没有复制声音文件，就不会正常播放声音了。

通过改变声音文件体积的最大值，可以将较大声音文件与演示文稿一起打包。

（1）单击"Office 按钮"，单击【PowerPoint 选项】按钮。

（2）弹出"PowerPoint 选项"对话框，在左侧列表中单击"高级"项，在"链接文件大小大于以下值的声音文件"框中输入声音文件体积的最大值，如图 5-67 所示。

图 5-67　设置声音文件体积的最大值

（3）单击【确定】按钮完成设置。

5.1.27 重复播放声音

有时，在幻灯片中添加的声音文件长度不足以播放到幻灯片结束，通过设置可以让声声音重复播放，以跨越多张幻灯片。

（1）选择幻灯片上的声音图标。

（2）单击"动画"选项卡，在"动画"选项组中单击"自定义动画"按钮。

（3）在"自定义动画"窗格中，用鼠标左键双击需要设置的声音文件。

（4）弹出"播放 声音"对话框，在"计时"选项卡中，单击"重复"框右侧的按钮，在列表中选择一项，如图 5-68 所示。

图 5-68　选择要设置的声音

5.1.28 设置声音播放的范围

有时在幻灯片中添加的声音文件只需要在部分幻灯片中播放，通过设置播放范围可以让声音在指定的幻灯片内播放。

（1）选择幻灯片上的声音图标。

（2）单击"动画"选项卡，在"动画"选项组中单击"自定义动画"按钮。

（3）在"自定义动画"窗格中，用鼠标左键双击需要设置的声音文件。

（4）弹出"播放 声音"对话框，在"效果"选项卡中选择"从头开始"单选按钮，再选中"在……张幻灯片后"单选按钮，输入可播放声音的最后一张幻灯片页码，如图 5-69 所示。

（5）单击【确定】按钮，完成设置。

图 5-69　设置播放声音的幻灯片范围

5.1.29 设置播放音量

播放幻灯片中插入的声音时，如果觉得声音不够响亮，则可以按如下操作提高幻灯片中音量。

（1）选择幻灯片上的声音图标。

（2）在"声音工具"选项卡中，单击"幻灯片放映音量"按钮，在列表中选择【高】选项，如图 5-70 所示。

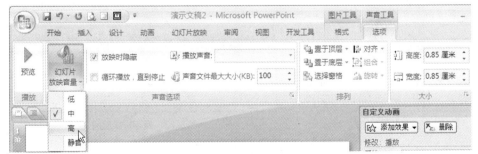

图 5-70　提高声音音量

5.1.30 快速定位幻灯片

在放映演示文稿时，利用数字键可实现定位到指定的幻灯片。

例如，如果要快进到或退回到第 5 张幻灯片，可以这样实现：按下数字【5】键，再按下回车键。

若要从任意位置返回到第 1 张幻灯片，还有另外一个方法：同时按下鼠标左、右键，并停留 2 秒钟以上。

5.1.31 使用排练计时

利用排练计时功能可以设置每张幻灯片在放映时所用的时间，具体的操作方法如下。

（1）在"幻灯片放映"选项卡中，单击"排练计时"按钮，如图 5-71 所示。

图 5-71　使用排练计时

（2）在放映时，按事先想好的放映方式进行试放映，PowerPoint 会显示如图 5-72 所示的窗口，记录幻灯片的播放时间，前面部分显示的是当前幻灯片的放映时间，后面显示的是累计放映时间。

（3）结束放映时，会弹出如图 5-73 所示的提示框，单击【是】按钮将排练时间保存。

图 5-72　"预览"窗口

图 5-73　保存排练时间

这样，在下次放映幻灯片时，会以保存的排练时间播放幻灯片。

5.2 实战演练——产品介绍演示

本节将结合动画设置的各种功能，综合设计并制作幻灯片中的动画效果，以增强演示影响力，提升演讲效应。

对于企业来说，产品的推广期主要的工作之一就是向外界宣传新产品的特性功能，以及可以为使用者带来好处，而制作一个动画效果丰富的演示文稿，是让目标群体记住并选择新产品的重要手段。

在产品功能演示文稿中不仅要说明产品的功能，更要说明它能为用户带来的好处，在设计时要注意以下几个方面：

（1）色彩：色彩不要太艳丽，突出商业应用特点，可根据介绍的产品类别选择相应的颜色应用，一般情况下，科技类产品通常选择蓝色背底。

（2）动画效果：在动画效果的设计上，要突显重要内容。例如，一些数据信息、图片信息等均应添加相应的动画。

本节将讲解产品演示的动画制作过程，完成后的画面效果如图 5-74 所示。

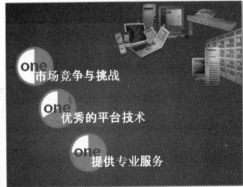
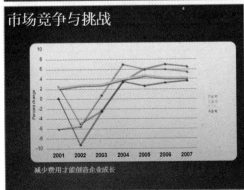
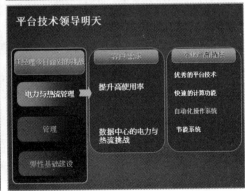

图 5-74 完成后的画面效果

5.2.1 设置幻灯片切换动画

幻灯片是放置各种对象的基本载体，每张幻灯片都是一个"场景"，这里可以为每张幻灯片设置切换场景。

（1）打开素材文件"科技产品功能演示.pptx"，选中第 1 张幻灯片，单击"动画"选项卡，在"切换到此幻灯片"选项组中，选择"向下擦除"，如图 5-75 所示。

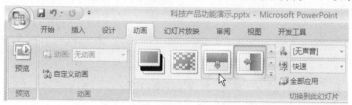

图 5-75　设置首页幻灯片切换效果

提示：第 1 张幻灯片一般是动画的开场，这里设置一个"向下擦除"的切换效果，以显示出一个大幕拉开的效果。

通常，除标题幻灯片外，其他幻灯片可以设置为相同的效果。

（2）选中第 2 页至最后一页幻灯片，单击"平滑淡出"的切换效果。

5.2.2 设置同步动画效果

现在，为幻灯片中的对象添加动画效果。

通常，在显示首张幻灯片后，都要讲解一段开场白，此时，如果在屏幕中显示一些动画效果，将更有利于提起观众的兴趣。

（1）选中第 1 张幻灯片，继续选中左侧的图片，如图 5-76 所示，在"自定义动画"任务窗格中，为其添加"伸展"的进入动画效果，并设置其开始为"之后"，速度为"中速"。

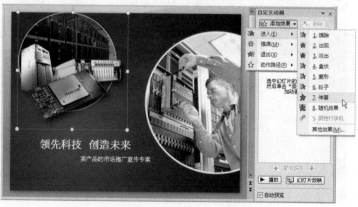

图 5-76　添加"伸展"动画效果

（2）用鼠标右键单击添加的动画项，选择【效果选项】命令，如图 5-77 所示。在"伸展"对话框中，设置"开始"为"之后"，速度为"快速"，重复为"直到下一次单击"，如图 5-78 所示，单击【确定】按钮，完成设置。

图 5-77 选择【效果选项】命令　　　　　图 5-78 设置"伸展"动画效果

（3）继续为该图片添加一种"忽明忽暗"的强调动画效果，打开"忽明忽暗"对话框，设置开始为"之前"，速度为"快速"，重复直到下一次单击时，如图 5-79 所示。

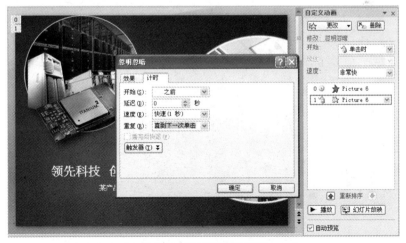

图 5-79 设置强调动画效果

（4）按照同样的方法，将首页中右侧的图片也添加一些动画效果，如图 5-80 所示。设置开始为"之后"，速度为"中速"。

（5）按【Shift+F5】键播放当前幻灯片的动画效果，如图 5-81 所示。看到左侧的图片在伸展的同时闪烁，而右侧的图片则忽隐忽现。

图 5-80　添加的强调动画

图 5-81　首页幻灯片的动画效果

5.2.3 用路径实现弹跳效果

现在，继续使用动作路径为第 2 张幻灯片中的圆形标注图形添加弹跳进入的效果。

（1）选中"one"形状，选择【其他动作路径】命令，如图 5-82 所示。

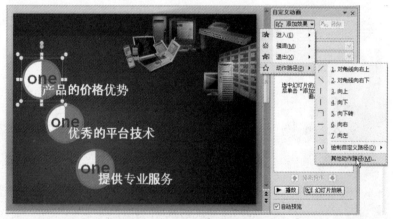

图 5-82　选择【其他动作路径】命令

（2）在"添加动作路径"对话框中，选择"向右弹跳"项，如图 5-83 所示，单击【确定】按钮。

（3）按照同样的方法，为其他几个图形添加动作路径，在幻灯片中，将圆形拖动离开幻灯片播放区域，再调整路径线，如图 5-84 所示。

图 5-83 选择"向右弹跳"项

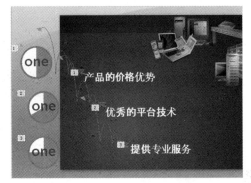

图 5-84 添加并调整动作路径线

此时，幻灯片中的文本还未添加动画，这样放映时，文字就会一动不动地全部显示在屏幕中，现在为这些文本添加一种进入效果为"淡出式回旋"。

对幻灯片中的动画顺序进行调整，如图 5-85 所示。

（4）按【Shift+F5】组合键，查看效果如图 5-86 所示。圆形在跳动的同时，文字在显示回旋的动画。

图 5-85 设置动画效果

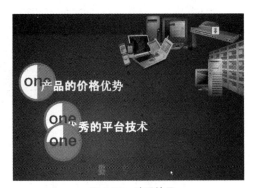

图 5-86 动画效果

现在，继续为第 3 张幻灯片中折线图线条设置动画，形成线条自动延伸的动画效果。

（1）选中第 3 张幻灯片中。

（2）选中图中的一条线条，设置"擦除"进入动画，设置开始为"单击时"，表示幻灯片切换完成后就启动该动画，方向为"自左侧"，可以形成线条由左侧逐渐延伸的动画，速度为快速，如图 5-87 所示。

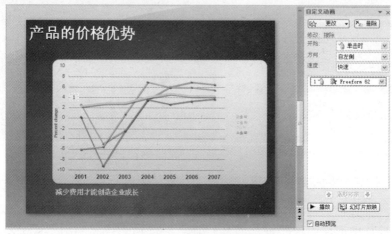

图 5-87　为线条设置动画效果

（3）同样方法，可也为其他线条添加"擦除"的进入效果，如图 5-88 所示。

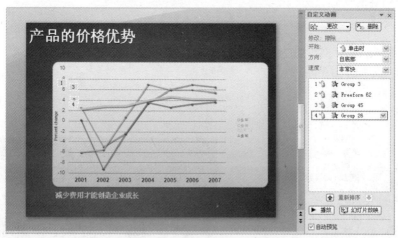

图 5-88　为线条添加的擦除动画效果

（4）用同样方法，将第 4 张幻灯片中的对象分别设置动画效果，如图 5-89 所示。

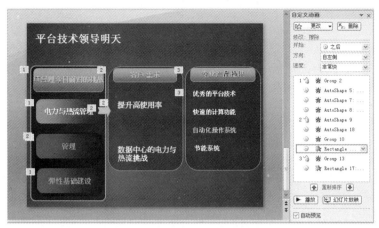

图 5-89　为第 4 张幻灯片对象添加动画

现在，按【F5】键就可以欣赏添加了动画效果的产品演示文稿了。

5.3 本章小结

在本章中，首先介绍了 PowerPoint 2007 在动画设计制作和放映方面的操作技巧和方法；然后通过一个综合案例的制作，将各知识点融入到实例当中。

通过学习可以掌握在动画设置方面的各种操作，理解商务演示文稿中动画设置的特点，无论动画如何设置其最终目的都是为了突出目标，达到演示的效果，注意切勿滥用，要紧扣主题，恰到好处。

如图 5-90 所示是两幅演示文档的画面，我们可以为页面中的流程图元素设置出现的先后顺序，并设置一种出现的动画特效，这样能使演示文稿增强生动感。

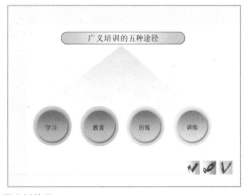

图 5-90　拓展案例效果

第 6 章 输出与安全篇

　　制作完演示文稿后，我们可以将文稿打印出来，然后传发给目标用户进行浏览；为了给浏览者更方便地浏览和传播信息，也可以将演示文档发布成 CD 或者网页等格式；为了安全考虑，可以为演示文档设置密码和其他属性设置。掌握好这些技术要领，能避免反反复复的调试，提高工作效率和安全性。

　　在本章中，我们就来介绍这些输出和安全设置的技巧，以及一些疑难问题的解析。

6.1 必备技巧

输出与安全设置是很重要的事情，首先引用工作中的实际案例及需要，来介绍各种输出和安全设置的技巧。

6.1.1 快速将演示文稿中的幻灯片保存为图片

将演示文稿中的幻灯片保存为一个独立的图片，将有助于对幻灯片中的设计元素进行有效的保护，如图 6-1 所示，是保存为图片的幻灯片效果。

图 6-1　保存为图片的幻灯片效果

具体操作方法如下。

（1）单击"Office 按钮"，在菜单中选择【另存为】命令，继续选择【其他格式】命令。

（2）弹出"另存为"对话框，选择好保存位置，单击"保存类型"框右侧的按钮，如图 6-2 所示，在列表中选择需要使用的图片类型。

图 6-2 选择需要使用的图片类型

（3）单击【保存】按钮，弹出如图 6-3 所示的提示框，单击【每张幻灯片】按钮，将每张幻灯片都保存为一个独立的文件。

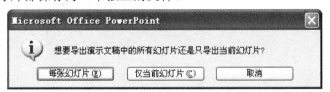

图 6-3 单击【每张幻灯片】按钮

提示：单击【仅当前幻灯片】按钮，可以只将当前幻灯片保存为指定类型的图片文件。

（4）完成保存后显示如图 6-4 所示的提示框，单击【确定】按钮。

图 6-4 完成提示框

（5）打开保存图片的文件夹，可以在其中看到所保存的幻灯片图片，每个图片文件以"幻灯片 n.jpg"的方式命名，如图 6-5 所示。

图 6-5 保存后的幻灯片图片

6.1.2 在一个页面中打印多张幻灯片

在一页中打印多张幻灯片作为讲义发放给与会者，可以让与会者事先对演讲的内容有所了解，也便于对演讲内容很好地理解。具体方法如下。

（1）单击"Office 按钮"，在菜单中选择【打印】→【打印】命令，如图 6-6 所示。

图 6-6 选择【打印】命令

（2）弹出"打印"对话框，单击"打印内容"框右侧的按钮，在列表中选择"讲义"项，如图 6-7 所示。

（3）单击"每页幻灯片数"框右侧的按钮，在列表中选择需要的数值，如图6-8所示，选择页面方向为"水平"项。

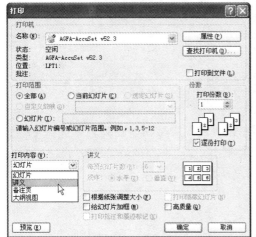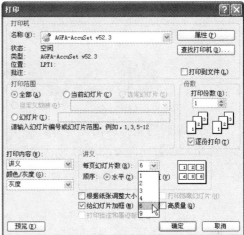

图6-7 选择"讲义"项　　　　　　　图6-8 设置每页幻灯片数和页面方向

（4）选择"给幻灯片加框"复选框后，单击【预览】按钮预览，如图6-9所示，可进入"打印预览"视图查看效果。

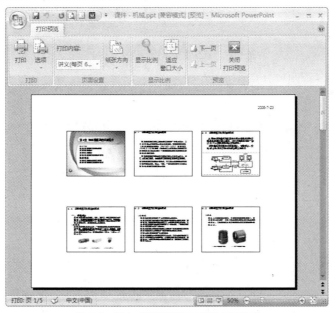

图6-9 进入"打印预览"视图查看效果

（5）在"打印预览"选项卡中单击"纸张方向"按钮，在列表中选择页面方向为"纵向"，如图6-10所示，将讲义页面改为纵向打印。

图 6-10　单击"纸张方向"按钮

（6）此时感觉打印的幻灯片有些小，单击"选项"按钮，在列表中选择【根据纸张调整大小】项，如图 6-11 所示，可以看到幻灯片的大小被适当调整了。

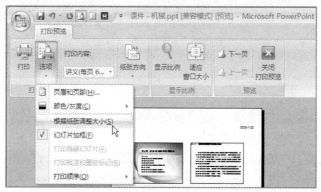

图 6-11　选择【根据纸张调整大小】项

（7）单击"打印"按钮，返回"打印"对话框，单击【确定】按钮开始打印讲义，如图 6-12 所示。

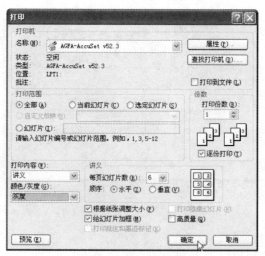

图 6-12　打印讲义

如果担心灰度的打印效果,可在"打印预览"选项卡中,单击"选项"按钮,在列表中选择【颜色/灰度】项中的【灰度】项,如图 6-13 所示,可以预览灰度打印效果。

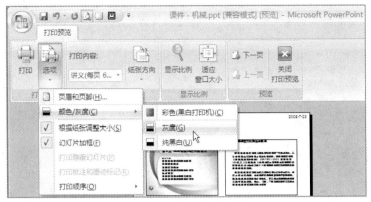

图 6-13　选择【颜色/灰度】项中的【灰度】项

6.1.3　在 Word 中创建讲义

将幻灯片发送到 Word 中进一步编辑,可以制作成为多种格式的讲义,如图 6-14 所示,页面左侧为幻灯片,右侧为空白记录区;如图 6-15 所示,页面上方为幻灯片,下方为空白记录区。

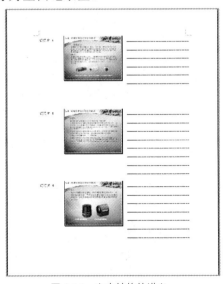

图 6-14　左右结构的讲义　　　　　　　　图 6-15　上下结构的讲义

根据演讲内容的不同,可以选择不同的讲义方式,具体操作方法如下。

（1）单击"Office 按钮"，在菜单中选择【发布】命令，再继续选择【使用 Microsoft Office Word 创建讲义】命令，如图 6-16 所示。

（2）弹出"发送到 Microsoft Office Word"对话框，在"Microsoft Office Word 使用的版式"列表中选择需要的版式，如"空行在幻灯片旁"，如图 6-17 所示。

图 6-16　选择【使用 Microsoft Office Word 创建讲义】命令

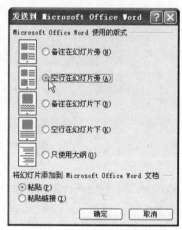

图 6-17　选择需要的版式

（3）单击【确定】按钮，稍后即可以看到幻灯片以所选的版式显示在 Word 页面中了。

发送到 Word 中的讲义可以进一步编辑，如页眉页脚等信息。

6.1.4 让 Word 讲义中的幻灯片保持链接

有时，在 Word 中编辑讲义的工作进行后，又对演示文稿进行了修改，在如图 6-17 所示的对话框中，选择"粘贴链接"项，可以保证在演示文稿发生改变后，Word 讲义中的幻灯片也会即时更新。

（1）单击"Office 按钮"，在菜单中选择【发布】命令，再继续选择【使用 Microsoft Office Word 创建讲义】命令，如图 6-18 所示。

（2）弹出"发送到 Microsoft Office Word"对话框，在"Microsoft Office Word 使用的版式"列表中选择需要的版式，如"空行在幻灯片旁"，如图 6-19 所示，选中"粘贴链接"单选按钮。

（3）单击【确定】按钮。这样在对演示文稿进行了修改后，则可以在 Word 中执行下面的操作，使讲义中的幻灯片进行更新。

图 6-18　选择【使用 Microsoft Office Word 创建讲义】命令　　　图 6-19　选择需要的版式

（4）在 Word 讲义页面中，单击鼠标右键，在菜单中选择【更新链接】命令，如图 6-20 所示。

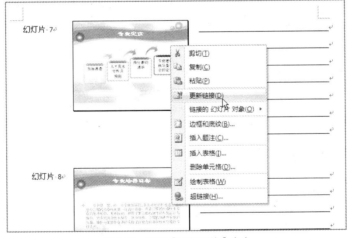

图 6-20　选择【更新链接】命令

6.1.5　设置讲义的更新方式

在默认情况下，链接的更新类型为"自动更新"，可以根据需要将指定幻灯片的更改方式更改为"手动更新"，具体方法如下。

（1）在 Word 讲义中，选中任意一张幻灯片图片，单击鼠标右键，在菜单中选择【链接的幻灯片对象】命令，在子菜单中选择【链接】命令，如图 6-21 所示。

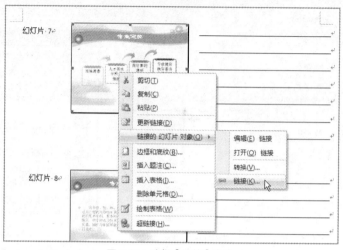

图 6-21　选择【链接】命令

（2）弹出"链接"对话框，在列表中选择一张幻灯片，在"所选择链接的更新方式"区域中选择"手动更新"单选按钮，如图 6-22 所示。

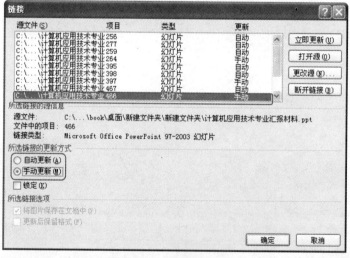

图 6-22　设置更新方式

（3）设置完成后，单击【确定】按钮关闭对话框。

这样，指定更新方式为"手动更新"的幻灯片只能手动执行【更新链接】命令后才能完成内容的更新。

6.1.6 打印指定的幻灯片

如果只希望打印演示文稿中的某些幻灯片，则可以按照下面的方法操作。

（1）单击"Office"按钮，在菜单中选择【打印】命令，继续选择【打印】命令。

（2）弹出"打印"对话框，选择"幻灯片"单选按钮，在右侧的文本框中输入要打印的幻灯片页码，如图 6-23 所示，表示只打印第 1 张、第 5 张和第 7 张幻灯片。

（3）单击【确定】按钮便开始打印。

图 6-23 输入要打印的幻灯片页码

注意： 输入的幻灯片页码要用半角的逗号隔开。

提示： 如果是连续的幻灯片则输入它们的起始和终止页码，并用"-"连接起来，如 3-13，表示打印第 3 张到第 13 张幻灯片。

6.1.7 打印选定的幻灯片

利用输入页码的方式可以打印指定的幻灯片，但容易造成失误，如将幻灯片页码记错后就会产生较大的失误，用下面的方法可以打印指定的幻灯片且不容易发生错误，操作方法如下。

（1）在 PowerPoint 中，将视图切换至"幻灯片浏览视图"。

（2）按住【Ctrl】键后，依次单击选择需要打印的幻灯片。

（3）单击"Office"按钮，在菜单中选择【打印】命令，继续选择【打印】命令。

图 6-24 选择"选定幻灯片"单选按钮

（4）弹出"打印"对话框，在"打印范围"区域中选择"选定幻灯片"单选按钮，如图 6-24 所示，单击【确定】按钮开始打印幻灯片。

6.1.8 打印幻灯片备注

将每张幻灯片的备注页打印下来，可以在演讲时作为提醒，具体方法如下：

（1）单击"Office"按钮，在菜单中选择【打印】命令，继续选择【打印】命令。

（2）弹出"打印"对话框，在"打印内容"框中选择"备注页"，单击【确定】按钮。

6.1.9 打印幻灯片大纲

如果演示文稿中有较多的文字内容时，以"大纲视图"打印将可以节省较多的纸张。

（1）打开"打印"对话框。

（2）在"打印内容"框中选择"大纲视图"，如图 6-25 所示，单击【预览】按钮。

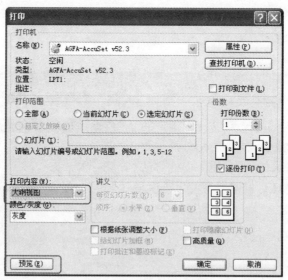

图 6-25　选择"大纲视图"项

（3）在打印预览视图中看到效果，如图 6-26 所示，单击【打印】按钮即可打印。

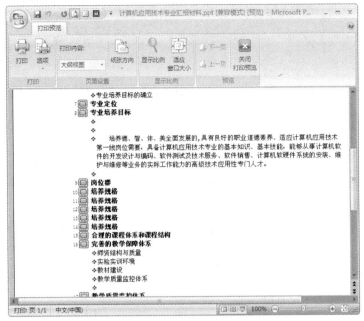

图 6-26　大纲视图的预览

6.1.10 打印到文件

将演示文稿打印到文件，在其他未安装 PowerPoint 程序的计算机中打印，可以先将演示文稿打印成 PRN 文件，然后再将 PRN 文件复制到其他计算机完成打印作业。具体的操作过程如下。

（1）单击"Office 按钮"，在菜单中选择【打印】命令，继续选择【打印】命令。

（2）弹出"打印"对话框，选中"打印到文件"复选框，如图 6-27 所示。

（3）单击【确定】按钮，弹出"打印到文件"对话框，选择好保存路径后，输入文件名，如图 6-28 所示。

图 6-27　选择"打印到文件"复选框

图 6-28　输入文件名

（4）单击【保存】按钮，完成操作。

提示： PRN 文件并不是通用于所有打印机的，在打印前一定要保证本地计算机中安装有与异地的打印机相同的驱动程序。

6.1.11　将当前演示文稿打包为 CD

将演示文稿打包成 CD 后，可以在计算机中没有安装 PowerPoint 的情况下播放，具体操作方法如下。

（1）单击"Office 按钮"，在菜单中选择【CD 数据包】命令，如图 6-29 所示。

（2）弹出"打包成 CD"对话框，可以根据需要给 CD 命名，如图 6-30 所示，单击【选项】按钮。

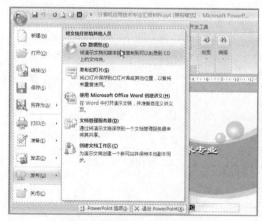

图 6-29　选择【CD 数据包】命令

图 6-30　单击【选项】按钮

在默认情况下，在"要复制的文件"区域中显示的是当前演示文稿，链接到演示文稿的各种图片、声音、影片文件会自动包括在内。

（3）弹出"选项"对话框，选择"嵌入的 TrueType 字体"复选框，如图 6-31 所示。

（4）单击【确定】按钮，返回"打包成 CD"对话框，单击【复制到 CD】按钮，如图 6-32 所示。

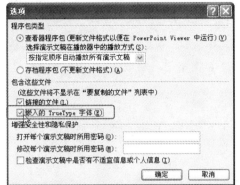

图 6-31　选择"嵌入的 TrueType 字体"复选框　　图 6-32　将演示文稿复制到 CD

（5）弹出如图 6-33 所示的提示框，单击【是】按钮，表示将链接文件一起打包到 CD 中。

图 6-33　提示框

（6）开始进行刻录，如图 6-34 所示，会自动出现刻录进程。

图 6-34　刻录文件

如果光驱中没有空白的可用 CD 光盘时会弹出如图 6-35 所示的提示框，提示插入空白 CD。

（7）刻录完成后，弹出如图 6-36 所示的提示框，询问是否要继续刻录，单击【否】按钮。

图 6-35　提示插入空白 CD

图 6-36　提示框

（8）返回"打包 CD"对话框，单击【关闭】按钮，完成打包操作。

刻录 CD 中包含了播放演示文稿需要的所有文件，比如播放软件 pptview.exe 和 PPT 文档，如图 6-37 所示是在资源管理器中显示的 CD 中的文件列表。

将刻录好的光盘放入光驱就可以自动进行播放了。首次运行 pptview.exe 播放器时会弹出如图 6-38 所示的对话框，单击【接受】按钮自动播放演示文稿。

图 6-37　CD 中的文件

图 6-38　运行提示框

6.1.12　将多个演示文稿打包为 CD

除了当前打开的演示文稿外，还可以将其他演示文稿添加到 CD 光盘中，具体操作方法如下。

（1）单击"Office 按钮"，在菜单中选择【CD 数据包】命令。

（2）弹出"打包成 CD"对话框，单击【添加文件】按钮，如图 6-39 所示。

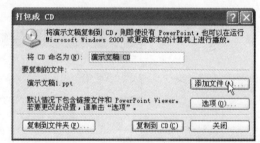

图 6-39　单击【添加文件】按钮

（3）弹出"添加文件"对话框，如图 6-40 所示，选择需要添加的文件，单击【添加】按钮。

图 6-40　选择需要添加的文件

（4）返回"打包成 CD"对话框，单击左侧的"上移"或"下移"按钮可调整播放顺序，如图 6-41 所示。

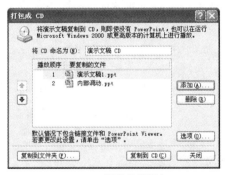

图 6-41　调整播放顺序

提示：　如果还想添加文件，可单击【添加】按钮；如果想删除列表中的某个文件，可选定该文件，然后单击【删除】按钮。

（5）单击【复制到 CD】按钮开始刻录操作。

6.1.13　禁止打包的 CD 自动播放

在默认情况下，刻录完成的 CD 会自动播放，如果需要禁止演示文稿自动播放，可以重新指定一种播放式，操作方法如下。

（1）在"打包成 CD"对话框中，单击【选项】按钮，如图 6-42 所示。

（2）弹出"选项"对话框，单击"选择演示文稿在播放器中的播放方式"框右侧的按钮，在列表中选择"不自动播放 CD"项，如图 6-43 所示。

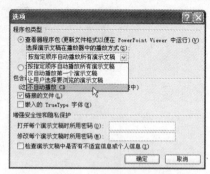

图 6-42　单击【选项】按钮　　　　　　　图 6-43　选择"不自动播放 CD"项

（3）单击【确定】按钮，返回"打包成 CD"对话框，单击【复制到 CD】按钮，开始刻录。

6.1.14　加密打包的 CD 文档

在打包 CD 时可以为文档添加密码，以增强安全性，具体操作方法如下。

（1）在"打包成 CD"对话框中，单击【选项】按钮。

（2）弹出"选项"对话框，在"打开每个演示文稿时所用密码"框中输入打开密码，在"修改每个演示文稿时所用密码"框中输入修改密码，如图 6-44 所示。

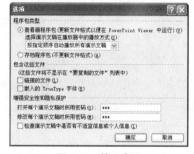

图 6-44　输入密码

（3）单击【确定】按钮，弹出"确认密码"对话框，重新确认输入的打开密码。单击【确定】按钮，继续确认输入的修改密码，如图 6-45 所示。

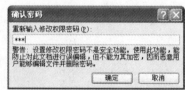

图 6-45　重新确认输入的密码

（4）单击【确定】按钮，返回"打包成 CD"对话框，单击【复制到 CD】按钮，便可以刻录 CD 了。

（5）播放设置了密码的 CD 时，会显示如图 6-46 所示的对话框，输入正确的密码便可以进行放映。

（6）若输入的密码错误，则会弹出如图 6-47 所示的对话框，单击【确定】按钮，可重新在"密码"对话框中输入密码。

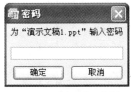

图 6-46 "密码"对话框

图 6-47 提示框

6.1.15 没有刻录机也可打包演示文稿

如果计算机中没有安装刻录设备，那么可以将演示文稿打包为一个文件夹，只需要将该文件夹复制到其他计算机中，便可在未安装 PowerPoint 的情况下播放了。具体方法如下。

（1）单击"Office 按钮"，在菜单中选择【发布】命令，继续选择【CD 数据包】命令。

（2）在"打包成 CD"对话框中，单击【复制到文件夹】按钮，如图 6-48 所示。

（3）弹出"复制到文件夹"对话框，输入文件夹名称，设置保存演讲稿的目录路径，如图 6-49 所示。

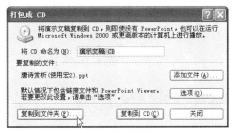

图 6-48 单击【复制到文件夹】按钮

图 6-49 "复制到文件夹"对话框

（4）单击【确定】按钮，弹出如图 6-50 所示的提示框，单击【是】按钮，确认在包中包含链接文件。

图 6-50 单击【是】按钮

（5）打开打包文件夹，在其中包含了演示文稿文件及其他相应的播放文件，如图 6-51 所示，双击 Play.dat 文件即可在打开的窗口中放映演示文稿。

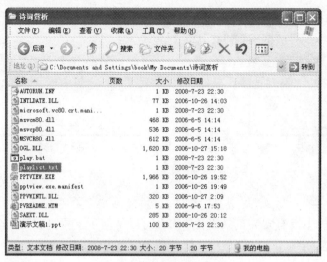

图 6-51　打包后的演示文稿

6.1.16　将演示文稿发布为网页

将演示文稿保存为网页后，便可以通过浏览器来查看演示文稿了，具体操作方法如下。

（1）单击"Office 按钮"，在菜单中选择【另存为】命令，再继续选择【其他格式】命令。

（2）弹出"另存为"对话框，单击"保存类型"框右侧的按钮，在其中选择"网页"类型，如图 6-52 所示。

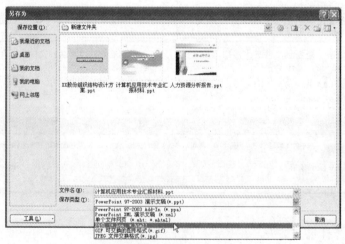

图 6-52　选择"网页"类型

（3）选择好保存位置，输入文件名称后，单击【更改标题】按钮，如图 6-53 所示。

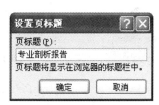

图 6-53　单击【更改标题】按钮

（4）弹出"设置页标题"对话框，输入网页的标题文字，如图 6-54 所示，单击【确定】按钮。

（5）返回"另存为"对话框，单击【发布】按钮。

（6）弹出"发布为网页"对话框，在"发布内容"区域确定要发布为网页的幻灯片，如图 6-55 所示，单击【Web 选项】按钮。

图 6-54　发布为 Web 页向导

（7）弹出"Web 选项"对话框，选中"浏览时显示幻灯片动画"复选框，如图 6-56 所示，单击【确定】按钮，返回"发布为网页"对话框。

图 6-55　发布设置

图 6-56　设置 Web 选项

（8）选中"在浏览器中打开已发布的网页"复选框，单击【发布】按钮。

完成网页发布后，即可在 IE 中看到输出网页的效果，如图 6-57 所示，单击左侧导航栏中的标题，即可切换到相应的幻灯片。

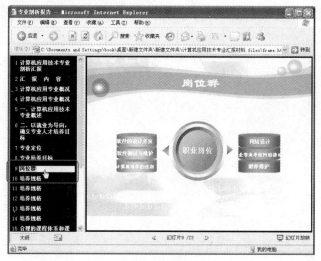

图 6-57　网页效果

6.1.17　自动恢复文档

当设置了自动保存间隔时间后，遇到突然断电等情况发生时，可以自动恢复上次保存时的内容，使用自动恢复功能可以重新获取断电前最后一次自动保存时的工作成果，具体操作方法如下。

（1）启动 PowerPoint 软件后，可以在窗口的最左侧显示"文档恢复"任务窗格，鼠标指向某个文档时，显示该文档为原始文档还是自动恢复文档，如图 6-58 所示为原始文档，如图 6-59 所示则为自动恢复的文档。

图 6-58　原始文档

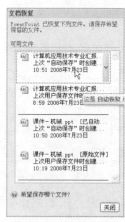

图 6-59　自动恢复的文档

（2）用鼠标左键单击某个文档后，可以打开该文档，如图 6-60 所示，在标题栏中显示出该文档为自动保存的文档。还可以将文档另存为一个新文档，也可以将其保存在原始目录下，将原始文档替换。

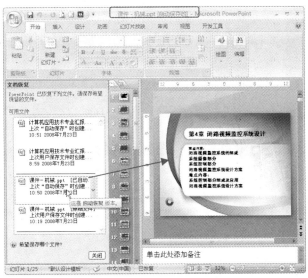

图 6-60　打开自动恢复的文档

提示： 要保存某个自动恢复的文件，也可以在"文档恢复"任务窗格中，单击鼠标右键，在菜单中选择【另存为】命令，如图 6-61 所示，然后在"另存为"对话框中设置保存路径和文件名即可。

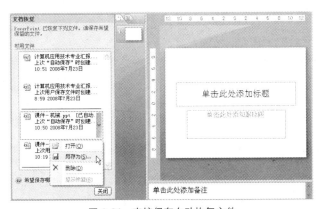

图 6-61　直接保存自动恢复文件

（3）如果某个自动恢复的文件不需要保存，也可以在"文档恢复"任务窗格中，单击鼠标右键，选择【删除】命令，如图 6-62 所示。

（4）弹出如图 6-63 所示的提示框，单击【是】按钮，确认删除操作。

（5）删除该文件的自动恢复文档后，在"文档恢复"任务窗格中将不再显示该文档。如图 6-64 所示，单击【关闭】按钮关闭"文档恢复"任务窗格。

图 6-62　选择【删除】命令　　　　图 6-63　确认删除　　　　图 6-64　删除文档后的任务窗格

6.1.18　为演示文稿添加密码

如果演示文稿中包含某些重要的信息，那么可以通过为演示文稿添加打开密码和修改密码来增加文档的安全性。具体操作方法如下。

（1）单击"Office 按钮"，在菜单中选择【另存为】命令，继续选择【其他格式】命令。

（2）弹出"另存为"对话框，单击【工具】按钮，如图 6-65 所示，在弹出的菜单中选择【常规选项】命令。

（3）弹出"常规选项"对话框，输入打开权限密码和修改权限密码，如图 6-66 所示。

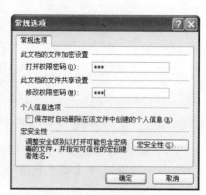

图 6-65　选择【常规选项】命令　　　　　　图 6-66　输入密码

（4）单击【确定】按钮，弹出"确认密码"对话框，再重新输入打开权限密码，如图 6-67 所示，单击【确定】按钮，再继续输入修改权限密码，如图 6-68 所示。

图 6-67　重新输入打开权限密码

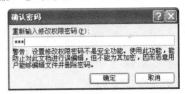

图 6-68　重新输入修改权限密码

（5）单击【确定】按钮，返回"另存为"对话框，单击【保存】按钮将演示文稿保存起来。

下次打开该演示文稿时，将弹出对话框要求输入相应的密码。

提示：打开权限密码和修改权限密码通常设置为不同的密码，这样，便可以针对不同的人员分配打开权限和修改权限密码。

6.1.19　删除密码

将幻灯片文档加密后，也可以根据需要随时更改和删除密码。

（1）单击"Office 按钮"，在菜单中选择【准备】命令，继续选择【加密文档】命令，如图 6-69 所示。

（2）弹出"加密文档"对话框，可得新输入新密码，如图 6-70 所示，单击【确定】按钮即可。

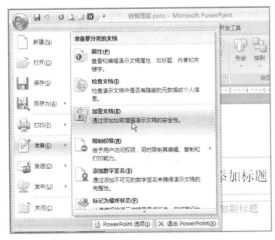

图 6-69　选择【加密文档】命令

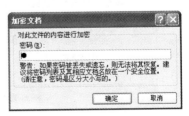

图 6-70　删除密码

提示： 如果要删除加密密码，可将"密码"框清空。

6.1.20 快速设置文档为只读状态

演示文稿编辑完毕后，通过将文稿设置成最终版本格式，可快速将文档设置为只读状态，具体操作方法如下。

（1）单击"Office 按钮"，在菜单中选择【准备】命令，继续选择【标记为最终状态】命令，如图 6-71 所示。

（2）弹出如图 6-72 所示的对话框，单击【确定】按钮，这样当前的演示文稿将被标记为最终版本。

图 6-71 选择【标记为最终状态】命令

图 6-72 单击【确定】按钮

（3）保存完成后会弹出如图 6-73 所示的提示框，提示文档已标记为最终状态，单击【确定】按钮即可。

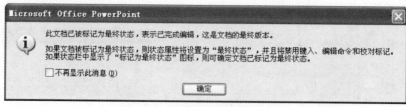

图 6-73 提示文档已标记为最终状态

注意： 再次【标记为最终状态】命令，便可解除文档的最终版本状态。因此该功能并不具备安全功能，使用时要加以注意。

6.1.21 启用或禁用消息栏提醒

当打开演示文稿中可能不安全的活动内容时，消息栏将显示安全警报，如图 6-74 所示。

图 6-74　显示安全警报

如果不需要被提醒，可以禁用消息栏。具体操作如下。

（1）单击"Office 按钮"，在菜单中单击【PowerPoint 选项】按钮。

（2）弹出"PowerPoint 选项"对话框，在左侧选择"信任中心"项，在右侧单击【信任中心设置】按钮，如图 6-75 所示。

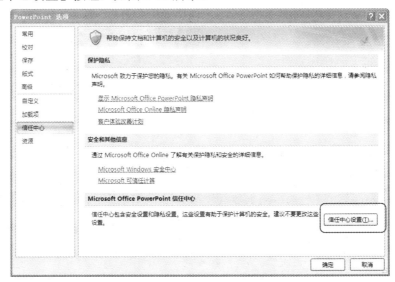

图 6-75　单击【信任中心设置】按钮

（3）弹出"信任中心"对话框，在左侧选择"消息栏"项，在右侧选择"从不显示有关被阻止内容的信息"单选按钮，如图 6-76 所示，单击【确定】按钮。

图 6-76　选择"从不显示有关被阻止内容的信息"单选按钮

（4）返回"PowerPoint 选项"对话框，单击【确定】按钮，完成设置。

6.1.22 保存时删除个人信息

保存文档时删除个人信息时，建议先对文档进行检查，以免泄露个人的隐私，具体的操作方法如下。

（1）单击"Office 按钮"，在菜单中选择【准备】命令，继续选择【检查文档】命令，如图 6-77 所示。

（2）弹出"文档检查器"对话框，选中需要检查的项目，如图 6-78 所示。

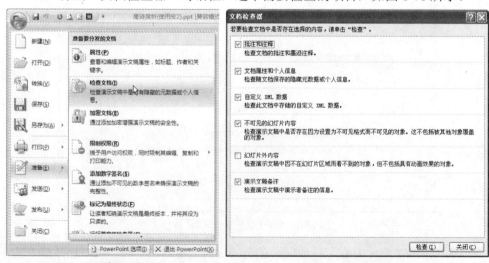

图 6-77　选择【检查文档】命令　　　　图 6-78　选中需要检查的项目

（3）单击【检查】按钮，开始检查，当发现有个人隐私，会在该项后面显示【全部删除】按钮，如图 6-79 所示，将它们删除即可。

6.1.23 启用或禁用宏

使用无数字签署的宏会给计算机带来安全隐患，这主要是由于宏命令、宏病毒的流行，通过设置宏的安全性，可以提高计算机的安全性，具体的操作方法如下。

（1）单击"Office 按钮"，在菜单中单击【PowerPoint 选项】按钮。

（2）弹出"PowerPoint 选项"对话框，在左侧选择"信任中心"项，在右侧单击【信任中心设置】按钮。

（3）弹出"信任中心"对话框，在左侧选择"宏设置"项，在右侧选择"禁用无数字签署的所有宏"单选按钮，如图 6-80 所示。

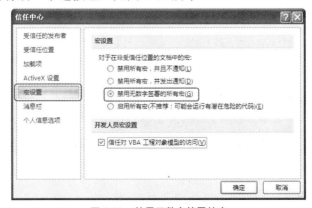

图 6-80　禁用无数字签署的宏

（4）单击【确定】按钮，完成设置。

6.1.24 兼容性检查

如果需要将演示文稿保存为早期 PowerPoint 版本，最好在保存前检查一下兼容性，以便确保演示文稿中的所有内容都可以向下兼容。具体操作方法如下。

（1）单击"Office 按钮"，在菜单中选择【准备】命令，继续选择【运行兼容性检查器】命令，如图 6-81 所示。

（2）弹出"Microsoft Office PowerPoint 兼容性检查器"对话框，如图 6-82 所示，在"摘要"列表中显示了与早期版本不兼容的信息和位置。

图 6-81　选择【运行兼容性检查器】命令　　　图 6-82　不兼容信息摘要

为了维持形状的外观，在保存为早期版本时，会将某些效果转换为图像，但此时仍然可以编辑所有文字，因为它们显示在这些图像的最上面。

如果需要处理这个不兼容信息，则需要检查在指定的幻灯片中是否包含了一种或多种效果的形状，如反射、发光、棱台、柔化边缘、三维旋转或渐变填充等，删除这些效果或渐变填充即可。

6.2 实战演练——打印和保护新产品推广计划

新产品的推广计划一般都是公司的核心机密文件，在未执行该计划前，应对相关的计划文档加强安全控制，本节就来学习如何安全的管理和使用机密的演示文稿。

6.2.1 为文档添加数字签名

在纸介工作环境中，通常需要对文档进行签名，以确保文档的真实性。在电子工作环境中，同样也可以为文档添加数字签名，以验证文档的完整性。

（1）单击"Office 按钮"，在菜单中选择【准备】命令，继续选择【添加数字签名】命令，如图 6-83 所示。

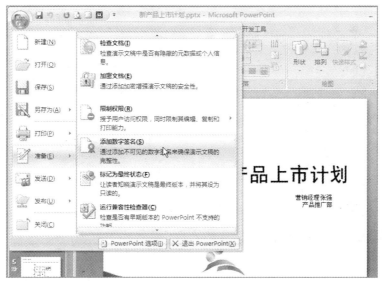

图 6-83　选择【添加数字签名】命令

（2）弹出如图 6-84 所示的提示框，单击【确定】按钮，可以从微软网站中获取一个有效的数字签名。

图 6-84　单击【确定】按钮

（3）弹出"签名"对话框，在"签署此文档的目的"文本框中输入相关的文本，如图 6-85 所示，单击"查看有关签署的内容的其他信息"链接项。

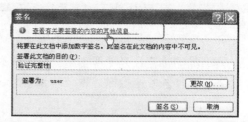

（4）弹出"附加信息"对话框，如图 6-86 所示，显示了签名的一些附加信息，单击【确定】按钮。

图 6-85　单击"查看有关签署的内容的其他信息"链接项

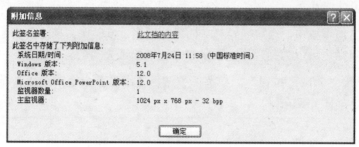

图 6-86　"附加信息"对话框

（5）返回"签名"对话框，单击【更改】按钮，如图 6-87 所示。

（6）弹出"选择证书"对话框，可以选择要使用的证书，如图 6-88 所示。

（7）单击【确定】按钮，返回"签名"对话框，单击【签名】按钮。

图 6-87　单击【更改】按钮

（8）弹出"签名确认"提示框，如图 6-89 所示，单击【确定】按钮，完成操作。

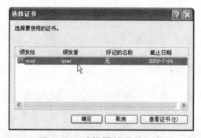

图 6-88　选择要使用的证书

图 6-89　"签名确认"提示框

　　如图 6-90 所示，在窗口右侧显示了"签名"任务窗格，可以看到已添加的数字签名。单击【关闭】按钮来关闭"签名"任务窗格。

提示：　提示：可以单击"Office 按钮"，在菜单中选择【准备】命令，再继续选择【查看签名】命令，即可重新显示"签名"任务窗格。

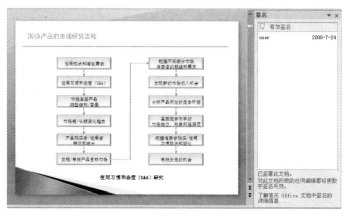

图 6-90　"签名"任务窗格

在添加数字签名的同时，会将文档标记为最终状态，使文档变为只读状态，用于防止修改其中的内容。

注意： 添加数字签名后的文档不能设置打开和修改权限密码。

6.2.2　打印幻灯片讲义装订成册

作为会议资料，将幻灯片打印并装订成册，将可以使讨论者在会议之前就对具体内容有个大概的了解。现在，为了保证新产品推广计划能够顺利执行，各部门可以更好地配合工作，需要进一步安排细节工具，发送计划的讲义稿可以让每个执行部门都对各自的工作有所认识，如图 6-91 所示是打印好的讲义幻灯片效果。

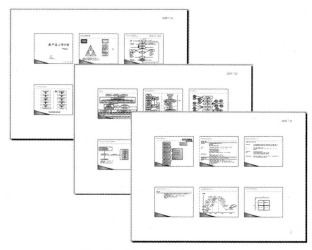

图 6-91　制作好的幻灯片讲义

要制作如图 6-91 所示的讲义，操作步骤如下。

（1）单击"Office"按钮，选择【打印】命令，再继续选择【打印预览】命令。

（2）如图 6-92 所示，在"打印预览"视图中看到幻灯片的打印效果。

图 6-92　预览打印效果

（3）在"打印预览"选项卡中，单击"选项"按钮，在列表中选择【幻灯片加框】项，如图 6-93 所示，为幻灯片添加上边框。

图 6-93　选择【幻灯片加框】项

（4）在"打印预览"选项卡中，单击"下一页"和"上一页"按钮来查看其他幻灯片的打印效果。

（5）在"打印预览"选项卡中，单击"打印内容"框右侧的按钮，在列表中选择【讲义（每页 6 张幻灯片）】项，如图 6-94 所示。

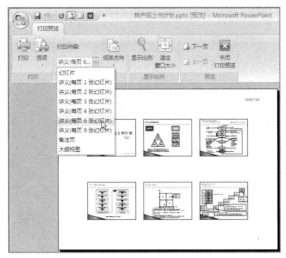

图 6-94 选择【讲义(每页 6 张幻灯片)】项

在查看打印效果时，可以调整不同的显示比例。

（6）在"打印预览"选项卡中，单击"显示比例"按钮。

（7）弹出"显示比例"对话框，可以选择一种比例，也可以在"百分比"框中输入一个需要查看的百分比数值，如图 6-95 所示。

（8）单击【确定】按钮，窗口中将以指定的比例显示打印预览效果。

（9）单击【打印】按钮，弹出"打印"对话框，在"打印份数"框中指定需要打印的数量，如图 6-96 所示。

图 6-95 输入显示比例的百分比数值　　　　图 6-96 指定需要打印的数量

（10）单击【确定】按钮，开始打印。

6.3　本章小结

在本章中，我们首先学习了关于输出和安全设置的操作技巧，掌握好输出的技巧可以减少不必要的纸张浪费，提高传播文稿信息的效率；掌握好安全设置，有助于保护自己的工作文档，不给任何有不良目的的用户提供盗取的机会。随后通过一个打印和保护演示文稿的综合案例，对实际工作中打印演示文稿和保护文稿进行实战演练，以巩固所学的技巧。

第 7 章 综合案例演练

　　在前面的章节中，我们介绍了各种制作演示文稿所需的各知识块的操作技巧、疑难解答，以及这些技巧在相应职业领域中的应用。

　　在本章中，通过制作两个案例，综合应用前面介绍的各种技巧，体验演示文稿从设计、编排、制作等主要环节的操作方法。

7.1 公司评析报告

公司评析报告适用于各个行业，其应用范围较为广泛，用于向公司内部或外部的利益相关者公开公司的一些信息情况，以便于了解公司的发展过程、目前的经营状况等。

> 通过鼠标拖动标尺上的缩进浮标可以快速来调整相应的缩进量。

- 母版的设计与制作
- 图形的绘制与编辑操作
- 表格的编辑
- 图表的添加与修饰

7.1.1 案例分析

如图 7-1 所示是本节将要制作的公司评析报告演示文稿的幻灯片效果，内容主体框架包括公司简介、发展历史、业务说明及效益评估等。

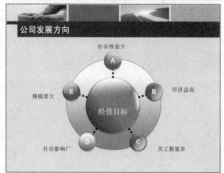

图 7-1　案例效果

幻灯片中主要包括图形、文字、表格、图表、图示等元素，在制作过程中大致可分以下三大步骤。

（1）创建母版幻灯片：在母版幻灯片中添加图形和图片、设置相应的文本格式。

（2）制作各幻灯片页面：输入文字，绘制图形，对图形的各种编排，添加表格和图表对象，对表格和图表的数据输入及属性设置。

（3）设置表格和单元格的属性，美化表格。

7.1.2 制作步骤

经过以上分析后，下面来具体制作。

1. 设计并制作母版

母版是制作演示文稿的基础，用于统一演示文稿中所有幻灯片的风格，在母版中添加的图形对象可以显示在演示文稿的每张幻灯片中，可见，利用母版可以有效地提高演示文稿的制作效果。

现在，先来设置母版的背景。

（1）创建一个空白演示文稿，保存在指定的位置，将文件名命名为"公司评析报告.pptx"。

（2）单击"视图"选项卡中的"幻灯片母版"按钮，如图 7-2 所示，切换到"幻灯片母版"视图中。

图 7-2 切换到"幻灯片母版"视图

（3）选中左侧窗格中带序号的母版幻灯片，在"幻灯片母版"选项卡中，单击"背景"按钮，在列表中选择【设置背景格式】命令，如图 7-3 所示。

图 7-3　选择【设置背景格式】命令

（4）弹出"设置背景格式"对话框，单击"颜色"按钮，在列表中选择一种深蓝色，如图 7-4 所示，拖动"透明度"滑块，将背景色的透明度设置为 72%，如图 7-5 所示

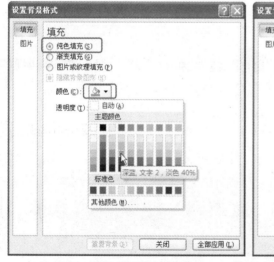

图 7-4　选择一种深蓝色背景色

图 7-5　设置背景色透明度

（5）单击【关闭】按钮，所有母版幻灯片都应用了所选的背景色。

（6）单击"插入"选项卡中的"形状"按钮，选择"矩形"形状，在幻灯片母版中绘制出一个矩形，如图 7-6 所示，设置其高度为"0.36 厘米"，宽度为"25.4 厘米"。

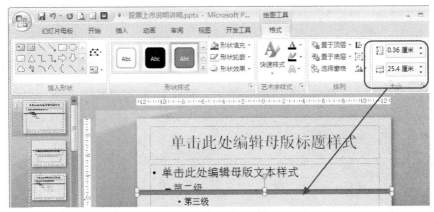

图 7-6　添加矩形形状

（7）按照同样的方法，在页面中再添加一个高度为"1.79 厘米"，宽度为"23.81 厘米"的矩形，将两个矩形的位置进行调整。

（8）按住【Shift】键将两个矩形同时选中，单击鼠标右键，在菜单中选择【组合】命令，如图 7-7 所示，将两个矩形组合为一个图形对象。

（9）在"绘图工具"选项卡中，单击"形状轮廓"按钮，在列表中选择【无轮廓】命令项，取消形状的边框线条，以使其可以更好地融合在一起。

（10）继续在"绘图工具"选项卡中，单击"形状填充"按钮，在列表中单击【其他填充颜色】命令，在弹出"颜色"对话框中选择一种深蓝色作为填充的颜色，如图 7-8 所示，单击【确定】按钮。

图 7-7　选择【组合】命令

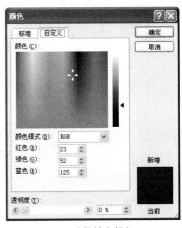

图 7-8　选择填充颜色

（11）用鼠标右键单击填充好颜色的图形，在弹出的菜单中选择【大小和位置】命令，如图 7-9 所示，弹出"大小和位置"对话框，在"位置"选项卡中，将"垂直"

距离设置为"1.91 厘米",表示形状距离幻灯片上边缘的位置为 1.91 厘米,如图 7-10 所示。

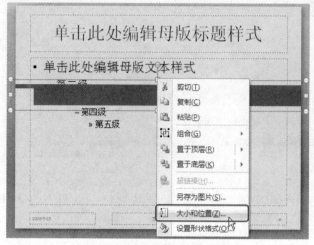

图 7-9　选择【大小和位置】命令

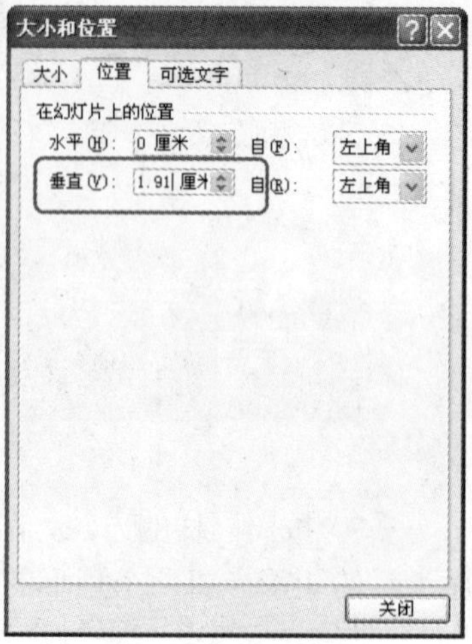

图 7-10　设置形状的位置

（12）单击【关闭】按钮,完成位置的调整。

（13）接下来,按照同样的操作方法再添加两个矩形,分别填充两种不同的蓝色。

（14）选中一个矩形,打开"大小和位置"对话框,在"大小"选项卡中,将高度设置为"2.38 厘米"、"5.94 厘米",如图 7-11 所示。在"位置"选项卡中,将水平位置设置为"7.59 厘米",垂直为 0,如图 7-12 所示,单击【关闭】按钮。

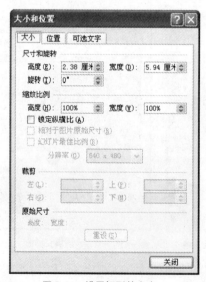

图 7-11　设置矩形的大小

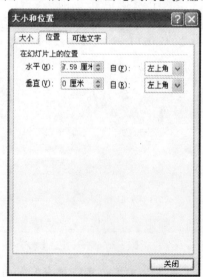

图 7-12　设置矩形的位置

（15）用同样方法，将另一个矩形的大小设置为"2.33 厘米"、"5.74厘米"，将另一个矩形的位置设置为水平 19.66 厘米、垂直为 0。如图 7-13所示，看到矩形被移动到了幻灯片中的指定位置。

接下来，需要在母版中添加两张图片。

（1）单击"插入"选项卡中的"图片"按钮。

（2）弹出"插入图片"对话框，

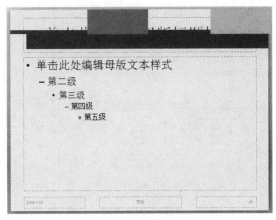

图 7-13　调整位置后的矩形

选择素材文件夹中的"图片 1.png"，如图 7-14 所示，单击【插入】按钮。

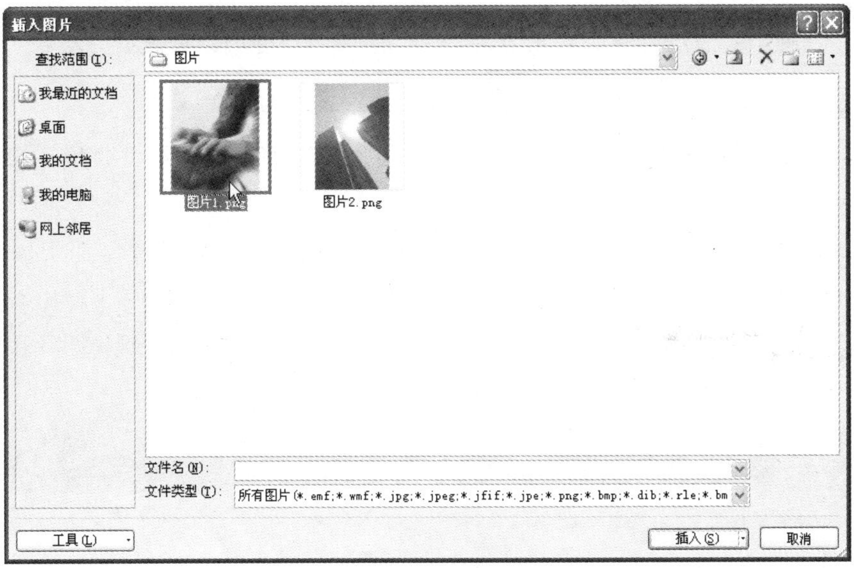

图 7-14　选择要使用的图片

添加的图像较大，现在来调整大小。

（3）选中添加的图片，单击鼠标右键，在菜单中选择【大小和位置】命令。

（4）弹出"大小和位置"对话框，在"大小"选项卡中，取消"锁定纵横比"复选框，将高度设置为 2.33 厘米、宽度设置为 5.74 厘米，如图 7-15 所示。在"位置"选项卡中，设置为水平为"1.65 厘米"、垂直为"0 厘米"，如图 7-16 所示。

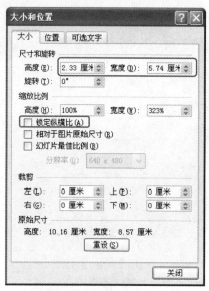

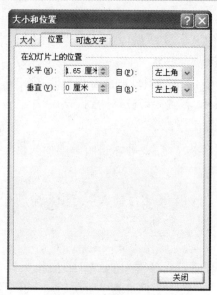

图 7-15　设置图片大小　　　　　　　　图 7-16　设置图片位置

（5）单击【关闭】按钮，完成图像大小和位置的调整。

（6）按照同样的方法，再添加一张图像，并设置同样的大小，将位置设置为水平"13.72 厘米"、垂直为 0 的位置，完成的效果如图 7-17 所示。

最后将首次添加的矩形形状的层次调整为最上层。

（7）选中组合的矩形形状，单击鼠标右键，在菜单中选择【置于顶层】命令，再继续选择【置于顶层】命令，如图 7-18 所示，这样，矩形就可以将图片和另外两个矩形覆盖住，形成比较好的视觉效果。

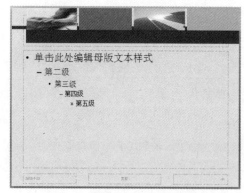

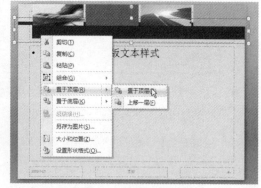

图 7-17　添加图片后的母版效果　　　　图 7-18　调整对象的叠放层次

在母版中将文字格式进行设置，可以在制作演示文稿时不必重复设置文字的格式。

（1）选中幻灯片母版中的标题文本占位符，将其叠放层次置于顶层。

（2）在"开始"选项卡中，将字体设置为"黑体"，字号为28，字体颜色为白色，单击"左对齐"按钮，并设置段落为左对齐，如图7-19所示，适当调整标题占位符的位置。

图7-19 设置标题文本格式

（3）将光标置于一级文本的段落位置，单击"项目符号"按钮，在列表中选择一种项目符号，如图7-20所示，将段落的项目符号进行更改。

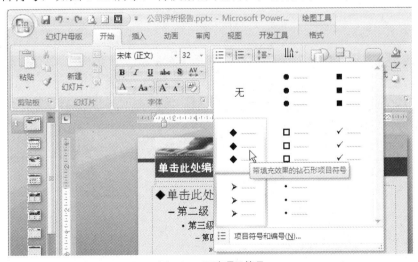

图7-20 更改项目符号

（4）将鼠标指向水平标尺的段落缩进按钮处，如图7-21所示，按住鼠标左键进行拖动，调整项目符号与文字之间的距离。

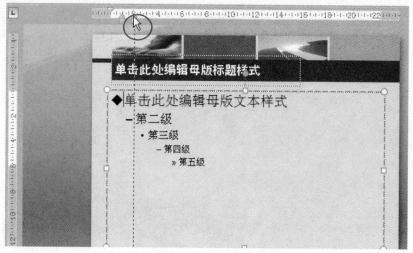

图 7-21 拖动缩进按钮

接下来，再对标题幻灯片母版进行调整，使其与其他幻灯片页面有所区别。

（1）按住【Shift】键，依次在带序号的幻灯片母版中选中添加的矩形形状和图片。

（2）按【Ctrl+C】组合键，将选中的图形复制。

（3）在左侧窗格中，选中"标题幻灯片母版"，按【Ctrl+V】组合键将复制的图形粘到该母版幻灯片中。

（4）单击"粘贴选项"按钮，在列表中选择【保留源格式】项，如图 7-22 所示。

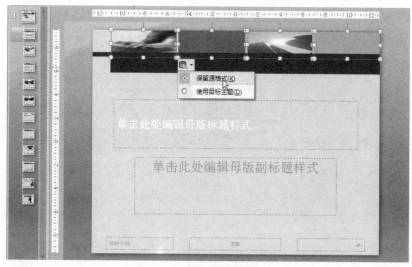

图 7-22 选择【保留源格式】项

（5）将矩形和图片的位置进行调整，如图 7-23 所示。

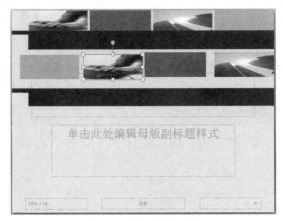

图 7-23　移动图形的位置

（6）此时，如图 7-24 所示，可以看出在幻灯片背景中仍然显示了添加的一组图形，此时，选中"隐藏背景图形"复选框，将其隐藏。

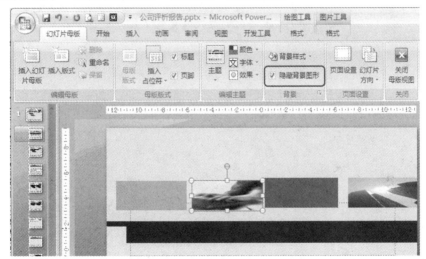

图 7-24　选中"隐藏背景图形"复选框

（7）设置两个矩形的大小和位置。将第 1 个矩形的大小设置为高度 8.68 厘米，宽度 6.14 厘米，水平和垂直位置均为 0。将第 2 个矩形的大小也设置相同大小，设置水平为 12.91 厘米，效果如图 7-25 所示。

（8）设置两张图片的大小和位置。将第 1 张图片的大小也设置为高度 8.68 厘米，宽度 6.14 厘米，位置设置为水平 6.35 厘米。将第 2 张图片的大小也设置相同大小，位置设置为水平 19.26 厘米。

（9）将组合矩形的位置设置为水平 0 厘米，垂直 8.68 厘米。完成的效果如图 7-26 所示。

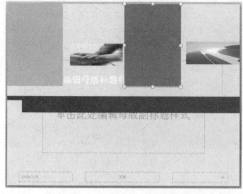

图 7-25　移动图形位置后的效果　　　　　　　　图 7-26　调整图形后的效果

（10）选中标题文本占位符，将其移动到组合矩形的位置处，调整其叠放层次为置于顶层。

（11）将字体设置为"文鼎特圆简"，字号为 28，字体颜色为白色，段落为右对齐，单击"字符间距"按钮，在列表中选择【很松】项，如图 7-27 所示，以加宽文本之间的间距。

图 7-27　设置标题文本格式

（12）用同样方法，选中副标题文本占位符，设置段落为右对齐，字体为黑体，字号为 20，字体颜色为"深蓝，文字 2"。

（13）到这里，母版就设置完成了。单击"关闭幻灯片母版"按钮，返回普通视图。

（14）在标题幻灯片中输入标题文本，如"公司评析报告"，在副标题文本框中输入演讲人名字和职务。

（15）插入一个文本框，输入公司名称和网址，并设置相应的格式。

（16）插入公司的 LOGO 图片，适当调整位置，效果如图 7-28 所示。

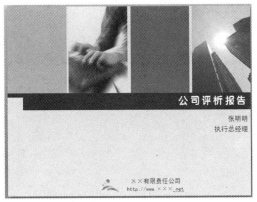

图 7-28　输入内容后的标题幻灯片

2. 制作目录幻灯片

在演示文稿中，第 2 张幻灯片一般用于放置演讲的概要内容，也称为目录页，本节来制作如图 7-29 所示的目录页。

（1）在"开始"选项卡中，单击"新建幻灯片"按钮，在列表中选择"仅标题"版式，创建一张只有标题的空白幻灯片，在标题文本框中输入文本"主要内容"。

（2）单击"插入"选项卡中的"形状"按钮，在列表中选择流程图中的"决策"形状。

（3）当鼠标变为十字光标形状时，按住鼠标左键在页面中拖动，如图 7-30 所示，绘制出一个菱形，并调整其大小。

图 7-29　目录页的效果

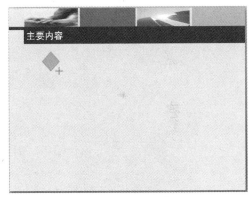

图 7-30　绘制菱形并调整大小

（4）在"绘图工具"中，单击"形状轮廓"按钮，选择"白色"，将菱形的边框设置为白色。

（5）单击"形状效果"按钮，在列表中选择【阴影】项，在子菜单中选择一种阴影效果，如【左上角透视】项，为菱形添加阴影效果。

（6）用鼠标右键单击菱形，在弹出的菜单中选择【编辑文字】命令，如图 7-31 所示，输入序号"1"。

（7）选中菱形，按【Ctrl+C】组合键复制。再连续按 4 次【Ctrl+V】组合键，复制出 4 个菱形，并将最后复制的菱形调整到合适的位置。

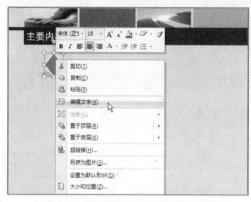

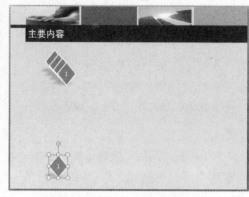

图 7-31　设置边框和阴影效果的菱形　　　　　　图 7-32　移动菱形的的位置

（8）选中所有菱形，在"绘图工具"选项卡中单击"对齐"按钮，在列表中选择【左对齐】命令，如图 7-33 所示。

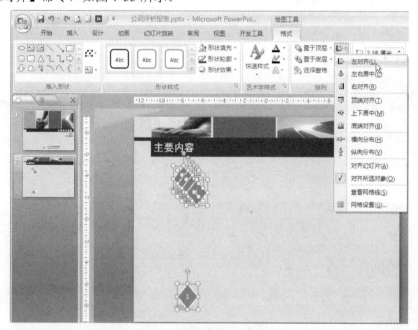

图 7-33　选择【左对齐】命令

（9）继续在列表中选择【纵向分布】命令，将菱形的位置纵向平均分布。

（10）分别将第 2 至第 5 个菱形填充不同的颜色，并更改其中的数字序号，完成的效果如图 7-34 所示。

（11）添加一个圆角矩形，设置为无填充色，边框线为"深蓝，文字 2"，即与第 1 个菱形的填充一致。在"开始"选项卡中，设置文字颜色为"深蓝，文字 2"，单击"加粗"按钮。

（12）为圆角矩形添加相应的文字，如图 7-35 所示。

图 7-34　完成设置的菱形图形效果　　　　　图 7-35　完成的圆角矩形

（13）复制出 4 个圆角矩形，按同样方法将矩形进行对齐，按键盘中的方向键移动矩形位置。

（14）如图 7-36 所示，单击鼠标右键，在弹出的菜单中选择【置于底层】命令。

（15）分别将第 2 至第 5 个圆角矩形的边框线设置与菱形的填充色相一致，修改文字内容，完成的效果如图 7-37 所示。

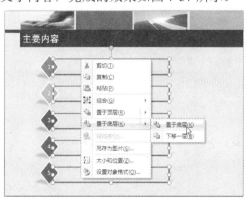

图 7-36　将矩形进行对齐并调整叠放层次　　　图 7-37　完成的目录页

（16）根据显示效果，可以再做进一步的调整设置。

3. 制作"公司发展历史"幻灯片

如图 7-38 所示，本节来制作"公司发展历史"幻灯片，主要使用图形、文本框和线条等几种元素。

（1）添加一张版式为"仅标题"的新幻灯片，输入标题为"公司发展历史"。

为了与目录页中的风格相一致，在这个页面中的主要图开仍然使用菱形。

（2）插入一个菱形，用鼠标右键单击菱形，选择【设置形状格式】命令，如图7-39所示。

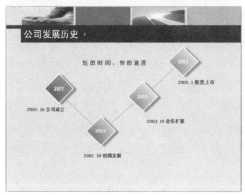

图7-38　完成的效果　　　　　　　　图7-39　选择【设置形状格式】命令

（3）弹出"设置形状格式"对话框中，选中"填充"项，如图7-40所示，设置填充深蓝和浅蓝色的辐射渐变，选中"线条颜色"，设置颜色为白色，如图7-41所示。

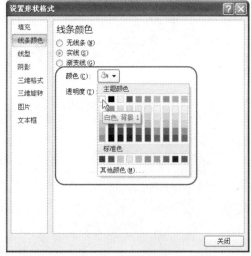

图7-40　设置渐变填充　　　　　　　　图7-41　设置线条颜色

（4）选择"阴影"项，分别设置阴影的角度和距离，如图7-42所示，选择"文本框"项，将内部边距均设置为0，如图7-43所示，单击【关闭】按钮，完成菱形的格式设置。

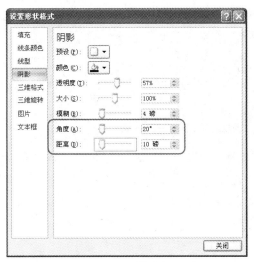

图 7-42　阴影设置

图 7-43　文本框设置

（5）为菱形添加文字，在"开始"选项卡中，设置字体为"Arial"，字号为 14，单击"加粗"按钮，将文字加粗显示。

（6）单击"插入"选项卡中的"文本框"按钮，在列表中选择"横排文本框"，用鼠标在菱形的下方单击，添加一个文本框，输入文字，设置字体为宋体、字号为 14 号，文字颜色为"深蓝，文字 2"，加粗显示，效果如图 7-44 所示。

（7）将菱形和文本框同时选中，按【Ctrl+C】组合键复制，再连续按 3 次【Ctrl+V】组合键粘贴，分别将菱形和文本框中的内容进行修改，并适当调整好位置，如图 7-45 所示。

图 7-44　添加文本框并设置相应格式

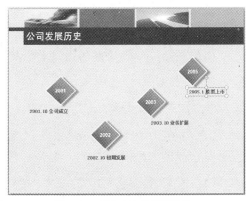

图 7-45　修改文本并调整位置

（8）添加 3 条直线，在"绘图工具"选项卡中，单击"形状轮廓"按钮，如图 7-46 所示。

图 7-46 单击"形状轮廓"按钮

（9）将线条的颜色更改为"灰色"，线条类型更改为"圆点"虚线，线条粗度为"2.2.5 磅"，调整线条到如图 7-47 所示的位置。

（10）选中其中的一个菱形，在"绘图工具"中单击"形状填充"按钮，在列表中选择【渐变】→【其他渐变】命令，弹出"设置形状格式"对话框，将渐变的颜色进行修改，单击【关闭】按钮，效果如图 7-48 所示。

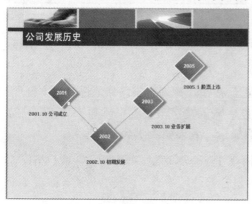

图 7-47 添加连接直线

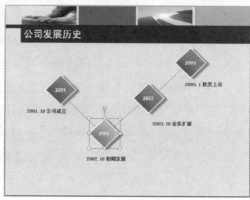

图 7-48 修改渐变颜色

（11）按照同样方法将其他菱形的渐变颜色也进行修改。

（12）最后，再添加一个文本框，输入文本并设置好格式，如图 7-49 所示，完成幻灯片页面的制作。

4. 制作"主要业务"幻灯片

现在，同样用图形来完成"主要业务"幻灯片的制作，主要使用圆形和圆角矩形，将不同填充效果的图形叠加在一起后，形成立体效果。

（1）添加 3 个圆角矩形，分别填充不同的颜色，并添加阴影效果，如图 7-50 所示。

图 7-49　制作完成的幻灯片　　　　　　图 7-50　添加阴影效果的圆角矩形

（2）同时选中 3 个圆角矩形，在"绘图工具"选项卡中，单击"形状效果"按钮，选择"映像"中的"紧密映像，接触"的映像类型，如图 7-51 所示，为圆角矩形添加倒影效果。

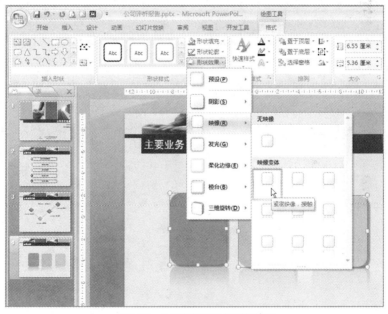

图 7-51　为圆角矩形添加倒影效果

（3）再添加一个圆角矩形，打开"设置形状格式"对话框，选中"渐变填充"，将光圈 1 颜色设置为"白色"，将透明度设置为 15%，如图 7-52 所示。用同样方法将光圈 2 的颜色也设置为白色，调整结束位置为 90%，透明度为 100%。

（4）单击【关闭】按钮，适当调整好图形的位置，如图 7-53 所示，形成了一种高光的效果。

图 7-52　设置渐变填充

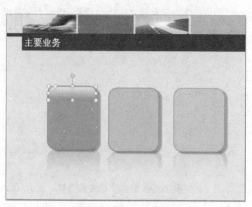

图 7-53　形成了高光效果

（5）复制高光图形，用鼠标左键拖动将其旋转 180°，如图 7-54 所示，将其移动到如图 7-55 所示的位置，在矩形的下方也形成一个高光效果。

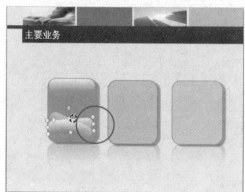

图 7-54　旋转高光图形

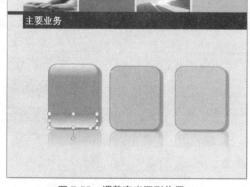

图 7-55　调整高光图形位置

（6）复制高光图形，将其他圆角矩形也添加高光效果，如图 7-56 所示，适当调整好高光图形的位置。

（7）添加一个圆形，填充一种渐变效果，如图 7-57 所示。再添加一个圆形高光图形，调整到如图 7-58 所示的位置，为圆形添加高光效果。

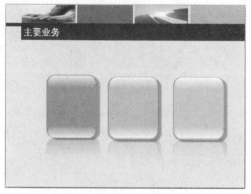

图 7-56　为其他矩形也添加高光效果

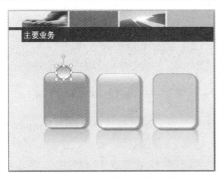

图 7-57 添加带渐变的圆形

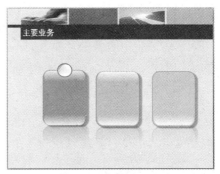

图 7-58 添加高光图形的效果

（8）选中圆形和高光图形，单击鼠标右键，选择【组合】项，继续选择【组合】命令，如图 7-59 所示。将组合后的图形复制，并分别移动到另外两个圆角矩形的上方，如图 7-60 所示。

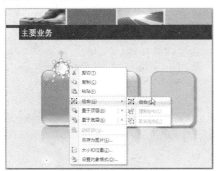

图 7-59 组合图形

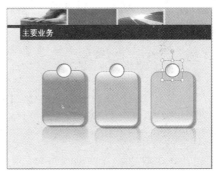

图 7-60 复制图形

（9）添加一个文本框，输入数字序号，并设置字体为 Arial，字号为 24，字体颜色为黑色，如图 7-61 所示。复制文本框，修改数字序号，并调整其放置的位置，如图 7-62 所示。

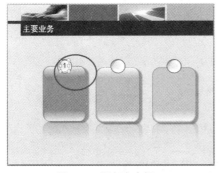

图 7-61 添加文本框

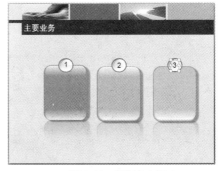

图 7-62 复制文本框

（10）再分别为每个圆角矩形添加文字，设置水平左对齐，垂直为"中部居中"，字体为宋体，字号为 18 号，字体颜色为白色，完成的效果如图 7-63 所示。

5. 制作 "发展方向" 幻灯片

用图示表示公司的若干发展方向不仅直观，而且制作起来也很方便。下面来介绍具体的操作步骤。

（1）添加一张 "仅标题" 版式的幻灯片，输入标题文本为 "公司发展方向"。

（2）单击 "插入" 选项卡中的 "SmartArt" 按钮，在弹出的 "选择 SmartArt 图形" 对话框中，选择 "基本射线图" 图示，如图 7-64 所示。

图 7-63 完成的幻灯片效果

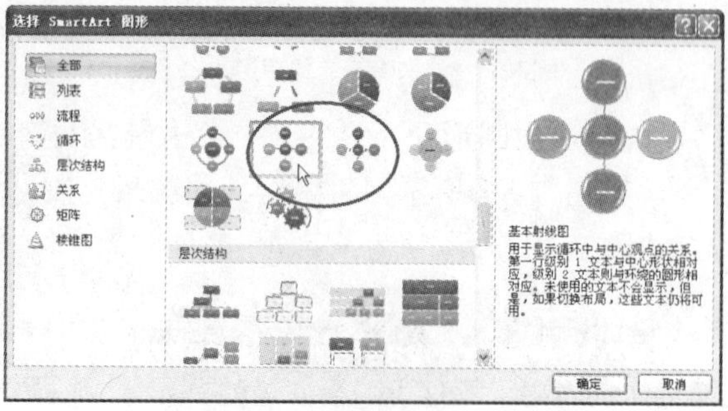

图 7-64 选择 "基本射线图" 图示

（3）单击【确定】按钮，在幻灯片页面中添加了一个基本射线图，选中射线图中的一个形状，如图 7-65 所示。

（4）在 "SmartArt 工具" 的 "设计" 选项卡中，单击 "添加形状" 按钮，在列表中选择【在后面添加形状】命令，如图 7-66 所示。

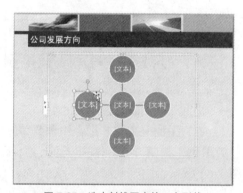

图 7-65 选中射线图中的一个形状

图 7-66 选择【在后面添加形状】命令

（5）在"SmartArt 工具"的"设计"选项卡中，单击"文本窗格"按钮，在打开的"文本窗格"中输入相应的文本，如图 7-67 所示，关闭文本窗格。

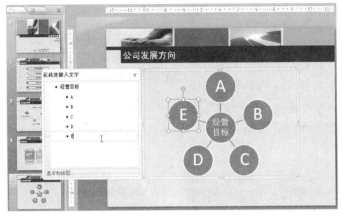

图 7-67　在打开的"文本窗格"中输入相应的文本

提示： 在"文本窗格"中，按回车键后也可以继续添加形状。

（6）按住【Ctrl】键，依次单击射线图中的几个字母形状，将其全部选中，如图 7-68 所示。

（7）在"SmartArt 工具"的"格式"选项卡中，连续单击"减小"按钮，如图 7-69 所示，将形状及形状中的文本一起按比例调整缩小。

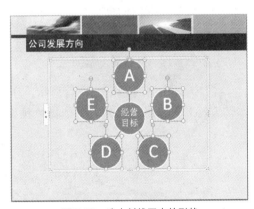

图 7-68　选中射线图中的形状

图 7-69　连续单击"减小"按钮

（8）在"开始"选项卡中，设置字体为 Arial，字号为 20，单击"加粗"按钮。

（9）用同样方法，将中间的形状进行放大，并设置字体为宋体，字号 24，颜色为一种黄色，设置垂直"中部居中"对齐，单击"加粗"按钮，效果如图 7-70 所示。

（10）将鼠标移动到射线图图框的右下角，如图 7-71 所示，指针变为双向箭头，按住鼠标左键拖动，如图 7-72 所示，将射线图调整到合适大小。

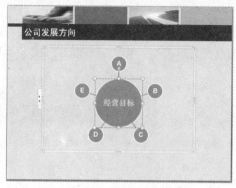

图 7-70　调整后的形状

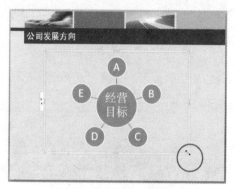

图 7-71　指针变为双向箭头

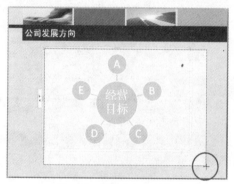

图 7-72　按住鼠标左键拖动

（11）选中射线图中的所有形状，在"SmartArt 工具"的"格式"选项卡中单击"形状效果"按钮，在列表中选择"预设"项，继续选择一种预设效果，如图 7-73 所示。

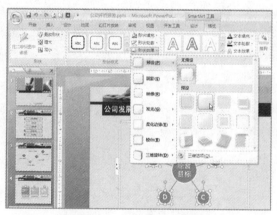

图 7-73　为形状添加预设效果

（12）分别将字母形状添加不同的渐变色，并添加高光图形，效果如图 7-74 所示。

（13）添加一个圆形，填充一种蓝色和白色的渐变填充，单击鼠标右键，在弹出的菜单中选择【置于底层】命令，再继续选择【置于底层】命令，如图 7-75 所示，拖动鼠标将圆形调整到合适位置，如图 7-76 所示。

图 7-74　添加渐变色及高光效果

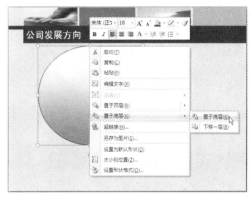

图 7-75　选择【置于底层】命令

图 7-76　调整圆形的位置

（14）选中射线图中的所有连接线条，将线条类型设置为"圆点"虚线，线条粗度设置为"6 磅"，完成的效果如图 7-77 所示。

（15）最后，添加文本框输入相应的文本，设置字体为宋体，字号为18，字体颜色为"深蓝，文字 2"，效果如图 7-78 所示。

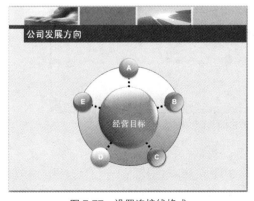

图 7-77　设置连接线格式

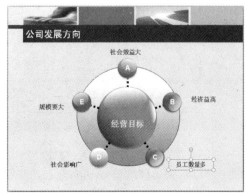

图 7-78　完成的幻灯片效果

6. 制作"效益评估"幻灯片

在公司评析报告中需要对公司目前的经营状态、收益情况进行分析，现在就来制作"效益评估"幻灯片，在幻灯片中用图表对主营业务收入、净利润和每股收益等数据进行比较，便于清晰地了解数据变化的态势，从而可以对当前公司的盈利能力做出正确评估。

（1）添加一张"仅标题"的幻灯片，输入标题文本"效益评估"。

收益比较图表已经存在于 Excel 文件中了，在这里直接将其引用到幻灯片中来。

（2）单击"插入"选项卡中的"对象"按钮，如图 7-79 所示。

图 7-79　单击"对象"按钮

（3）弹出"插入对象"对话框，选择"由文件新建"单选按钮，单击【浏览】按钮，在"浏览"对话框中选择需要使用的 Excel 工作簿文件，如图 7-80 所示。

图 7-80　选择需要使用的 Excel 工作簿文件

（4）单击【确定】按钮，返回"插入对象"对话框，如图 7-81 所示，在"文件"框中可以看到具体的路径和文件名，单击【确定】按钮，将其插入到幻灯片中。

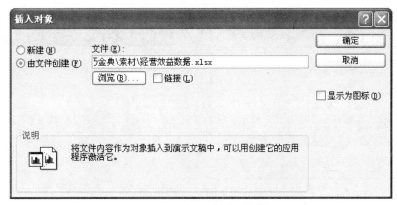

图 7- 81 "插入对象"对话框

（5）拖动鼠标调整图表的位置后，双击图表进入对象编辑状态。

（6）在"图表工具"的"布局"选项卡中，单击"数据表"按钮，在列表中选择【显示数据数表和图例项标示】命令，如图 7-82 所示。

图 7-82　选择【显示数据数表和图例项标示】命令

如图 7-83 所示，在图表中显示了数据数表和图例项标示。

（7）用鼠标在幻灯片的任意位置单击，结束对象的编辑，适当调整位置和大小。如图 7-84 所示是完成的"效益评估"幻灯片。

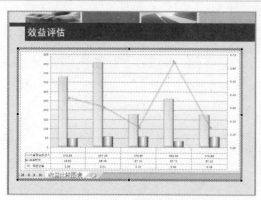

图 7-83　在图表中显示了数据数表和图例项标示

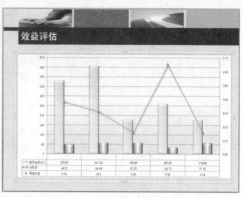

图 7-84　完成的幻灯片效果

7. 制作"初步估值"幻灯片

根据目前公司股票的价格，可以在公司评析报告中对当前公司的价值进行一个初步的估算。本幻灯片主要使用表格将各项数据分类列出，可以直观地展示公司当前的价值。

（1）添加"仅标题"版式的空幻灯片，输入标题文字"初步估值"。

（2）单击"插入"选项卡中的"对象"按钮。

（3）在"插入对象"对话框中，选择"由文件新建"单选按钮，单击【浏览】按钮，继续选择 Excel 文件，单击【确定】按钮。

（4）返回"插入对象"对话框，如图 7-85 所示，在"文件"框中可以看到具体的路径和文件名，单击【确定】按钮，将其插入到幻灯片中。

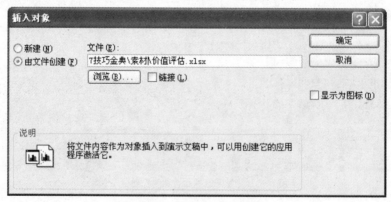

图 7-85　"插入对象"对话框

（5）选中插入的表格对象，将鼠标移动到右下角处，如图 7-86 所示，变为双向箭头时，按住鼠标左键拖动，将表格对象按比例放大，如图 7-87 所示。

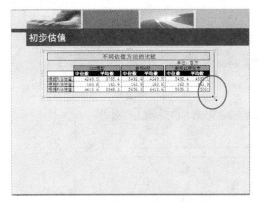

图 7-86　鼠标指针为双向箭头

图 7-87　拖动鼠标调整大小

（6）选中插入的表格对象，按住【Ctrl】键后用鼠标拖动，如图 7-88 所示。复制出一个相同的表格对象，双击表格对象使其进入编辑状态，如图 7-89 所示，将工作表切换到"公司价值评估"中，显示公司价值评估的数据表内容。

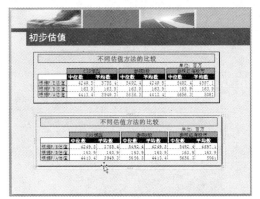

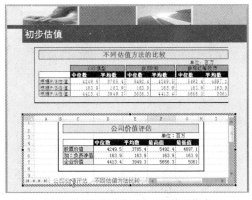

图 7-88　复制表格对象

图 7-89　编辑表格对象，切换工作表

（7）用鼠标单击幻灯片中的任意位置，结束表格对象的编辑状态。

（8）将幻灯片中的三角图形旋转180°，如图 7-90 所示。

（9）为三角图形设置相应的格式后，调整其大小和位置，完成的幻灯片效果如图 7-91 所示。

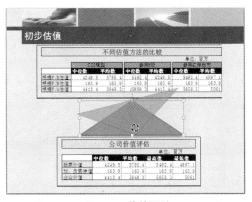

图 7-90　旋转图形

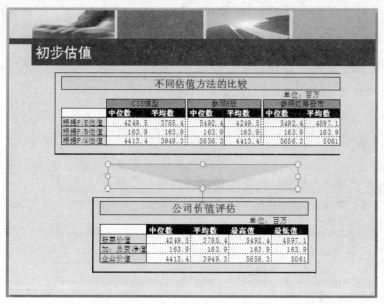

图 7- 91 "初步估值"幻灯片效果

8. 制作结束幻灯片

通常，在演示文稿中的最后一张幻灯片为结束页，用于突出展示公司信息、相关联系人的信息等。

（1）选中标题幻灯片，单击鼠标右键，选择【复制幻灯片】命令，如图 7-92 所示。

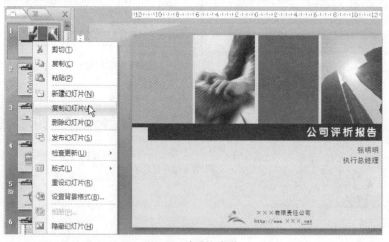

图 7-92 复制幻灯片

（2）选中复制出的幻灯片，按【Ctrl+X】组合键将其剪切，如图 7-93 所示，用鼠标在最后一张幻灯片的末尾处单击，定位光标。

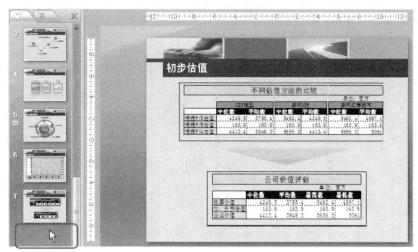

图 7-93　定位光标

（3）按【Ctrl+V】组合键将幻灯片粘贴到光标所在的位置，将幻灯片中的标题和副标题文本删除，只保留底部的公司信息。

（4）单击"插入"选项卡中的"艺术字"按钮，如图 7-94 所示，在列表中选择一种艺术字样式。

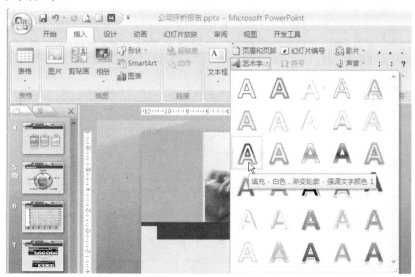

图 7-94　选择一种艺术字样式

（5）拖动鼠标选中艺术字文本，如图 7-95 所示，输入文本"Thank you"，得到如图 7-96 所示的效果。

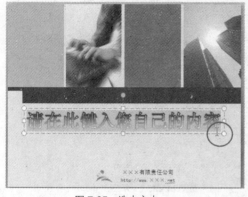
图 7-95　选中文本

图 7-96　输入文本

从中看出，艺术字的显示效果不是很好，现在可以为其重新应用一种样式。

（6）选中艺术字，在"绘图工具"的"格式"选项卡中，单击"快速样式"按钮，在列表中可以重新为艺术字选择一种样式应用，如图 7-97 所示。

（7）适当调整艺术字的大小和位置，设置完成的结束幻灯片效果，如图 7-98 所示。

到这里，公司评析报告中的主体幻灯片就制作完成了，按【Ctrl+S】组合键保存文档。

在实际应用过程中，可以根据具体的情况添加其他内容的幻灯片，制作方法与本节介绍的操作相似。

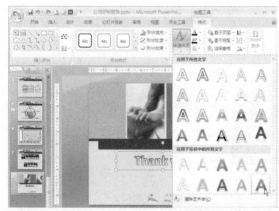
图 7-97　更改艺术字样式

图 7-98　完成的结束页效果

7.2 市场推广策略

市场推广策略关系到企业对某种市场领域的占领或失去，因此，企业非常关心产品的市场推广策略和方案，本节通过一个市场推广策略讲解动画的高级设置。

使用了以下知识点：

- 添加进入、强调、退出的动画效果
- 设置动画速度
- 设置动画的开始
- 调整动画顺序
- 使用动作路径
- 重复动画效果的执行

7.2.1 案例分析

这里将制作过程分为三步：

片头动画：设置对象的进入、强调动画效果，制作同步动画。

设置图表动画：为图表中各元素添加动画效果。

调整动画顺序：设置各个对象的出场顺序，使动画播放合理，显示动画列表中，并在其中对动画进行精准的设置。

完成后的效果如图 7-99 所示。

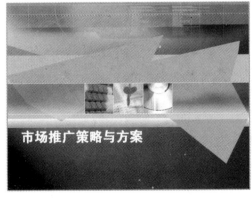 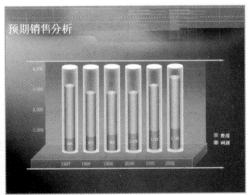

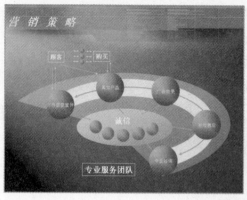 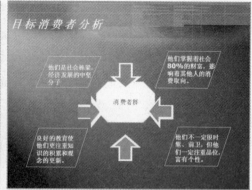

图 7-99 案例效果

7.2.2 制作步骤

经过上面的分析后，下面来具体制作。

1. 片头动画

片头动画是指第 1 张幻灯各元素的进入和强调动画，可以在演讲的开始给观众留下深刻的印象。本节来制作一个片头动画效果。

（1）打开素材文件"市场推广策略.pptx"，选中背景的箭头图形，单击"动画"选项卡中的"自定义动画"按钮，如图 7-100 所示。

图 7-100 单击"自定义动画"按钮

（2）在"自定义动画"任务窗格中，单击"添加效果"按钮，在列表中选择【进入】项，继续选择"淡出"的进入动画效果，如图 7-101 所示。

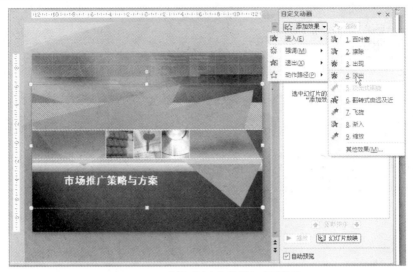

图 7-101　选择"淡出"的进入动画效果

（3）在"自定义动画"任务窗格中，选中添加的动画项，单击"速度"框，列表中选择"慢速"，如图 7-102 所示。

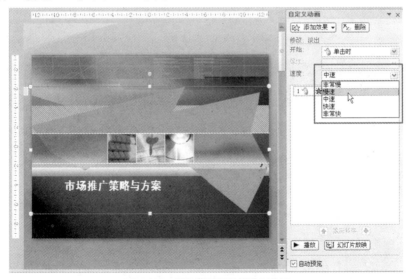

图 7-102　添加背景图形的进入动画

（4）继续单击"添加动画"按钮，在列表中选择【强调】项，选择【其他效果】命令，如图 7-103 所示。弹出"添加强调效果"对话框，选择"补色 2"效果，如图 7-104 所示，使对象在执行了"淡出"的进入动画效果后改变颜色。将"开始"设置为"之前"，如图 7-105 所示。

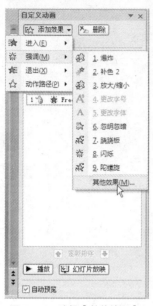

图 7-103 选择【其他效果】

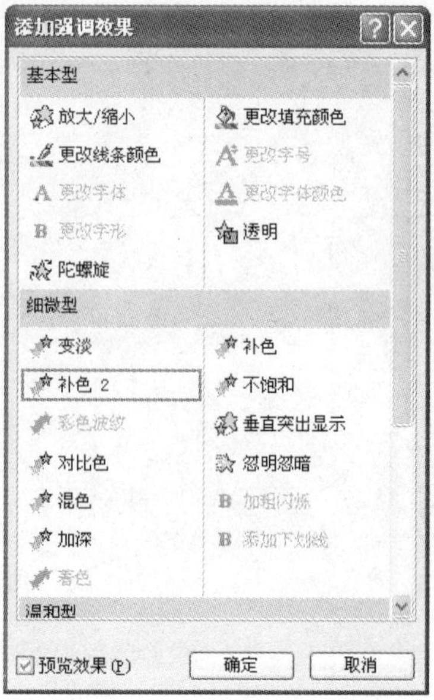

图 7-104 选择"补色 2"效果

图 7-105 设置强调效果

（5）选择图片对象，添加"飞旋"的进入动画效果，设置开始为"之前"，速度为慢速，如图 7-106 所示。

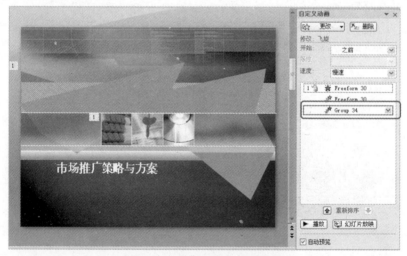

图 7-106 为图片添加"飞旋"进入效果

（6）继续为图片添加一种"缩放"的进入效果，设置"开始"为之前，表示动画在飞旋进入的同时，产生缩放的效果，显示比例为"放大"，速度为"快速"，如图 7-107 所示。

（7）选中标题文本，添加一种"淡出式回旋"进入动画效果，设置"开始"为

"之前"，速度为"中速"，如图 7-108 所示。

图 7-107　设置图片的"缩放"进入效果　　　　图 7-108　设置文本的进入动画

（8）按【Shift＋F5】键可以看到效果，如图 7-109 所示。

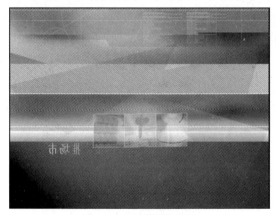

图 7-109　动画播放效果

2. 设置图表动画

为图表元素添加动画，可以增强图表的表现力，使图表更具生动感。

（1）在"预期销售分析"幻灯片中，选中图表上方和下方的两条直线，如图 7-110 所示，为线条添加"擦除"的进入动画效果。

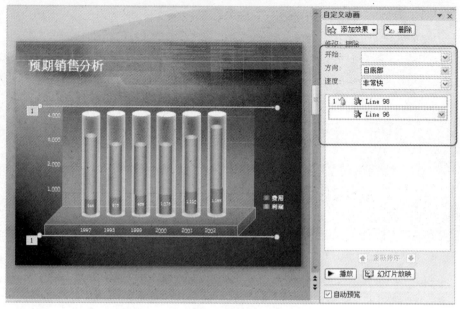

图 7-110　添加进入效果

（2）在"自定义动画"任务窗格中，更改速度为"快速"，如图 7-111 所示，更改方法为"自左侧"，如图 7-112 所示。

图 7-111　更改速度

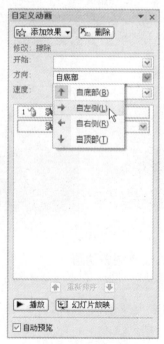

图 7-112　更改方向

（3）从如图 7-113 所示的位置开始按住鼠标左键拖动，框选图表底部的年份文本框，如图 7-114 所示。

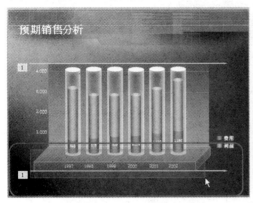 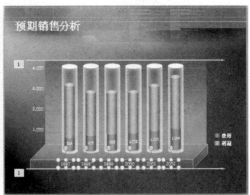

图 7-113　拖动鼠标框选对象　　　　　　　　图 7-114　　选中的所有对象

（4）为选中的图形对象添加"飞旋"的进入动画效果，设置"速度"为"中速"，如图 7-115 所示。

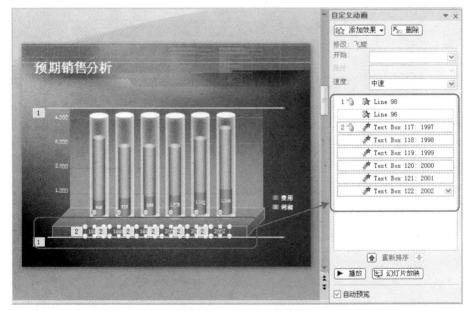

图 7-115　添加进入动画效果

（5）用同样方法，为图表底部的图形和背景墙同时添加"擦除"的动画效果，如图 7-116 所示。

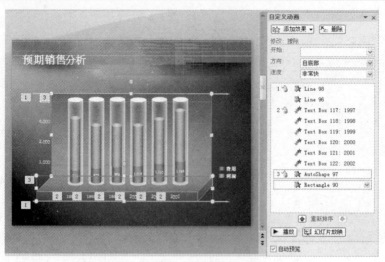

图 7-116　图表底部的图形和背景墙同时添加动画效果

（6）选中图中的纵分类项文本框和背景网格线对象，为其添加上"淡出"效果，将其他对象分别添加上相应的动画效果，如图 7-117 所示。

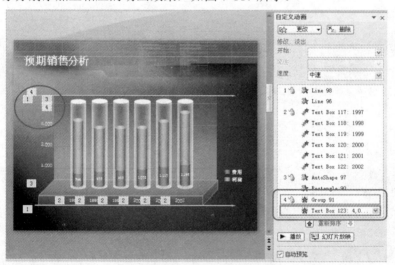

图 7-117　为纵分类项文本框和背景网格线对象添加动画

（7）用同样方法，依次选中图表中的各图形对象，添加"擦除"的进入动画效果。

现在，来设置标题文本框的动画。

（8）选中标题文本框，将其移动到播放区域以外。

（9）在"自定义动画"任务窗格中，单击"添加效果"按钮，选择【动作路径】中的【绘制自定义路径】项，选择【曲线】命令，如图 7-118 所示。

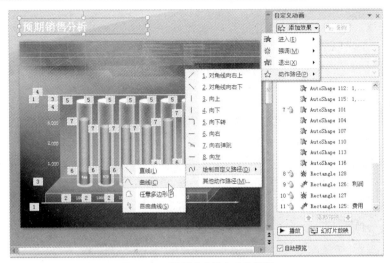

图 7-118　选择【曲线】动作路径

（10）按住鼠标左键拖动，在如图 7-119 所示的位置处绘制出一条动作路径来。

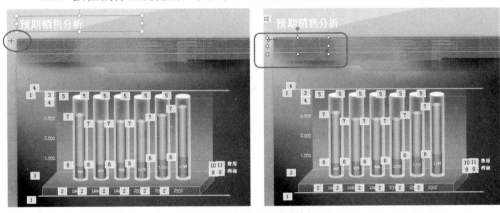

图 7-119　绘制出动作路径

（11）根据预览的效果，适当调整路径线的位置，如图 7-120 所示。当鼠标指向路径线的控制点，变为双向键头时，拖动鼠标可以调整其大小。

（12）如图 7-121 所示，许多动画的开始都是"单击时"和"之前"，现在将其更改为"之后"，如图 7-122 所示，以实现动画的自动顺序播放。

图 7-120　调整路径线

图 7-121　修改事件前

图 7-122　修改事件后

（13）按【Shift+F5】键预览动画的效果。

3. 调整动画顺序

如果在幻灯片中存在许多对象，为这些对象添加动画效果后，需要让它们按照要求执行动画，以满足播放要求。本节主要来讲解如何调节动画顺序，以控制各对象的出场。

（1）在幻灯片页面中选中"专业服务团队"图形，这样可快速地在"自定义动画"任务窗格中选中与该对象对应的动画项，如图 7-123 所示。

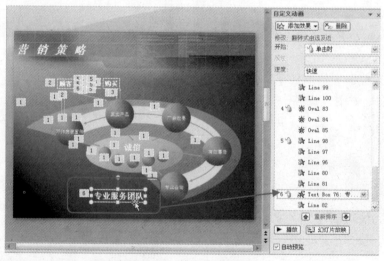

图 7-123　快速选中动画项

（2）在"自定义动画"任务窗格中，按住鼠标左键拖动，如图 7-124 所示，将"专业服务团队"图形的动画项移动到动画列表的最上方，如图 7-125 所示，使其在动画的最开始显示出来。

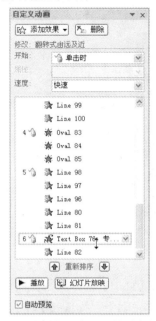

图 7-124　鼠标指向动画项时的指针状态

图 7-125　拖动鼠标调整位置

（3）按照同样的方法，将"诚信"图形的动画项移到"专业服务团队"图形动画项的下方，如图 7-126 所示。

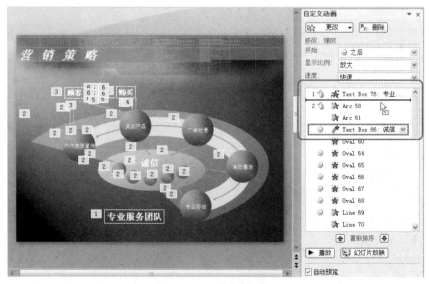

图 7-126　移动动画项

（4）在"自定义动画"任务窗格中，用鼠标右键单击"Arc 58"动画项，在列表中选择【从上一项之后开始】命令，如图 7-127 所示。

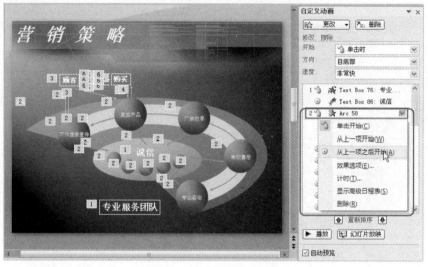

图 7-127　设置顺序动画

（5）继续选中"目标消费者分析"页面，按住【Shift】键，选中如图 7-128 所示的动画项，快速将选中动画项的"开始"设置为"之后"，如图 7-129 所示。

图 7-128　选中多个需要设置的动画项

图 7-129　设置"开始"为"之后"

（6）按住【Shift】键，在幻灯片中依次单击如图 7-130 所示的文本框，快速选中与其相对应的动画项。

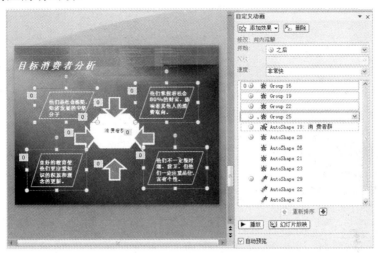

图 7-130　通过选中文本框快速选择相对应的动画项

（7）按住鼠标左键向下拖动，如图 7-131 所示，将其移动到所有动画的后面。

利用动画列表不仅可以查看动画间的连续性，还可以进一步设置和调整动画。

（1）选中"不同季节消费走势"幻灯片页面。

（2）用鼠标右键单击任意动画项，选择【显示高级日程表】命令，如图 7-132 所示。

图 7-131　移动位置　　　　　　图 7-132　选择【显示高级日程表】命令

（3）在"自定义动画"任务窗格中可以看到显示的动画日程表，如图 7-133 所示。

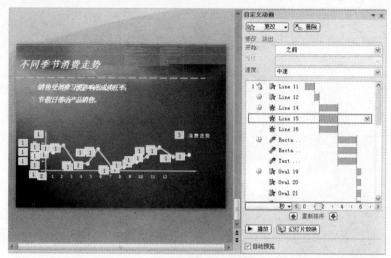

图 7-133　显示的动画日程表

（4）将鼠标移动到需要调整的动画项日程表处，如图 7-134 所示。当鼠标指针变为夹子形状，拖动鼠标左键可以调整动画播放的长度，如图 7-135 所示。

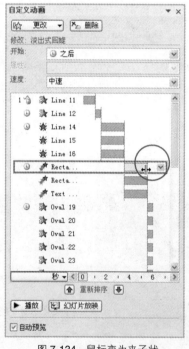

图 7-134　鼠标变为夹子状

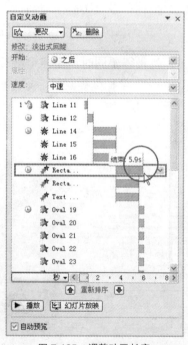

图 7-135　调整动画长度

（5）如图 7-136 所示，当鼠标为双向箭头形状时，拖动鼠标将可以调整动画播放的延迟时间，如图 7-137 所示，在列表中，动画的延迟表现为位置的变化。

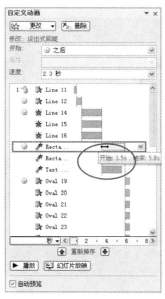

图 7-136　鼠标变为双向箭头

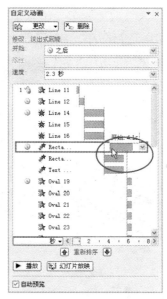

图 7-137　移动动画列表设置延迟

提示： 在使用动画日程表进行调整时，每次操作只能针对一个动画项。

（6）如果需要同时调整多个动画项的延迟和速度，可以先选中这些动画项，如图 7-138 所示，单击鼠标右键选择【效果选项】命令，在弹出的对话框中设置延迟和速度，如图 7-139 所示。

图 7-138　选择【效果选项】命令

图 7-139　可以设置延迟和速度

（7）单击【确定】按钮后，可以在"自定义动画"任务窗格中看到设置后的动画日程表，如图 7-140 所示。

根据以上的操作，可以将其他幻灯片中的动画进行适当的设置和调整，以完成本例的操作。

图 7-140　同时设置多个动画项

7.3 本章小结

在本章中，我们学习了公司评析报告和市场推广策略演示文稿的设计与制作。用 PowerPoint 创建的报告类演示文稿应用非常广泛，制作重点是如何设计和组织各元素，利用母版设计出统一风格的背景效果，根据内容的风格编排每页内容及图表的综合应用等；制作市场推广策略，除了应用到制作报告类演示文档的知识外，主要应用到的知识还有：设置各种进出动画效果，制作同步动画，设置图表动画，调整动画的顺序等，制作起来并不困难，关键在于在制作之前首先要构想好各元素如何进出动画。

如图 7-141 所示是一幅综合案例效果，制作过程中主要应用了制作母版、制作各式立体按钮、制作流程图形、为幻灯片中的元素设置进出动画等知识。

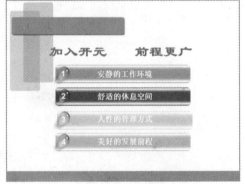

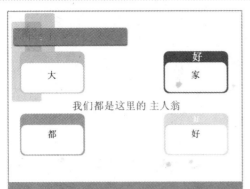

图 7-141　拓展案例效果

反侵权盗版声明

　　电子工业出版社依法对本作品享有专有出版权。任何未经权利人书面许可，复制、销售或通过信息网络传播本作品的行为；歪曲、篡改、剽窃本作品的行为，均违反《中华人民共和国著作权法》，其行为人应承担相应的民事责任和行政责任，构成犯罪的，将被依法追究刑事责任。

　　为了维护市场秩序，保护权利人的合法权益，我社将依法查处和打击侵权盗版的单位和个人。欢迎社会各界人士积极举报侵权盗版行为，本社将奖励举报有功人员，并保证举报人的信息不被泄露。

举报电话：(010) 88254396；(010) 88258888

传　　真：(010) 88254397

E-mail：dbqq@phei.com.cn

通信地址：北京市万寿路 173 信箱

　　　　　电子工业出版社总编办公室

邮　　编：100036